KB042019

기이하고 기묘한 이야기

첫 번째

기이하고 기묘한 이야기

첫 번째

하워드 P. 러브크래프트 외 지음
정진영 옮김

책세상

차례

부적

The Monkey's Paw by William Wymark Jacobs

I

차갑고 습한 밤, 블라인드가 쳐진 레이크스넘 빌라의 아담한 응접실에서 불이 밝게 타올랐다. 아버지와 아들은 체스를 두고 있다. 아버지는 한 번에 전세를 뒤엎을 만한 수를 궁리하다가 성급하고 쓸데없이 킹을 움직였고, 난롯가에서 조용히 바느질을 하던 백발의 노부인에게 훈수까지 들어야 했다.

"바람 소리 좀 들어봐라." 때늦게 치명적인 실수를 깨달은 화이트 씨는 내심 아들이 눈치채지 않았으면 해서 딴소릴했다.

"듣고 있어요." 아들은 심각하게 체스 판을 바라보다가 손을 뻗었다. "장군이요."

"그 사람이 오늘 올 수 있을지 모르겠구나." 아버지는 체스판을 손으로 가리며 말했다.

"외길이라 힘들 거예요." 아들이 말했다.

"정말 최악이야." 화이트 씨는 격한 목소리로 버럭 소리를 질렀다. "짐승처럼 천박하게 외딴 곳에 틀어박혀 살다니 말이야. 길은 수렁이고, 도로는 급류에 잠겨 있으니. 사람들이 무슨 생각을 하는지 모르겠어. 길가에 집이 두 채밖에 없으니까 문제도 아니라고 생각하는 거겠지."

"신경 쓰지 말아요, 여보." 아내가 위로하며 말했다. "다음에는 당신이 이길 거예요."

화이트 씨는 발끈하며 고개를 들었지만 어머니와 아들 사이에 오가는 눈짓을 보고는 멈칫했다. 할 말이 슬며시 사라졌고, 가느다란 잿빛 턱수염을 어루만지는 것으로 멋쩍은 미소를 숨겼다.

"저기 오네요." 허버트 화이트의 말처럼, 대문에서 쾅 소리가 들려왔고 묵직한 발소리가 현관으로 다가왔다.

노인은 기다렸다는 듯이 벌떡 일어서서 문을 열고 손님에게 인사를 건넸다. 손님도 주인에게 인사를 했다. 화이트 부인은 "쯧쯧!" 혀를 차며 남편과 그 뒤를 따라 키 크고 건장한 남자가 말똥말똥한 눈빛과 혈색 좋은 얼굴로 들어서는 모습을 보고 가볍게 기침을 했다.

"이분이 모리스 특무상사야." 그는 손님을 소개했다.

악수를 나눈 특무상사는 난롯가에 앉아서 집주인이 위스키와 큰 컵을 꺼내고 작은 놋쇠 주전자를 난로에 올려놓는 모습을 흡족히 바라보았다.

특무상사는 술을 석 잔째 들이켜고는 더욱 밝아진 눈빛으로 말문을 열었고, 단출한 가족은 멀리서 찾아온 그 방문객에게 깊은 관심을 기울였다. 그는 의자에서 어깨를 펴고, 전쟁과 역병, 낯선 사람들이 등장하는 거친 광경과 대담한 행동에 대해 말했다.

"이십일 년이 흘렀어." 화이트 씨는 아내와 아들에게 고개를 끄덕이며 말했다. "상점에서 일하다가 훌쩍 떠났을 때만 해도 앳된 청년이었는데 말이야. 지금은 어떤가 보라고."

"그리 험한 일을 당한 분 같지는 않은데요." 화이트 부인이 정중하게 말했다.

"나는 인도에 가고 싶었어." 화이트 씨가 말했다. "그냥 한번 둘러보고 싶었거든."

"그러지 않은 게 다행입니다." 특무상사는 고개를 저으며 말했다. 그는 빈 잔을 내려놓고 조용히 한숨짓다가 또 고개를 저었다.

"고대 성전과 고행자, 요술쟁이들을 봤어야 하는 건데." 화이트 씨가 말을 이었다. "이봐 모리스, 언젠가 했던 원숭이 발인가 뭐 그 얘기부터 해보지 그래?"

"별거 아니에요. 들을 만한 가치가 없어요."

"원숭이 발이요?" 화이트 부인이 호기심에서 물었다.

"흠, 아마 마술과 비슷한 얘기일지 모르죠." 특무상사는 아무렇지 않게 말했다.

세 명의 청자들은 몹시 궁금한 듯 앞으로 몸을 내밀었다. 방문객은 무심코 빈 잔을 입에 대다가 다시 내려놓았다. 주인이 술잔을 채웠다.

"이건데요." 특무상사는 주머니를 뒤적이며 말했다. "그저 평범하고 작은 발입니다. 말려둔 거죠."

그는 주머니에서 뭔가를 꺼내 보였다. 화이트 씨는 얼굴을 찌푸리며 뒤로 물러앉았지만, 아들은 그것을 받아들고 호기심 있게 살폈다.

"뭐 특별한 내력이라도 있는 건가?" 화이트 씨는 아들에게서 그것을 받아들고 살펴본 뒤 탁자에 놓았다.

"늙은 마법사가 주문을 걸어놓았죠." 특무상사가 말했다. "아주 거룩한 사람이었습니다. 운명이 인간의 삶을 지배하는데 그것을 간섭하려는 자들은 불행을 겪는다는 사실을 알려주고자 한 겁니다. 세 사람이 각자 세 가지 소원을 빌도록 주문을 걸어놓았지요."

너무 진지하게 말해서 차마 웃을 순 없는 분위기였다.

"선생님이 세 가지 소원을 이루시지 그러셨어요?" 허버트 화이트가 재치 있게 말했다.

군인은 주제넘은 젊은이를 바라보는 중년처럼 그를 쳐다보았다. "그랬지." 그가 조용히 말하는 동안, 부스럼투성이의 얼굴이 창백해졌다.

"정말 세 가지 소원을 빌었단 말인가?" 화이트 씨가 물었다.

"예." 특무상사는 말하면서 억센 이에 대고 술잔을 가볍게 두드렸다.

"다른 사람은요?" 노부인이 고집스레 물었다.

"첫 번째 남자는 세 가지 소원을 빌었습니다." 그는 대답했다. "두 개는 모르겠고, 마지막 세 번째 소원은 죽음이었어요. 그래서 제가 이걸 갖게 된 겁니다."

말투가 또 진지한 바람에 실내는 침묵에 빠졌다.

화이트 씨가 침묵을 깼다. "자네가 세 가지 소원을 빌었다면, 아무 효험이 없었나보군, 모리스. 뭐 하려고 그걸 가지고 있나?"

군인은 고개를 저었다. "맞춰보십시오." 그러고는 천천히 말했다. "팔아버릴까 생각도 했지만 그리 될 것 같지는 않습니다. 이미 큰 불행을 가져왔으니까요. 게다가, 사람들이 사려고 하지 않을 겁니다. 다들 동화 같은 얘기라고 생각할 테니까요. 그리고 살 마음이 있어도 일단 시험해보고 값을 치르려고 하겠지요."

화이트 씨가 날카로운 눈빛으로 말했다. "자네가 세 가지 소원을 빈다면 소원이 이루어질 것 같은가?"

"모르겠습니다." 군인이 말했다. "모르겠어요."

그는 원숭이 발을 엄지와 검지로 붙잡고 흔들다가 느닷없이 난로를 향해 집어던지려고 했다. 화이트 씨는 가볍게 비명을 지르며 그것을 낚아챘다.

"태워버리는 게 낫습니다." 군인은 시무룩하게 말했다.

"갖고 싶지 않으면, 모리스." 화이트 씨가 말했다. "나한테 주게."

"그건 안 됩니다." 군인은 단호하게 말했다. "난로에 던져버리세요. 정말 갖고 싶으면, 나중에 무슨 일이 벌어져도 저를 탓하지 마세요. 제정신이라면 불에 던져버려야 해요."

화이트 씨는 고개를 흔들며 새로 얻은 물건을 유심히 살피다 물었다. "소원을 어떻게 빌지?"

"오른손으로 높이 치켜들고 크게 소원을 말하세요. 결과에 대해선 분명히 경고했습니다."

"아라비안나이트에 나오는 얘기 같네요." 화이트 부인이 저녁 식사를 준비하기 위해 자리에서 일어섰다. "저한테 손이 네 개쯤 달리게 해달라고 빌어보슈."

그녀의 남편이 주머니에서 원숭이 부적을 꺼내자, 세 사람은 갑자기 웃음을 터뜨렸다. 그러자 특무상사는 흠칫 놀라는 표정으로 화이트 씨의 팔을 붙잡았다.

"소원을 빌려면," 그는 퉁명스럽게 말했다. "상식적인 걸로 하세요."

화이트 씨는 부적을 도로 주머니에 집어넣고, 친구에게 식탁으로 가자고 했다. 식사를 하는 동안 부적에 대해서는 거의 말이 없었고, 그 후에는 인도에서 겪은 특무상사의 두 번째 모험 이야기가 그들의 관심을 빼앗았다.

"그분이 한 이야기나 원숭이 발이나 믿기 어려운 건 비슷한 걸요." 손님이 막차를 타기 위해 집을 나선 뒤 허버트가 말했다. "진지하게 생각할 필요 없어요."

"혹시 그분한테 부적 값을 치르셨어요?" 화이트 부인은 남편을 찬찬히 살피며 물었다.

"별 거 아니야." 남편은 약간 얼굴을 붉히며 말했다. "싫다는 걸 억지로 내가 달라고 했어. 불 속에 집어던지라고 또 그러더군."

"혹시 모르죠." 허버트가 무서운 척하며 말했다. "흠, 우리가 부와 명예, 행복을 거머쥘지 모르잖아요. 아버지, 황제가 되게 해 달라고 첫 소원을 빌어보세요. 그럼, 어머니한테 바가지 긁히실 걱정도 없잖아요."

화이트 부인은 의자 덮개를 무기 삼아 아들을 쫓아갔고, 허버트는 식탁을 돌아 줄행랑을 놓았다.

화이트 씨는 주머니에서 원숭이 발을 꺼내 반신반의하며 바라보았다. "무얼 빌어야 할지 모르겠군." 그는 천천히 말했다. "막상 원하는 건 다 가진 것 같단 말씀이야."

"집 안이 말끔해지면 얼마나 행복하시겠어요. 안 그래요!" 허버트는 아버지의 어깨에 손을 얹으며 말했다. "아니면, 이백 파운드를 빌어보세요. 한번 해보세요."

아버지는 아들의 믿는 눈치에 계면쩍은 미소를 짓고, 부적을 들어올렸다. 아들은 어머니와 눈짓을 주고받고는 짐짓 심각한 얼굴로 피아노에 앉더니 건반을 세게 두드렸다.

"이백 파운드를 주십시오." 화이트 씨는 또박또박 말했다.

그 말과 피아노 음이 어우러지는데, 갑자기 화이트 씨가 섬뜩한 비명을 질렀다. 아내와 아들이 그에게 달려왔다.

"움직였어." 화이트 씨는 바닥에 놓여 있는 부적을 흘끔거리며 소리쳤다. "소원을 말하는데, 뱀처럼 손에서 꿈틀거렸어."

"흠, 돈은 안 보이는데요." 아들은 원숭이 발을 집어 들어 탁자에 놓으며 말했다. "앞으로도 돈은 안 나올걸요."

"당신이 착각한 거예요." 아내는 근심스럽게 남편을 바라보았다.

그는 고개를 저었다. "신경 쓸 거 없어. 해코지를 당한 것도 아니니까. 하지만 얼마나 놀랐던지."

그들은 난롯가에 모여 앉았고, 그동안 두 남자는 파이프 담배를 피웠다. 바깥 바람이 여느 때보다 사나워져서, 화이트 씨는 위층 문이 쾅 하는 소리에 화들짝 놀랐다. 세 사람은 이상할 정도로 조용하고 침울해졌는데, 노부부가 잠자리에 들기 위해 일어설 때까지 그런 분위기가 계속되었다.

"침대 한가운데 커다란 돈 자루가 놓여 있을지 모르죠." 허버트는 밤 인사를 건네며 말했다. "그리고 무서운 괴물이 옷장 위에 웅크리고 앉아 두 분이 부정한 돈을 어떻게 하는지 지켜볼지도 모르고요."

그는 어둠 속에 홀로 앉아 사그라드는 난롯불을 응시했다. 마지막 불꽃이 너무도 섬뜩한데다 원숭이를 닮아서 그는 소스라치게 놀랐다. 그 모습이 너무 생생한 탓에 그는 불편한 웃음을 지으며 불을 끄기 위해 탁자의 물컵을 더듬거렸다. 손끝에 원숭이 발이 닿자, 그는 질겁하며 옷에 손을 문지르고 침대로 향했다.

II

겨울의 태양이 밝게 비추던 다음 날 아침, 그는 아침 식탁에서 간밤의 두려움을 떠올리며 웃음을 참지 못했다. 집 안은 간밤에 사라졌던 일상의 단조롭고 평범한 분위기로 채워졌으며, 지저분하게 오그라든 작은 원숭이 발은 아무런 마법의 믿음도 주지 못한 채 아무렇게나 찬장 위에 올려져 있었다.

"늙은 군인들은 다 똑같나 봐요." 화이트 부인이 말했다. "그런 터무니없는 소리에 귀 기울였다니! 요즘 세상에 소원 얘기가 가당찮기나 한가요? 그 말이 사실이라고 해도, 이백 파운드가 당신에게 불행할 일이 뭐가 있어요. 안 그래요, 여보?"

"돈이 하늘에서 머리로 떨어질지도 모르죠." 허버트가 가볍게 말했다.

"모리스는 아주 자연스럽게 일들이 벌어진다고 했어." 아버지는 말했다. "우연이라고 생각할 정도로 말이야."

"흠, 제가 돌아올 때까지 돈을 다 쓰진 마세요." 허버트는 식탁에서 일어서며 말했다. "돈 때문에 아버지가 비열하고 탐욕스러워지실까 걱정이에요. 가족의 연까지 끊어질까봐요."

어머니는 웃으면서 아들을 배웅하고 그 뒷모습을 바라보았다. 식탁으로 돌아온 그녀는 뭐든 잘 믿곤 하는 남편의 성격에 아주

즐거워했다. 집배원의 노크 소리에 문간으로 달려갔다 온 그녀
는 부적 값을 돌려보낸 술주정뱅이 퇴역 군인의 성격을 놓고 몇
마디 농담을 건넬 정도로 기분이 유쾌했다.

"허버트가 퇴근하면 더 우스운 농담을 할 걸요." 저녁 식탁에
서 그녀는 말했다.

"그럴 테지." 화이트 씨는 맥주를 따르며 말했다. "그런데 그게
손 안에서 움직였다니까. 거짓말이 아니래도."

"착각한 거예요." 노부인은 위로하듯 말했다.

"분명하다니까." 남편이 말했다. "착각이 아니야. 그러니까…,
왜 그래?"

아내는 아무 대답이 없었다. 그녀는 바깥에서 주저하며 집 안
을 살피는 한 남자의 이상한 행동을 바라보고 있었다. 남자는 집
으로 들어오기로 겨우 마음을 먹은 것 같았다. 이백 파운드를 떠
올리며, 그녀는 낯선 남자의 잘 차려입은 옷과 윤기 나는 비단 모
자를 눈여겨보았다. 그는 대문에서 세 차례 멈칫하다가 다시 돌
아왔다. 네 번째, 대문에 손을 얹어놓고는 불현듯 결심을 굳혔는
지 문을 확 열고 안으로 들어섰다. 그와 동시에 화이트 부인은 급
히 앞치마를 풀어 의자 쿠션 밑에 쑤셔 넣었다.

화이트 부인은 불편한 기색의 이방인을 방 안으로 데려왔다.
노부인이 미리 생각해둔 대로 집안의 형편과 정원 손질을 위해

늘 준비해두는 남편의 외투에 대해 변명을 늘어놓는 동안, 그는 그녀를 흘깃거렸다. 곧이어 특유의 인내심을 발휘하며 남자가 용건을 말할 때까지 기다렸지만, 그는 이상할 정도로 말이 없었다.

"저, 방문하라는 지시를 받았습니다." 이윽고 말문을 연 남자는 구부정한 자세로 바지 주머니에서 헝겊을 꺼냈다. "저는 '모 앤 메긴스' 사에서 왔습니다."

노부인은 깜짝 놀랐다. "무슨 일인가요?" 그녀는 숨죽이고 물었다. "허버트에게 무슨 일이라도 생겼나요? 무슨 일이죠? 뭐예요?"

그녀의 남편이 끼어들었다. "어이, 여보, 여보." 그는 다급히 말했다. "일단 앉아, 속단하지 말고. 나쁜 소식으로 오신 게 아니겠죠, 선생." 그는 상대방 남자를 뚫어지게 바라보았다.

"죄송합니다⋯." 남자가 말했다.

"다쳤나요?" 어머니가 거칠게 물었다.

남자는 고개를 끄덕였다. "중상이었습니다." 그는 조용히 말했다. "하지만 더 이상 고통은 없을 겁니다."

"아이고, 천만다행이네!" 노부인은 두 손을 마주잡으며 말했다. "정말 다행이에요! 정말⋯."

그녀는 갑자기 불길한 생각에 말을 멈추었고, 회피하는 남자의 얼굴에서 그녀는 끔찍한 두려움이 느껴졌다. 숨도 쉬지 못하고 그녀는 반응이 굼뜬 남편을 향해 떨리는 손을 뻗었다. 긴 침묵이 흘렀다.

"기계에 끼었습니다." 방문객이 마침내 나지막한 소리로 말했다.

"기계에 끼었다!" 화이트 씨는 멍하니 그 말을 되뇌었다. "허."

그는 당황하며 창문 밖을 바라보다, 사십 년 전 사랑을 고백했을 때처럼 아내의 손을 꽉 붙잡았다.

"그 아이는 우리에게 남은 유일한 혈육이오!" 그는 조용히 방문객을 향해 말했다. "믿을 수 없소."

남자를 기침을 하고 천천히 창가로 걸어갔다. "회사를 대신해 두 분의 크나큰 슬픔에 심심한 조의를 표합니다." 그는 돌아보지 않고 말했다. "저는 회사의 심부름꾼이며 지시에 따를 뿐임을 알아주십시오."

노부부는 대꾸하지 않았다. 얼굴이 하얗게 질린 노부인은 눈을 치켜뜬 채 숨소리도 들리지 않았다. 남편은 친구인 특무상사가 드디어 첫 번째 행동을 취하기 시작했다는 표정을 짓고 있었다.

"모 앤 메긴스 사는 어떤 책임도 없음을 알립니다." 그는 말을 이었다. "아무 책임이 없음에도, 아드님의 노고를 고려해 약소하나마 두 분께 보상을 해드리고자 합니다."

화이트 씨는 아내의 손을 놓고 벌떡 일어서서 겁에 질린 표정으로 방문객을 노려보았다.

"얼마요?"

"이백 파운드입니다."

아내의 비명 소리도 듣지 못한 채, 화이트 씨는 희미한 미소를 머금고 장님처럼 두 팔을 펼쳤다가 그대로 바닥에 고꾸라졌다.

III

삼 킬로미터 떨어진 거대한 신축 묘지에 죽은 아들을 묻고 노부부는 어둠과 침묵에 빠진 그들의 집으로 돌아왔다. 너무도 빨리 끝나버려 처음에는 무슨 일이 벌어졌는지 깨닫지도 못했으며, 혹시 다른 일이 또 벌어지지 않을까 망연자실 기다리는 상태였다.

그러나 날이 지나면서 기다림도 사라졌다. 종종 냉담함으로 오해되기도 하는, 노인의 무력한 체념이었다. 노부부는 마땅히 할 말이 없었으므로 몇 마디 나누는 일도 드물었으며, 지치기에도 그들은 오래 산 편이었다.

일주일쯤 지난 어느 날 밤, 노인은 불현듯 잠에서 깨어나 혼자인 것을 깨달았다. 어두운 방 안, 숨죽인 흐느낌이 창가에서 들려왔다. 그는 자리에서 일어나 귀 기울였다.

"이리 와." 그는 부드럽게 말했다. "감기 들겠어."

"내 아들은 더 추워요." 노부인은 다시 감정이 복받쳤다.

흐느낌 소리가 조금씩 잦아들었다. 침대는 따뜻했고, 그의 눈꺼풀은 잠기운에 무겁게 내려앉았다. 깜박 잠이 들었다가, 아내의 돌연한 비명 소리에 그는 급히 잠에서 깼다.

"발!" 아내는 격하게 소리쳤다. "원숭이 발!"

남편은 깜짝 놀라 자리에서 일어섰다. "당신 어디 있어? 어디야? 무슨 일이야?"

그녀는 방 저쪽에서 비틀거리며 그에게 다가왔다. "그게 있어야겠어요." 그녀는 차분하게 말했다. "없애지 않았겠죠?"

"거실 선반에 있어." 그는 이상히 여기며 대답했다. "그건 왜?"

그녀는 울다가 웃으며 허리를 굽혀 그의 뺨에 키스했다.

"방금 떠올랐어요." 그녀는 몹시 흥분해서 말했다. "왜 진작 생각하지 못했을까? 당신은 왜 생각을 못했어요?"

"뭘?" 그가 물었다.

"나머지 두 개의 소원." 그녀는 다급히 대답했다. "한 가지 소원만 말했잖아요."

"그걸로 부족하단 말이야?" 그는 험악하게 다그쳤다.

"아니요." 그녀는 의기양양하게 소리쳤다. "하나 더 빌어봐요. 내려가서 어서 가져와요. 아이를 살려달라고 빌란 말이에요."

그는 부들부들 떨리는 몸으로 이불 속을 박차고 나왔다. "이런, 당신 미쳤어!" 그는 혼비백산하여 소리쳤다.

"가져와요." 그녀는 숨을 헐떡였다. "빨리. 소원을 빌어요. 아, 내 아들, 아들아!"

남편은 성냥을 찾아 촛불을 켰다. "침대로 돌아오라니까." 그는 떨리는 목소리로 말했다. "당신은 지금 무슨 소리를 지껄이는지도 모르고 있어."

"첫 번째 소원이 이루어졌어요." 노부인은 들뜬 음성으로 말했다. "두 번째 소원도 가능하잖아요?"

"우연이야." 남편은 말을 더듬었다.

"가져와서 소원을 말하라니까요." 아내는 흥분으로 몸을 떨며 울부짖었다.

남편은 아내를 향해 떨리는 목소리로 말했다. "그 아이는 열흘 전에 죽었어. 게다가 당신한테는 말하지 않았지만, 옷가지로 겨우 아이를 알아볼 수 있을 정도였어. 그때도 차마 볼 수 없을 정도로 끔찍했는데, 지금은 어떻겠어?"

"아이를 살려내요." 아내는 문 쪽으로 남편을 끌며 소리쳤다. "내가 키운 아이를 두려워할 것 같아요?"

그는 어둠 속을 더듬거리며 응접실로 내려가 벽난로 쪽으로 향했다. 부적은 그 자리에 있었고, 그는 입 밖에 내지 않은 소원으로 응접실을 빠져나가기 전에 사지가 찢긴 아들이 눈앞에 나타날 거라는 오싹한 두려움에 사로잡혔다. 게다가 어둠 속에서 방향을 잃었다는 생각이 들자 숨까지 막혔다. 이마에 식은땀을 흘리며 그는 더듬더듬 탁자를 돌아갔고, 비좁은 통로에 다다를 때까지 끔찍한 물건을 쥔 손으로 벽을 짚으며 걸어갔다.

그가 침실에 들어섰을 때는 아내의 얼굴마저 변해 있는 것 같았다. 잔뜩 겁에 질린 그는 기다리고 있는 창백한 아내의 얼굴에서 기묘한 표정을 읽었다. 그는 아내가 두려웠다.

"소원을 말해요!" 그녀는 거세게 소리쳤다.

"어리석고 나쁜 짓이야." 그는 중얼거렸다.

"소원을 말해요!" 아내는 다시 말했다.

그는 손을 들어올렸다. "아들이 살아 돌아오게 해주세요."

부적은 바닥에 떨어졌고, 그는 두려움 속에서 그것을 바라보았다. 부들부들 떨면서 의자에 주저앉는 동안, 아내는 이글거리는 눈빛으로 창가로 걸어가더니 블라인드를 올렸다.

그는 차갑게 얼어붙은 채 의자에 앉아서, 창문 밖을 뚫어지게 응시하고 있는 늙은 여인을 힐끔거렸다. 촛대 가장자리까지 타들어 간 촛불은 천장과 벽면에 흔들리는 그림자를 드리우다가 커다란 불꽃과 함께 꺼져버렸다. 내심 부적의 효험이 없다고 안도한 남편은 침대로 기어들었고, 일이 분 뒤에 아내도 말없이 냉랭하게 남편 곁에 누웠다.

그들은 아무 말 없이 시계의 째깍거림을 듣고 있었다. 계단이 삐거덕거리고, 쥐 한 마리가 찍찍 소리를 내며 벽 속에서 요란을 떨었다. 짓누르는 어둠 속에서 남편은 용기를 내 성냥통을 찾았고, 성냥불에 의지해 초를 가지러 아래층으로 내려갔다.

계단을 내려서는데 성냥불이 꺼지자 한 개비를 켰다. 바로 그때 너무도 조용하고 은밀한 노크 소리가 현관문에서 들려왔다.

손에 쥔 성냥통이 떨어져 바닥에 흐트러졌다. 그는 꼼짝없이 서서 노크 소리가 다시 들려올 때까지 숨을 죽였다. 재빨리 침실로 달려가 문을 닫았다. 세 번째 노크 소리가 집 안을 울렸다.

"뭐죠?" 아내가 깜짝 놀라 일어서며 소리쳤다.

"쥐새끼야." 남편은 떨리는 음성으로 말했다. "쥐새끼가 계단을 지나갔어."

아내는 침대에 앉아 귀 기울였다. 커다란 노크 소리가 집 안에 울려 퍼졌다.

"허버트예요!" 그녀는 울부짖었다. "허버트예요!"

그녀는 방문으로 달려갔지만, 남편이 막아서서 그녀의 팔을 움켜잡았다.

"어쩌려고 그래?" 그는 쉰 목소리로 속삭였다.

"내 아들, 허버트란 말이에요!" 그녀는 몸부림치며 소리쳤다. "여기서 삼 킬로미터 떨어져 있다는 걸 깜박했어요. 왜 붙잡는 거죠? 놔요. 문을 열어줘야죠!"

"제발, 집 안에 들여선 안 돼!" 남편은 몸을 떨며 소리쳤다.

"자기 아들을 무서워하다니!" 그녀는 몸부림치며 소리쳤다. "놔요! 엄마가 곧 갈게, 허버트. 곧 가마!"

노크 소리가 계속 들려왔다. 아내는 있는 힘껏 남편을 뿌리치고 침실에서 뛰쳐나갔다. 뒤따라온 남편은, 다급히 계단을 내려가는 아내를 애처롭게 불러보았다. 체인이 짤랑거리고, 빗장이 천천히 풀리는 소리가 났다. 곧이어 숨넘어가는 아내의 목소리가 들려왔다.

"빗장!" 그녀는 크게 소리쳤다. "내려와요. 손이 빗장에 닿지 않아요."

그러나 엎드려 있던 남편은 바닥을 더듬거리며 원숭이 발을 찾고 있었다. 바깥에 있는 형체가 집 안으로 들어오기 전에 그것을 찾아야 했다. 노크 소리가 연달아 집 안에 울려 퍼지는 가운데, 아내가 의자를 끌어다 현관문 앞에 놓는 소리가 들려왔다. 빗장이 풀리는 삐거덕거림이 들려오는 순간, 그는 원숭이 발을 찾아 미친 듯이 세 번째이자 마지막 소원을 빌었다.

메아리는 여전히 집 안에 남았지만, 노크 소리는 갑자기 멈췄다. 의자를 밀치고 문을 여는 소리가 들려왔다. 차가운 바람이 계단까지 밀려들었고, 비참하고 절망적인 아내의 길고 떠들썩한 비명 소리에 그는 그녀 곁으로, 현관 너머 대문까지 달려갈 용기를 얻었다. 인적 없는 고요한 거리에 가로등 불빛이 깜박이고 있었다.

두 번째 기묘
그날의 기억

The Moonlit Road by Ambrose Bierce

I. 조엘 헷맨 주니어의 진술

나는 세상에서 가장 불행한 사람이다. 부자로서 존경을 받고, 퍽 괜찮은 학벌에 몸도 건강하고, 그 밖에 가진 자만이 가치를 알고, 가지지 못한 자가 질시할 만한 장점까지 가지고 있다. 차라리 이런 것들이 내게 없었다면, 그래서 내 외적인 삶과 내적인 삶이 끊임없이 고통스러운 관심의 대상이 되지 않았다면, 지금처럼 불행하진 않을 것이다. 빈곤에 짓눌려 늘 노력해야 하는 삶이었다면, 이처럼 당혹스럽고 침울한 비밀을 이따금씩은 잊었을 테니까.

나는 조엘 헷맨과 줄리아 헷맨의 외동아들로 태어났다. 아버지는 유복한 지방 유지였고, 어머니는 교양 있고 아름다웠다. 아버지는 어머니를 열렬히 사랑했지만, 그 사랑이 끊임없는 질투와 가혹한 헌신임을 나는 이제 알고 있다. 테네시 주 내슈빌에서 몇 킬로미터 떨어진 고향집은 대저택이었지만 특별한 건축술을 따르지 않고 도로에서 가까운 숲속에 지어졌다.

이 글을 쓰는 지금, 나는 열아홉으로 예일대에 다니고 있다. 어느 날 부친에게서 전보 한 통을 받았는데, 설명하기 어려운 일이니 무조건 집에 오라는 내용이었다.

내슈빌 기차역에 도착했을 때, 마중 나온 먼 친척을 통해 무슨 일이 벌어졌는지 전해들을 수 있었다. 어머니가 무참하게 살해당했다는 소식이었다. 무슨 이유로 누가 그런 짓을 저질렀는지 단서조차 없지만, 그날의 정황은 이러했다.

아버지는 내슈빌에 갔고, 다음 날 오후에 돌아올 예정이었다. 그러나 어떤 예감에 사로잡혀 업무를 제대로 끝내지 못한 채 새벽녘에 급히 집으로 돌아왔다. 아버지의 증언에 따르면, 현관 열쇠를 가져가지 않은데다 잠자는 하인들을 일부러 깨우고 싶지 않아서 뒷문 쪽으로 돌아갔다고 한다.

가는 도중 문이 슬며서 열렸다 닫히는 소리를 들었고, 어두워 분간이 힘들었지만, 한 남자가 나무 사이로 급히 사라지는 모습을 목격했다. 재빨리 그 뒤를 쫓아 주위를 살펴보았지만, 아무것도 발견할 수 없었다. 아버지는 누군가 하인 하나를 몰래 방문했을 거라고 여기며 열려 있는 현관문으로 들어와 침실이 있는 이층 계단을 올랐다. 그런데 침실 문이 열려 있었고 어두컴컴한 방 안으로 들어가자 묵직한 물체가 아버지의 발부리에 걸렸다. 내가 그 상황을 자세히 설명할 필요는 없을 것 같다. 어쨌든 그 묵직한 물체는 바로 어머니이자 교살된 시신이었다.

집에서 없어진 물건은 없었으며, 하인들은 별다른 소리를 듣지 못했다. 분명한 것은 죽은 여인의 목에 남아 있던 손가락 자국이었다. 오, 하느님! 제발 이 순간을 잊을 수 있기를! 그 외 살인의 흔적은 전혀 남아 있지 않았다.

나는 학업을 중단하고 아버지 곁에 머물렀다. 당연히 아버지에겐 많은 변화가 생겼다. 침착하고 과묵한 성품은 변함이 없었지만, 상처가 너무 깊었던 탓에 어떤 것에도 관심을 보이지 않았다. 그러나 단 한 가지, 문가에 다가서는 발소리에는 유독 반응을 나타냈다. 아마 그런 상태를 불안감으로 설명할 수 있을지 모른다. 약간의 충격이나 놀람에도 아버지는 눈에 띄게 불안해하며 얼굴까지 창백하게 질렸다가 이내 전보다 더 무감각한 우울 속으로 빠져들곤 했다.

나는 아버지가 '신경 쇠약'에 걸린 거라 생각했다. 내 경우에는 지금보다 젊었을 때였으므로, 젊다는 것이 많은 것을 상쇄해주었던 것 같다. 젊음은 요르단강처럼 강했고, 그곳에는 어떤 상처라도 덮을 수 있는 진통제가 있었다. 아, 다시 그 매혹적인 땅으로 갈 수만 있다면! 슬픔에 익숙하지 않았던 나는 어머니와의 사별에 어떻게 대처해야 하는지도 몰랐다. 그 돌발적인 사건이 던져준 힘을 제대로 평가할 수 없었다.

그 끔찍한 사건이 벌어지고 몇 달이 흐른 어느 날 밤, 아버지와 나는 시내에 들렀다 집으로 걸어오고 있었다. 동쪽 지평선 위로 보름달이 세 시간 동안 환하게 떠 있었다. 시골의 풍경 곳곳에 여름밤의 깊은 정적이 스며들어 있었다. 우리 발소리와 여치 울음만이 무심한 음향으로 맴돌았다. 가로수의 검은 그림자들이 길가를 따라 비스듬히 이어졌는데, 짙은 그림자 사이마다 유령처럼 회디흰 달빛이 묻어 나왔다.

이윽고 어둠에 빠진 집 현관이 시야에 들어올 즈음, 아버지가 돌연 걸음을 멈추고 내 팔을 잡아끄시는 것이었다. 헐떡이는 숨결 간간이 힘겨운 음성이 들려왔다.

"세상에! 오, 세상에! 저게 뭐지?"

"아무 소리도 들리지 않는 걸요."

"아니, 저기, 저기 말이야!"

아버지는 다급히 턱을 들어 길가를 가리켰다.

"아무것도 없는데요. 자, 어서 들어가세요. 지금 편찮으시잖아요."

아버지는 내 팔을 놓고, 여전히 달빛 비추는 길에 우두커니 서서 뭔가를 뚫어지게 응시했다. 달빛에 드러난 얼굴은 몹시 창백했고, 형용할 수 없는 비참한 그림자가 드리워져 있었다.

　나는 아버지의 소매를 살며시 잡아끌었지만, 아버지는 내 존재마저 까맣게 잊은 모양이었다. 오히려 조금씩 뒷걸음질을 치기 시작했다. 그러면서도 줄곧 응시하고 있는, 아니면 그렇다고 생각하고 있는 대상에 그대로 시선을 못 박은 상태였다. 나도 아버지를 따라 반쯤 돌아서다가 멈칫하고 말았다. 그 순간 갑작스러운 냉기와 함께 기묘한 공포감이 느껴졌기 때문이다. 마치 한겨울의 삭풍이 내 얼굴을 어루만지다 얼굴에서 발끝까지 껴안는 느낌이었다. 심지어 머리칼까지 그 싸늘한 손길이 스치는 것 같았다.

　그 순간, 우리 집 이층 유리창에서 갑자기 스쳐가는 불빛을 보았다. 나중에 물어보니, 하인 한 명이 사악한 악령의 예감에 사로잡혀 뭐라 설명할 수 없는 충동이 일어 램프에 불을 켰다는 것이다. 돌아보았을 때, 아버지는 이미 어디론가 사라진 후였다.

　그 후 몇 년 동안, 미궁으로 빠져든 아버지의 운명에 대해 헛된 속삭임조차 들려오지 않았다.

II. 캐스퍼 그래튼의 진술

나는 오늘까지 살아 있을지 모른다. 그리고 내일, 바로 이 방에서 아주 오랫동안 감각 없는 진흙의 형태로 남게 될 것이다. 누군가 이 불쾌한 얼굴에서 천을 들어올린다면, 아마 병적인 호기심 때문일 것이다. 그리고 이렇게 물을 것이다.

"누구지?"

이 질문에 나는 이렇게밖에는 답할 수 없다. 캐스퍼 그래튼이라고. 사실 그 정도면 충분할 것이다. 나는 개인적인 필요에 따라 캐스퍼 그래튼이라는 이름을 이십 년 넘게 사용해왔다. 내가 직접 지은 이름이라는 것 외에 딱히 이유는 없다. 이 세상을 살려면 누구나 이름이 있어야 한다. 이름이 정체성을 대변해주지는 않지만, 어쨌든 혼란은 막아주니까 말이다. 그러나 숫자로 사람을 부르는 것은 이름에 비해 변별력을 기대할 수 없다.

예를 들어, 어느 날인가 나는 시내를 지나다가 제복을 입은 남자 둘과 맞닥뜨린 적이 있다. 그 중 하나가 잠시 멈춰 서서 내 얼굴을 유심히 바라보다가 동료에게 이렇게 말하는 것이었다.

"이 사람 칠백육십칠을 닮았어."

번호가 지칭하는 대상은 어딘가 익숙하면서도 섬뜩한 느낌을 준다. 순간 나는 까닭 모를 충동에 사로잡혀 느닷없이 길가를 달리기 시작했고 시골길에 접어들어서야 숨을 헐떡이며 멈추었다.

나는 그 번호를 단 한 번도 잊은 적이 없었다. 불완전하게 떠도는 음담 속에서도, 거친 웃음소리에서도, 철제문의 차가운 금속성 울림 속에서도 나는 늘 그 번호를 기억해야 했다. 그래서 내 마음대로 지은 것이지만 번호보다는 나을 것 같아 캐스퍼 그래 튼이라는 이름을 말한 것이다. 조만간 옹기장이의 명부에 숫자와 이름이 동시에 올라갈지 모른다. 이름이 두 개라니, 부자가 된 느낌이다!

이 글에 등장하는 사람들에 대해 신중하게 생각해주기를 바란다. 이 글은 내 자서전이 아니며, 오히려 나를 부정하는 내용이 될 것이다. 일관성이 결여된 기억의 단편들을 기록하는 것에 불과하다. 그 중 일부는 분명하고 타당한 근거로 빛을 발할 것이며, 또 어떤 내용은 주제와 관련이 없고 낯설어서 암흑을 오가는 진홍색 꿈에 불과하다고 여겨질지 모른다. 여전히 거대한 폐허 속에서 마녀의 불꽃이 벌겋게 이글거리고 있으니 말이다.

영원의 해변에 서서, 나는 내가 걸어온 육지 너머를 마지막으로 돌아보았다. 이십 년 동안 걸어온 발자국이 분명히 남아 있으며, 발자국마다 배어 있는 핏빛도 여전히 선명할 것이다. 가난과 고통 속으로 난 길이며, 늘 의혹에 방향을 잃고 구불구불 멀게만 돌아왔던 길이며, 발걸음은 고통과 짐에 짓눌려 비틀거리기 일쑤였다.

늘 배척당하고 외로웠으며 우울하고 더디기만 한 길이었다.

아, 시인의 예언이니, 얼마나 숭고하며 얼마나 갸륵한가!

비아 돌로로사(라틴어로 고통의 길을 의미한다 – 옮긴이주)의 기원으로 거슬러 올라가는 이 서사시는 죄악으로 얼룩져 있을지니, 나는 아무것도 명확히 볼 수 없어라. 그저 구름에서 나온 모호함일 뿐. 고작 이십 년의 세월을 말할 뿐이다. 그러나 나는 이제 늙은 몸이다.

사람은 자신의 탄생을 기억하지 못하며, 그저 남에게 전해 들어야 한다. 그러나 내 경우는 달랐다. 내게 찾아온 삶은 충만하기 그지없었으며, 모든 능력과 힘을 선사받았다. 모든 이가 기억인지 꿈인지 모르는 소리를 더듬거릴 뿐이어서, 나는 전생에 대해서는 알 수 없다. 다만 내 최초의 의식이 육체와 정신 속에 충만했다는 사실만은 분명히 알고 있다. 내 의식은 놀람이나 억측 없이 온전히 받아들여졌다.

나는 반 벌거숭이의 몸으로 극한 피로와 허기에 시달리며, 맨발로 숲속을 걷고 있는 자신을 발견했다. 문득 농가가 하나 보이기에 문을 두드리며 먹을 것을 달라고 부탁했다. 그들은 내 이름을 물었다. 나는 내 이름을 몰랐지만 모두 이름이 있단 사실은 안다. 나는 몹시 당황하며 도망치듯 농가에서 물러났다. 이윽고 밤이 되었고, 숲속에 누워 잠들었다.

다음 날 아침, 이름 모를 대도시에 들어섰다. 이제 끝나버린 삶의 단면들을 더 이상 자세히 재론하고 싶지는 않다. 방랑의 삶이자, 늘 어디서나 악행을 벌해야 한다는 죄 의식과 범죄를 벌해야 한다는 공포의 중압감에 쫓겨 다닌 삶이었다. 내가 이야기를 제대로 줄여서 말할 수 있을지 지켜볼 일이다.

나는 예전에 그 대도시 주변에서 살았던 것 같다. 성공한 농장주로서 사랑했지만 신뢰하지 않았던 여인과 결혼을 했다. 슬하에 아이도 하나 있었는데, 영리하고 장래가 촉망되는 아이였다. 그러나 아이의 모습은 늘 어렴풋하게만 떠올라 사진을 앞에 두고도 정확히 그려볼 수가 없다.

그리고 그 불행한 저녁이 내게 찾아왔다. 모두가 사실과 허구의 문학을 통해 친숙해져 있는, 저속하고 평범한 방법으로 나는 아내의 정숙함을 시험하고자 했던 것이다. 다음 날 오후에나 돌아올 것이라고 아내에게 말한 후 시내로 나갔다. 그러나 새벽 먼동이 트기 전에 집으로 돌아와 뒷문으로 향했다. 시내에 가기 전, 뒷문을 잠가놓은 것처럼 꾸며 놓았을 뿐 사실은 열려 있었다.

뒷문으로 가는 도중, 슬며시 열렸다 닫히는 문소리를 들었고 어둠 속으로 도망치는 한 남자를 목격했다. 일순 온몸에 살기를 느끼며 그를 뒤따랐지만, 그가 누구인지 알 만한 어떤 단서도 잡지 못하고 허무하게 놓치고 말았다. 솔직히 지금은 그 형체가 사람인지조차 자신할 수 없다.

질투와 격분에 사로잡힌 나는, 모욕당한 남자가 꿈꿀 수 있는 맹목과 야수성에 불타 곧바로 침실이 있는 이층으로 뛰어 올라갔다. 침실 문은 잠겨 있었지만, 그 역시 미리 손을 써놓았으므로 쉽게 방 안으로 들어갈 수 있었다. 방 안은 어두웠지만, 바로 침대 옆으로 다가갔다. 침대 위를 더듬어봤지만, 사람이 있던 흔적만 느껴질 뿐 아무것도 손에 잡히지 않았다.

"흥, 아래층으로 도망갔군. 내가 들어오는 인기척에 깜짝 놀랐겠지."

그런 생각을 하곤, 아내를 찾기 위해 입구 쪽으로 돌아섰다. 그런데 방향을 잘못 잡아 오른쪽으로 발길이 엇갈렸다. 그때였다. 방 한구석에 웅크리고 있는 그녀의 몸뚱이가 내 발길에 부딪힌 것이었다.

내 두 손은 순식간에 아내의 목을 움켜쥐며 비명 지를 기회조차 주지 않았다. 무릎으로 발버둥치는 그녀의 몸을 짓눌렀고, 어둠 속에서 그녀의 행실을 탓하거나 비난하지 않고 묵묵히 죽을 때까지 목을 졸랐다.

그렇게 꿈은 끝났다. '끝났다'라는 과거 시제를 사용했지만, 그 음울한 비극은 지금도 끝없이 내 의식 속에서 되풀이되고 있다. 끝없이 계획을 세우고, 그 확인에 고통스러워하며 잘못을 바로잡으려고 발버둥치는 것이다. 그리고 모든 것이 공허해졌다. 얼마 후, 창가에 빗방울이 떨어졌고, 또 얼마 후에는 초라한 내 몰골 위로 눈이 내렸다. 가난과 비루한 노동에 시달리던 그 추악한 거리에서도 달려가는 마차 소리가 들려왔다. 찬란한 햇빛이 비쳤다 해도 나는 기억할 수 없다. 새들이 창공을 날았지만, 내 귀에는 그 노래 소리가 들려오지 않았다.

또 다른 밤의 얼굴과 꿈이 떠오른다. 내가 달빛이 비추는 길 위에 서 있는 꿈이다. 내 옆에 누군가 있지만, 누구인지 정확하지 않다. 커다란 저택의 그림자 속에서 문득 흰옷 입은 형체가 번뜩였다. 그리고 한 여자가 길 위에서 나를 마주보고 있었다. 내가 죽인 아내였다! 그녀의 얼굴엔 죽음의 그림자가 가득했고, 목에는 손가락 자국이 선명했다. 나를 뚫어지게 바라보았지만 눈에는 비난이나 증오도, 그 어떤 위협도 담겨 있지 않았다. 그저 그런 눈빛이 있다는 것만으로 소름이 끼쳤다. 나는 그 끔찍한 유령이 두려워 뒤로 물러섰고, 지금 이 순간에도 그때의 공포는 그대로 남아 있다. 더 이상 뭐라고 표현할 수가 없다. 보라! 그들은….

지금 나는 침착하고 냉정한 상태다. 그러나 이제 더 이상 말해 줄 진실이 없다. 그 사건은 시작한 곳에서 끝났다. 어둠과 의혹에서 시작됐으며 그 속에서 끝이 난 것이다.

물론, 나는 다시 자제력을 되찾았다. '내 영혼의 지배자.' 그러나 그것이 고통 없는 휴식을 주진 못한다. 속죄의 다른 국면에 불과하다. 나의 참회는 변덕스럽다. 그래서 때론 평온을 얻기도 한다. 결국 종신형을 선고받은 것이나 다름없다. '살아 있는 지옥'… 참으로 우둔한 형벌이다. 죄인이 그 형량을 결정할 수 있으니 말이다. 나는 오늘 내 형량을 끝낼 생각이다.

어쨌든, 사람들이 말하는 평화라는 것은 나와는 아무 상관이 없다.

III. 줄리아 헷맨의 진술, 중간 지대를 통과하며

나는 일찍 잠자리에 들어 곧장 평온한 잠에 빠져들었다. 그런데 설명할 길 없는 위기감, 그러니까 어린 시절에 경험했던 그런 불안감 때문에 문득 깨어났다. 부질없는 생각이라며 스스로를 위로해봤지만, 무슨 까닭인지 불안감은 사라지지 않았다.

남편 조엘은 집에 없었고, 하인들도 모두 잠자리에 들었을 시간이었다. 평소와 다를 것이 없었다. 그렇지만 기이한 공포감이 점점 심해져 급기야 침대에서 일어나 램프에 불을 켰다. 방 안에 불을 밝히면 안정이 될 것 같았지만, 그와는 반대로 빛 때문에 더 위험해졌다는 생각이 들었다. 불빛이 밖으로 새어나가 누군가 나를 해치려 한다면 쉽게 내가 있는 곳을 알려주는 셈이었으니까.

지금 이 시간, 여전히 살아서 숨쉬고 있는 사람들이라면 상상력이 만들어낸 공포와 한밤의 방심을 노리고 있을 사악한 존재를 떠올리는 일이 얼마나 끔찍한 것인가를 잘 알 것이다. 그리고 보이지 않는 적과 함께 밀폐된 공간에서 불쑥 튀어나오는 것이 바로 절망이라는 것을.

　나는 서둘러 램프의 불을 끄고는 이불을 뒤집어쓰고 침묵 속에서 벌벌 떨며 기도할 생각조차 떠올리지 못했다. 그렇게 가엾은 상태에서 나는 몇 시간, 아니 그런 상황에서 시간은 존재하지 않을 테니까, 시간이 얼마나 지났는지도 가늠하지 못하고 누워 있었다.

　마침내 올 것이 왔다. 계단에서 불규칙하고 은밀한 발소리가 들려온 것이다! 갈 곳을 몰라 주저하는 듯 느릿느릿한 움직임이었다. 그것은 혼돈에 빠진 내 정신에 더없는 공포를 심어주었고 점점 다가오는 맹목적이고 냉혹한 존재에게 어떤 애원도 소용이 없을 것 같았다.

　문득 램프의 불을 켜두어야 했었다고 후회했다. 그랬다면 밤을 틈타 나타난 그 괴물의 정체를 볼 수 있었을 것이다. 방금 전까지만 해도 불빛을 두려워했던 것과는 달리 엉뚱하고 일관적이지 못한 변화였지만, 그 외 다른 생각을 할 수 있는 사람이 있을까? 공포에는 이성이 없는 법이다. 그 자체가 불합리한 것이기 때문이다. 공포에 사로잡혔다면, 무엇을 봐도 음산한 법이며, 어떤 속삭임에도 서툴고 엉뚱한 판단을 내리는 법이다. 공포의 왕국을 지나온 사람이라면, 누구나 이런 사실을 잘 알고 있으며, 이승의 영원한 황혼 속으로 은둔한 채 자기 자신뿐 아니라 다른 이를 보지 못하며, 그저 혼자만의 공간에 비참하게 숨어 있는 것이다. 사랑하는 이의 목소리를 듣고자 갈망하면서도, 여전히 벙어리가 되어 공포에 순종할 뿐이다.

불멸하는 사랑이나 증오의 힘으로 종종 불가능한 일들이 가능해지고, 자연의 섭리도 정지할 때가 있다. 우리가 경고하고 위로하며 처벌했던 사람들이 우리를 발견해내곤 한다. 우리가 그들에게 어떤 모습으로 비칠지 모른다. 아는 것은 그토록 위안을 주고 애정과 연민을 다하려고 애썼던 사람들에게조차 우리는 공포와 망령으로밖에는 다가설 수 없다는 사실이다.

한때 한 여성으로 살았던, 이 기묘한 망자의 입에서 튀어나온 조리 없는 장광설을 용서해주길 바란다. 이승의 사람들은 이처럼 불완전한 방법 외에는 우리를 알 방법이 없으며, 결국 이해하지도 못한다. 사람들은 우리에게 미지의 존재나 금기된 것들에 대해 우매한 질문을 할지 모른다. 물론 알고 있으며 말해주고 싶은 것들이 많지만 인간의 언어로는 아무런 의미를 지니지 못한다.

우리는 인간의 언어 일부를 더듬거릴 수밖에 없다. 어쩌면 사람들은 우리가 다른 세계에 있다고 생각할지 모른다. 아니다. 우리 역시 인간의 세계 외에는 달리 아는 바가 없다. 물론 지금 알고 있는 인간의 세계는 빛이 없으며, 온기도, 음악도, 웃음도, 새들의 지저귐도, 친구도 존재하지 않는다. 오, 신이시여! 달라진 세상에서 움츠린 채 벌벌 떨며 근심과 절망의 희생양이 되게 했던 우리 귀신의 정체는 무엇이란 말입니까?

아니, 나는 공포 때문에 죽진 않았다. 그 존재가 갑자기 방향을 틀어 사라졌기 때문이다. 급히 계단을 내려가는 발소리가 들려왔고, 어쩌면 공포의 정체가 그 소리였을지 모른다는 생각도 들었다. 그때 나는 도움을 청하기 위해 자리에서 일어섰다. 온몸에 경련이 일었기 때문에 쉽게 문고리를 찾지 못했는데, 세상에! 바로 그 순간 뭔가 되돌아오는 소리가 들려왔다.

계단을 다시 올라오는 발소리는 매우 급하고 묵직했으며 요란했다. 온 집안이 흔들리는 것 같았다. 나는 다급히 구석으로 뛰어들어 바닥에 웅크리고 앉았다. 그리고 사랑하는 남편의 이름을 부르려고 기를 썼다. 그때 방문이 활짝 열리고 말았다.

얼마의 시간이 지났을까, 내 목을 움켜쥐는 손아귀의 힘이 느껴졌다. 두 팔을 버둥댔지만 아무 소용이 없었고, 이 사이로 혓바닥이 저절로 축 늘어졌다. 그리고 얼마 후 나는 지금의 삶으로 빠져들었다.

그 존재가 누구인지는 알 수 없다. 우리가 임종의 순간에 알고 있는 정보의 총합이 바로 사후의 기억을 결정하기 때문이다. 물론 망자의 몸이 된 후에도 많은 것을 알게 되지만, 사후에 습득한 사실은 새로운 기억으로 저장되지 않는다. 우리는 기억의 책 속에 죽음 직전까지 씌어진 내용만을 읽을 수 있을 뿐이다. 그리고 이곳에서 의혹과 혼란에 찬 경치를 조망할 수 있을 만큼 진실은 높은 곳에 있지 않다. 우리는 여전히 어둠의 계곡, 황량한 모처에 숨어 지내며 무성하게 얽혀 있는 가시나무와 덤불 저편을 훔쳐보는 해로운 존재들이다. 정녕 지나간 과거의 시간에서 새로운 사실을 찾아낼 수는 없는 걸까?

이제부터 내가 말하려는 것은 어느 날 밤에 경험한 일이다. 사람들이 잠자리에 들어 휴식을 청하기 때문에 우리는 그 시간이 밤이라는 것을 알 수 있다. 밤이면 은둔지에서 빠져나와 두려움 없이 우리가 살던 옛집을 찾아갈 수 있다. 창가를 지켜보기도 하고, 용기를 내 집 안까지 들어가 잠든 가족의 얼굴을 응시하기도 한다.

지금의 나로 무참하게 뒤바뀌었던 옛집 주위를 오래도록 서성였으며, 여전히 사랑하고 증오했던 대상이 남아 있음을 깨닫곤 했다. 부질없게도 나를 드러낼 수 있는 방법을 찾기도 했다.

내가 아직 존재한다는 사실을 남편과 아들에게 알리고, 그들의 애틋한 연민을 받을 수 있기를 얼마나 간절히 원했던가! 남편과 아들은 늘 잠에서 깨어났고, 내가 절박한 심정으로 다가갈 때도 깨어났지만, 내 뜻과는 정반대로 공포에 찬 눈길로 내 쪽을 바라볼 뿐이었다.

그날 밤, 나는 남편과 아들을 마주할 것을 두려워하면서도 줄곧 찾아 헤매었지만, 그들은 집 안 어디에도, 달빛 머금은 정원에서도 보이지 않았다. 우리는 태양을 영원히 볼 수 없는 신세지만, 달은 기울거나 찬 모습 그대로 우리를 비출 수 있었다. 달빛은 밤에 빛났으며, 때론 낮에도 그 빛을 보여주지만 다른 생명체와 마찬가지로 달도 역시 졌다가 다시 떠오르는 것이다.

나는 정원을 지나 희디흰 달빛에 드러난 길을 정처 없이 슬픔에 잠겨 걸어갔다. 그런데 돌연 탄성을 지르는 가엾은 남편의 목소리와 그를 안심시키며 만류하는 듯한 아들의 음성이 들려왔다. 두 사람은 나무 그늘 아래 서 있었다. 그들이 그토록 가까이 있다니! 이윽고 시선이 내게로 향했고, 특히 남편의 눈동자가 내게 머물렀다. 마침내, 마침내 그가 나를 본 것이다! 그 순간 내 쓰디쓴 악몽은 공포와 함께 눈 녹듯이 사라져버렸다. 망자의 주문이 깨지는 순간이었으며, 사랑이 자연의 섭리를 극복하는 찰나였다.

나는 환희에 몸을 떨며 소리쳤다. 소리쳐야 했다.

"남편이 나를 봤어. 나를 봤다고. 이제 나를 이해해줄 거야!"

나는 감정을 지그시 억누르며 앞쪽으로 다가갔다. 가장 아름다운 미소를 떠올리려고 애쓰면서 두 팔을 벌려 절절한 애정으로 남편을 어루만지고, 아들의 손을 꼭 잡아주었다. 그리고 무엇이든 말할 수 있기를, 그래서 생사의 잘못된 경계를 다시 바로잡을 수 있기를 간절히 소망했다.

아! 이 얼마나 참담한 일이던가! 남편의 얼굴은 공포로 창백히 질려갔고, 두 눈동자는 쫓기는 짐승을 닮아갔다. 그는 내게서 뒷걸음치기 시작했고, 내가 다가가자 다급히 등을 돌리고 숲속으로 도망쳐버렸다. 그곳은 우리가 갈 수 없는 영역이었다.

가엾은 아들, 그 아이는 한층 더 쓸쓸한 모습으로 남겨져 난 가슴이 찢어지는 심정만 느낄 뿐, 내 존재를 알릴 방법이 없었다. 언젠가는 그 아이도 '보이지 않는 삶'의 경계 속으로 걸어들어올 운명이지만, 그때 우리는 영영 서로를 만날 수 없을테니.

세 번째 기표
벨 소리

The Lady's Maid's Bell by Edith Wharton

I

그해 가을, 장티푸스를 앓고 난 직후였다. 당시 석 달 동안 병원에 입원해 있다가 퇴원했는데, 하녀를 구한다는 말을 듣고 몇 군데 들렀지만 모두들 앙상하고 허약한 내 모습을 보고 못 미더워하는 기색이 역력했다. 수중에 있는 돈도 거의 바닥났고, 두 달간 직업훈련소를 전전하며 마땅한 일자리를 찾았지만 소용없는 일이었다. 게다가 초조함 때문에 체중은 늘지 않았고, 왜 갑자기 내게 이런 일이 벌어졌는지 망연자실한 상태였다. 정말이지 당시에는 운명의 장난이라는 생각마저 들었다. 그러던 어느 날, 나를 처음으로 미국으로 데려왔던 부인의 친구인 레일턴 부인을 우연히 만났는데, 그녀는 뭔가 할 말이 있는 듯 걸음을 멈추었다. 그녀는 친절했던 모습 그대로였다. 왜 그리 안색이 좋지 않냐고 묻길래 나는 그간의 사정을 얘기했다. "그렇게 딱할 수가, 마침 적당한 일자리가 있으니, 내일 집으로 찾아오렴. 그때 자세히 얘기하자꾸나."

다음 날 부인을 방문했을 때, 그녀는 소개시켜줄 사람이 자신의 조카 브림프턴 부인이라고 말했다. 브림프턴 부인은 피곤한 도회지 생활을 견디지 못해 허드슨의 시골 저택에서 생활하고 있으며, 거동이 불편하단다.

"자, 허틀리." 레일턴 부인의 예의 쾌활한 음성은 늘 내게 일이 잘 풀릴 것 같다는 느낌을 주곤 했다. "지금부터 내 말을 잘 들으렴. 그 저택은 그리 유쾌한 곳은 아니란다. 건물이 굉장히 큰 편인데, 음침한 기분이 들거야. 조카는 신경이 예민한데다 우울할 때가 많아. 부군 되시는 분은 대부분 밖에서 보내는 편이야. 그들 부부는 자식 둘을 모두 잃었단다. 일 년 전이라면, 너처럼 한창 나이인 활달한 아가씨를 그런 답답한 곳에 보낼 생각은 안 했을 테지만, 당장은 몸 상태가 좋지 않은 것 같구나. 그래서 깨끗한 시골 공기와 한적한 곳에서 제대로 먹고 규칙적인 생활을 한다면 네게도 아주 좋을 거야. 오해는 하지 말거라." 내가 약간 고개를 숙이자, 그녀는 몇 마디 말을 덧붙였다. "지겨울지도 모르지만, 불행하지는 않을 거야. 조카는 그야말로 천사나 다름없거든.

지난 봄에 죽은 하녀도 이십 년 동안 조카 시중을 들면서 진심으로 조카를 존경했지. 조카는 누구에게나 상냥하단다. 곧 알게 되겠지만, 하인들도 괜찮은 편이라 적응하기 쉬울 거야. 너야말로 내 조카에게 꼭 필요한 사람이란다. 조용하지, 예의바르지, 신분에 비해서는 교육 수준도 높으니까 말이야. 책도 소리내서 잘 읽었던 것 같은데, 맞지? 조카는 책 읽어주는 걸 아주 좋아한단다. 단순히 시중을 드는 하녀가 아니라 친구가 되어 줄 만한 사람이 필요해. 조카는 얼마 전 죽은 하녀를 지금도 잊지 못하고 있더구나. 외로운 생활일지 모르지만…. 어때, 해보겠니?"

"그럼요, 부인. 저는 외로운 건 두렵지 않아요."

"그렇다면 가거라. 내가 추천하는 일이니까 조카도 좋아할 거야. 즉시 전보를 보낼 테니, 너는 오후 기차를 타거라. 지금 당장 조카를 보살펴줄 만한 사람이 없으니까, 시간 지체하지 말고 떠났으면 좋겠구나."

나는 언제든지 떠날 준비가 된 상태였지만, 왠지 꺼림칙한 기분이 들었다. 그래서 생각을 정리할 겸 이렇게 운을 떼어보았다. "그런데 부인, 주인어른 말씀인데요."

"말했잖니, 그분은 늘 밖에서 생활하신다고. 혹시 주인어른이 집에 돌아오면," 레일턴 부인은 잠시 말을 멈추더니, 서둘러 이렇게 덧붙이는 것이었다. "그분 눈에 띄지 않도록 주의해라."

나는 그날 오후 기차를 탔고, 네 시경에 D역에 도착했다. 마중 나와 있던 마부가 곧바로 노련하게 마차를 몰기 시작했다. 시월 하늘에는 금방 비라도 쏟아질 것처럼 먹구름이 끼어 있었고, 마차가 브림프턴 저택이 있는 숲으로 접어들자 사위는 짙은 어둠으로 빠져들었다. 숲속을 따라 이삼 킬로미터쯤 갔을까, 무성한 관목 숲에 둘러싸인 자갈 마당이 나타났다. 저택 창가에는 불빛이 없었고, 레일턴 부인의 말처럼 어딘지 음침한 기운이 감돌았다.

나는 앞으로 일하게 될 주인댁 사정을 다른 하인에게 귀동냥하는 위인이 아니었으므로, 마부에게도 내내 아무런 질문도 하지 않았다. 무슨 일이든 직접 보고 확인하는 편이 나았다. 그래도 저택의 외관만 놓고 보자면, 썩 괜찮다는 판단이 들었다. 유쾌해 보이는 요리사가 뒷문에서 나를 반겼고, 이내 식모를 불러 내 방까지 안내해주라고 말했다. "부인께는 나중에 인사 올려요. 지금 손님이 계시니까."

솔직히 브림프턴 부인을 찾아오는 방문객이 많을 거라고는 생각 못 했는데… 아무튼 식모의 말이 싫지는 않았다. 식모를 따라 이층 계단에 올라서자, 사잇문이 나타났고 그 문틈으로 훌륭한 가구와 검은색 판벽 장식, 벽에 걸린 초상화들이 눈에 띄었다. 우리는 이내 하인들이 기거하는 별관으로 들어섰다. 무척 어두

읐는데, 식모는 등잔불을 깜빡했다며 미안한 표정을 지었다. "방에 가면 성냥이 있을 거예요. 조심해서 가면 괜찮아요. 복도 끝이 층이 져 있으니까 조심하세요. 그 바로 맞은편이 당신이 묵을 방이에요."

나는 그녀의 말을 들으면서 앞쪽을 살펴보고 있었는데, 복도 중간쯤 웬 여자 한 명이 서 있었다. 우리가 다가서자 그 여자는 문가 쪽으로 비켜섰고, 식모는 그녀를 보지 못한 모양이었다. 내가 보기엔 깡마른 체구에 얼굴이 창백했고, 검정 드레스에 앞치마 차림이었다. 하녀장(하녀를 관리하는 책임자 – 옮긴이주)이라는 생각이 들었지만, 우리가 지나칠 때 아무 말 없이 그저 나를 빤히 바라보았다. 내 방은 복도 끝인데, 정방형 공간에 면해 있었다. 그런데 내 방 맞은편 방문이 열려져 있는 것을 본 식모가 갑자기 언성을 높이는 것이었다.

"이런, 블라인더 부인이 방문을 또 열어 놓았잖아!"

식모는 방문을 닫아버렸다.

"블라인더 부인이 하녀장인가요?"

"하녀장은 없어요. 블라인더 부인은 요리사예요."

"그분 방인가요?"

"예? 아, 아니에요." 식모는 당황하는 표정으로 서둘러 말을 이었다.

"주인 없는 방이에요. 빈방. 그러니 문이 열려 있으면 안 돼요. 브림프턴 부인이 이 방문을 잠가놓으라고 하셨거든요."

그녀가 내 방문을 열자 깔끔한 내부 공간이 나타났는데, 가구도 훌륭했으며 벽에는 두어 점의 그림도 걸려 있었다. 식모는 촛불을 켠 후 방을 나서면서 하인 휴게실에서 여섯 시에 차를 마신 다음 브림프턴 부인에게 인사를 하게 될 거라고 말했다.

하인들은 휴게실에서 즐겁게 환담을 나누었는데, 들어보니 브림프턴 부인이 매우 친절한 분이라는 레일턴 부인의 말이 사실인 것 같았다. 그러나 나는 그들의 얘기를 제대로 듣지 못했다. 검은색 드레스 차림의 창백한 그 여자가 휴게실로 언제 들어올지 줄곧 주변을 살피느라 정신이 팔려 있었기 때문이다. 나타나지 않는 걸로 봐서 식사를 따로 하는 모양이었다. 그러나 수장이 아니라면, 왜 그런 특권을 누리는지 의아했다. 문득 간호사라는 생각이 떠올랐는데, 그렇다면 자기 방에서 따로 식사를 하는 것이 이상한 일은 아니었다. 그리고 전해들은 대로 브림프턴 부인이 거동이 불편한 상태라면 간호사를 둘 확률이 컸다. 그쯤 되자 나는 기분이 좋지 않았다. 경험상 간호사와는 사이좋게 지낼 수 없는데다, 저택에서의 내 입지도 줄어들 것이 분명하기 때문이었다. 그러나 이미 저택에 발을 들여놓은 이상 그런 일로 낙담하기엔 때가 늦은 셈이었다. 어쨌든 꼬치꼬치 사람들에게 물어보기보다는 두고 보면 정확한 내막을 알게 되리라 생각하고 마음을 추슬렀다.

차를 다 마신 후 식모는 남자 하인에게 물었다. "랜퍼드 씨는 가셨나요?" 하인이 그렇다고 말하자, 그녀는 브림프턴 부인을 뵈러 가자며 자리에서 일어섰다.

브림프턴 부인은 침실에 누워 있었다. 난로가 옆에 안락의자가 놓여 있었고, 그 옆에 갓등이 켜져 있었다. 그녀는 첫눈에도 연약해 보였지만, 미소를 띠는 모습을 바라보다 문득 그녀를 위해 내가 도움을 줄 만한 일이 아무것도 없을 거라는 생각이 들었다. 그녀는 부드럽고 유쾌한 음성으로 이름과 나이 따위를 물었고 뭐 필요한 것은 없는지, 적적한 시골 생활이 걱정되지는 않는지 등을 물어보았다.

"부인과 함께라면 적적하지 않을 거예요." 이처럼 충동적인 말을 하다니, 내가 한 말에 깜짝 놀라 믿어지지 않았다. 그러나 마음속의 생각을 그대로 한 말이었다.

브림프턴 부인은 내 말에 몹시 기뻐하며 앞으로도 그런 마음이 변치 않았으면 좋겠다고 말했다. 그러고는 세면과 목욕에 대해 몇 가지 주의 사항을 이르고는 내일 아침에 애그니스——그제야 식모의 이름을 알았다——가 자세히 알려줄 거라고 말했다.

"오늘밤은 무척 피곤하군. 저녁 식사는 여기서 해야겠어. 애그니스가 식사를 가져오고, 허틀리는 짐을 풀고 좀 쉬도록 해요. 나중에 들러서 옷 벗는 걸 도와주면 돼."

"잘 알겠습니다, 부인. 아마 벨을 누르시겠지요?"

그녀의 표정이 다소 이상해보였다.

"아니, 애그니스가 부르러 갈 거야." 그녀는 재빨리 말을 마치고는 읽고 있던 책을 다시 집어 들었다.

글쎄, 분명히 이상한 일이었다. 하녀가 필요할 때마다 식모를 시켜 부른다니 말이다. 혹시 집 안에 벨이 없는 것은 아닐까 생각했는데, 다음 날 아침 확인해보니 방마다 벨이 설치돼 있었으며, 브림프턴 부인의 방에서 내 방으로 직통으로 연결된 벨도 있었다. 그래서 브림프턴 부인이 애그니스에게 벨을 누르고, 애그니스가 복도 끝에 있는 내 방까지 찾아오는 방식이 더더욱 이상하게 느껴질 수밖에 없었다.

그러나 이상한 일은 그뿐이 아니었다. 바로 다음 날, 나는 브림프턴 부인을 돌보는 전속 간호사가 없다는 사실을 깨닫고, 애그니스에게 전날 복도에서 본 여자에 대해 물어보았다. 그런데 애그니스 자신은 아무도 보지 못했다면서 내가 착각을 한 것 같다고 말했다. 물론 땅거미가 질 무렵이었고 애그니스가 등잔불을 가져오지 않았다며 미안해할 정도로 복도는 어두웠던 것이 사실이다. 그러나 다시 마주치지 않아도 그녀의 모습을 정확히 기억할 정도로 똑똑히 그녀를 보았다. 결국 나는 그 정체불명의 여자가 요리사나 다른 하녀의 친구라고 생각했다. 밤을 함께 지낼 생각으로 친구를 찾아왔던 것이고, 하인들은 그런 사실을 대놓고 얘기하고 싶지 않았을 게다. 하인의 친구들이 밤새 와 있는 것을 좋아하지 않는 주인들이 꽤 있으니까 말이다. 어쨌든 나는 그 일과 관련해 더 이상 말을 하지 않기로 마음먹었다.

이틀쯤 지났을 때, 이상한 일이 또 벌어지고 말았다. 나는 그날 오후 블라인더 부인과 얘기를 나누고 있었는데, 저택에서 누구보다 오랫동안 일을 해온 그녀는 마음씨도 상냥해서 내게 불편한 것은 없는지 이것저것 물어보았다. 생활이나 부인을 모시는 일은 아무 문제가 없지만, 이런 대저택에 봉제실이 없다는 것이 의문이라고 대꾸했다.

"없기는 왜 없어. 바로 네 방이 예전에 봉제실이었는걸."

"아, 그랬군요. 그럼 하녀는 어디에서 잤나요?"

그런데 그녀는 당혹스러운 표정으로 하인들이 묵는 방을 작년에 전부 재배치해서 정확히 기억이 나지 않는다며 다급히 말을 얼버무리는 것이었다.

묘한 느낌이 들었지만, 짐짓 모른 체하며 계속해서 말했다. "참, 제 방 바로 맞은편에 빈방이 있던데요. 그래서 그 방을 봉제실로 쓸 수 있는지 브림프턴 부인에게 여쭤볼까 해요."

순간 뜻밖에도 블라인더 부인은 새파랗게 질린 얼굴로 내 손을 움켜쥐었다. "아가, 그건 안 된다." 그녀는 파르르 떨며 말했다. "솔직히 말해서, 그 맞은편 방은 엠마 색슨의 방이었어. 그 사람이 죽은 후 부인이 방문을 잠가놓으라고 하신 거야."

"엠마 색슨이 누구죠?"

"브림프턴 부인의 하녀였지."

"아주 오랫동안 부인을 시중들었다는 그분 말인가요?" 나는 레일턴 부인의 말이 떠올랐다.

블라인더 부인은 잠자코 고개를 끄덕였다.

"어떤 분이었나요?"

"정말 천사 같았지. 부인께서도 친자매처럼 사랑하셨으니까."

"제 말은, 어떻게 생긴 분이었는지 궁금해서요."

순간 블라인드 부인은 갑자기 자리에서 벌떡 일어나 나를 노려보았다. "나는 설명하는 재주가 없어서. 더 늦기 전에 밀가루 반죽이나 만들어야겠다"라면서 주방으로 들어가 문을 닫아버렸다.

II

내가 주인어른을 본 것은 브림프턴 저택에서 일한 지 일주일이다 되어갈 무렵이었다. 그날 오후 주인이 돌아온다는 전갈이 있은 직후 하인들의 표정은 눈에 띄게 바뀌어 있었다. 누구도 그를 좋아하지 않는다는 것이 분명해 보였다. 블라인더 부인은 그날 저녁 식사에 무척 신경을 쓰는 눈치였지만, 주방 하녀를 다그치는 모습이 평소와는 다르게 매우 날카로웠다. 집사인 웨이스 씨는 진중한 성품에 말투가 느린 인물이었는데, 그날은 마치 장례식을 준비하는 사람처럼 보일 정도였다. 그는 평소 성경 읽기를 즐겨 하인들에게 지시를 내릴 때에도 멋진 성경 구절을 인용하곤 했지만, 그날 내가 식탁을 떠나려는 순간 그의 입에서 튀어나온 구절은 몹시 섬뜩한 것이었다. 그는 그 구절이 〈이사야서〉의 내용이라고 말했는데, 주인이 집에 돌아올 때마다 그 예언서를 인용한다는 것은 나중에야 알게 되었다.

저녁 일곱 시경, 브림프턴 부인이 찾는다는 애그니스의 전언이 있었다. 나는 부인의 침실에서 브림프턴 씨와 맞닥뜨렸다. 그는 난롯가에 서 있었다. 매우 굵고 튼튼한 목과 붉게 상기된 얼굴, 까다로워 보이는 작은 눈, 아마 경험이 없는 순진한 사람들이라면 잘생긴 얼굴이라고 생각하고 그에 합당한 보상을 얻을지 모르는 외모였다.

내가 방 안으로 들어서자, 그의 눈길이 순식간에 내 몸을 훑고 지나갔다. 한두 번 그런 경험을 한 적이 있으므로, 나는 그 눈길이 무엇을 의미하는지 알고 있었다. 그는 이내 아내를 바라보며 뭔가 말을 건넸다. 물론 그런 행동에도 의미가 있기 마련이다. 내게 일말의 매력도 느끼지 못했다는 의미였다. 한 가지 면에서는 장티푸스의 덕을 본 셈이었다. 남자 팔뚝밖에 안 될 만큼 바싹 말랐으니 말이다.

"새로 온 하녀예요. 이름은 허틀리." 브림프턴 부인이 말하자, 그는 고개를 끄덕이며 자신의 말을 계속했다.

일이분쯤 지난 후 브림프턴 씨가 방을 나갔고, 나는 저녁 식사를 위해 부인의 옷을 갈아입혔다. 그런데 부인은 창백하게 질린 상태로 내 손길이 몸에 닿을 때마다 진저리를 치는 것이었다.

브림프턴 씨는 다음 날 아침 집을 떠났고, 사람들은 기나긴 안도의 한숨을 내쉬는 분위기였다. 브림프턴 부인은 모자에 털목도리를 하고(화창한 겨울 아침이었으므로) 정원을 산책했는데, 한결 기분이 좋아 보였다. 그런 모습을 지켜보며 그 아름다운 젊은 부인의 과거와 현재를 거의 알게 된 느낌이었다.

내 기억으로는 그날 아침 브림프턴 부인은 산책을 하다 랜퍼드 씨를 만났고, 함께 유쾌한 대화를 나누며 내 창가 밑 테라스를 따라 걸었던 것 같다. 이름만 들어왔던 랜퍼드 씨를 보게 된 것도 그때였다. 그는 브림프턴 저택에서 이삼 킬로미터쯤 떨어진 마을 끝에 살았는데, 겨울이면 그 마을에서 보내는 편이었고 그해 브림프턴 부인의 유일한 방문객이기도 했다. 호리호리한 체구에 어딘지 우울한 분위기가 느껴졌지만, 그가 웃는 모습을 보는 순간 그런 느낌은 단번에 사라져버렸다. 봄날에 찾아드는 따사로운 햇살 같은 미소였다.

들은 바로는 브림프턴 부인처럼 랜퍼드 씨도 대단한 독서가였으며, 두 사람은 곧잘 책을 돌려 읽고, 때로는(웨이스 씨의 말에 따르면) 겨울 오후 어두운 서재에서 랜퍼드 씨가 부인에게 큰 소리로 책을 읽어주기도 한다는 것이었다. 하인들은 모두 그를 좋아하는 것 같았고, 으레 주인의 친구에게 보이는 호감 이상의 것이었다. 그는 항상 우리 모두에게 친절하게 말을 건넸고, 하인들은 브림프턴 씨가 집에 없는 동안 부인에게 그런 좋은 친구가 있어 다행이라고 생각했다. 더구나 그는 브림프턴 씨와도 매우 우호적인 관계를 맺고 있었다. 솔직히 완전히 상반된 두 사람이 가깝게 지낸다는 사실을 선뜻 이해하기 힘들었지만, 서로 진실하게 대한단 점은 분명해 보였다.

바람처럼 나타났다 사라지는 브림프턴 씨의 경우에는 이틀 이상을 집에 묵지 않았고, 답답하고 한적한 생활을 못 견뎌 보였으며 매사에 불만이 많았다. 나는 브림프턴 씨가 집에 머무는 동안 술에 의지하는 일이 많다는 사실을 곧 알게 되었다. 부인과 식사를 마친 후, 그는 저택의 사실에서 새벽녘까지 마데이라산 백

포도주를 마시곤 했는데, 한번은 내가 평소보다 좀 늦게까지 부인의 방에 남아 있을 때 고약한 술 냄새를 풍기며 불쑥 방으로 찾아온 일도 있었다.

하인들은 주인에 대해 일절 말을 삼가는 편이었다. 그러나 집안 분위기로 보아 주인 부부의 부조화는 처음부터 시작된 불행임을 알 수 있었다. 브림프턴 씨는 거친 성격에 허풍이 심했고 쾌락을 좇는 인물이었다. 반면 부인은 조용하고 내향적이며 약간은 냉정해 보일 때도 있었다. 그녀가 남편에게 하는 말투가 늘 유쾌한 것은 아니었고, 내심 억누르고는 있지만 브림프턴 씨처럼 자유분방한 남자에게 호감을 느끼지 못하는 것이 분명해 보였다.

몇 주 동안 집안 분위기는 평온했다. 부인은 늘 친절했고, 맡은 일도 힘들 게 없었으며 다른 하인들과도 잘 지낼 수 있었다. 불평할 일이 전혀 없었지만, 무언가에 늘 짓눌려 있는 듯한 느낌을 떨쳐버리기 어려웠다. 딱히 그 이유를 말할 수 없었지만, 외로움 때문은 아니었다. 오히려 그런 생활에 쉽게 적응했고, 간혹 열이 오르고 맥이 풀릴 때가 있기는 했지만 고요하고 깨끗한 시골 공기를 내심 감사하고 있었다. 그런데도 마음 한구석이 편치 않았다. 부인은 내게 아직 병마의 후유증이 남아 있음을 알고 규칙적인 산보가 몸에 좋다며 종종 심부름거리를 생각해내곤 했다.

마을에 들러 리본을 사오라든가, 편지를 부치거나 랜퍼드 씨에게 빌린 책을 갖다 주는 일 등이 그런 것이었다. 문밖을 나설 때면 늘 기분이 상쾌해졌는데, 습기 머금은 수풀가를 걷는 것도 즐거웠다. 그러나 브림프턴 저택을 다시 보는 순간, 우물 속에 떨어지는 돌멩이처럼 가슴 한편이 철커덕 내려앉는 것이었다. 저택의 모습에서 느껴지는 음침함 때문이 아니라 한번도 경험한 일이 없는 음울한 분위기가 온몸을 짓누르는 느낌이었다.

브림프턴 부인은 겨울에는 좀처럼 집 밖에 나가지 않았다. 아주 화창한 날에만 점심 무렵 남쪽 테라스를 따라 산책하는 정도였다. 랜퍼드 씨를 제외하곤 일주일에 한번씩 D시에서 왕진을 오는 의사가 방문객의 전부였다. 의사는 부인의 간병에 필요한 몇 가지 사소한 지침을 내게 당부할 뿐, 병명이 정확히 무엇인지는 말해주지 않았다. 아침이면 이따금 얼굴이 창백하게 질려 있는 것으로 보아 부인이 심장병으로 고통받는단 걸 어림짐작할 정도였다.

그해 겨울은 습기가 많아 건강에 해로운 날씨가 계속됐는데, 이듬해 일월에는 장마까지 찾아왔다. 내게는 힘겨운 시련이나 마찬가지였다. 밖에 나갈 수 없어서 온종일 바느질을 해야 했고 처마에 떨어지는 빗방울 소리는 점점 내 신경을 갉아대기 시작했다. 게다가 굳게 잠겨 있는 맞은편 방을 생각하면 가슴이 답답해졌다. 좀처럼 빗줄기가 잦아들지 않는 밤이면 맞은편 방에서 무슨 소리가 들려오는 것 같았다. 물론 다음 날 햇살과 함께 그런 엉뚱한 생각은 머릿속에서 사라져버리곤 했다. 어느 날 아침, 브림프턴 부인은 아주 쾌활한 표정으로 시내에 나갈 일이 있다고 알려왔다. 그 말을 듣는 순간, 한동안 내가 얼마나 침체된 기분이었는지 깨달을 수 있었다. 나는 아주 홍겹게 집을 나섰고, 사람이 붐비는 거리와 활기찬 상점의 모습을 대하는 순간 날아갈 듯 상쾌한 기분에 빠져들었다. 그러나 오후 들어 집으로 돌아갈 시간, 마음 한편에서 다시 정체 모를 소음과 혼란이 일기 시작했고, 적막한 브림프턴 저택의 모습과 침침한 숲속이 떠올라 마음이 무거웠다. 그런데 돌아오는 길목에서 뜻밖에도 전에 함께 일했던 동료를 만나게 되었다. 몇 년만에 만나는 사이여서 걸음을 멈추고 이런저런 얘기를 건네며 그간 몸이 아팠다는 말도 전했다. 내가 브림프턴 저택에서 일한다는 말을 하는 순간, 옛 동료는 눈을 휘둥그레 치켜뜨며 어두운 표정으로 바뀌었다.

"뭐라고, 그 브림프턴 저택 말이니? 허틀리, 그곳에서 석 달도 버티기 힘들걸."

"아, 괜찮아." 나는 약간 반박하듯 대꾸했다. "시골이면 어때. 한적해서 건강에도 좋은걸."

그녀는 고개를 저었다. "시골이어서가 아냐. 지난 여섯 달 동안 그 집 하녀가 네 명이나 바뀌었대. 그 중에 잘 아는 사람이 있었는데, 정말 버티기 힘든 곳이라고 하더라."

"뭐라면서 그런 말을 했니?"

"아니, 뭐, 이유는 말하지 않더라고. 그 사람 이름이 엔시 부인인데, 너처럼 젊은 애가 그 집에 간다면 언제든지 떠날 수 있게 짐을 싸놓으라고 하던데."

"그 사람 혹시 젊고 예뻤니?" 나는 브림프턴 씨를 떠올리며 말했다.

"전혀! 대학생 도련님이 있는 집 엄마들이 안심하고 좋아할 얼굴이야."

그저 소문에 불과하겠거니 생각했지만, 땅거미가 진 숲속을 걸어 브림프턴 저택으로 돌아오는 내내 그녀의 말이 머릿속을 맴돌면서 마음이 한층 무거워졌다. 분명 그 저택에 뭔가 있는 것 같았다. 그제야 그런 생각이 분명해지기 시작했다.

차를 마시기 위해 하인 휴게실에 들렀을 때, 브림프턴 씨가 집에 도착했다는 소식이 전해졌다. 물론 집 안에 순식간에 감도는 불안감도 변함이 없었다. 블라인더 부인은 찻잔을 제대로 채우지 못할 만큼 손을 떨었고, 웨이스 씨는 유황으로 가득 찬 성경 구절을 인용했다. 누구나 무겁게 입을 다물었는데, 내가 방으로 올라가자 블라인더 부인이 말없이 내 뒤를 따라왔다.

"오, 애야." 그녀는 내 손을 덥석 붙잡았다. "돌아와서 정말 기쁘고 고맙구나!"

나는 그녀의 행동이 미심쩍게 느껴졌다. "무슨 말씀이세요? 제가 이곳을 영영 떠나기라도 한 줄 아셨나요?"

"아니, 당연히 아니지." 그녀는 약간 당황했다. "부인이 잠시라도 혼자 계신 것이 불안하다는 얘기란다." 그녀는 내 손을 더 세게 움켜잡았다. "너는 독실한 기독교 신자이니 부인에게도 성심을 다해주렴." 블라인더 부인은 그 말을 남기고는 서둘러 방을 나갔지만, 나는 한동안 멍한 상태로 그 자리에 서 있었다.

잠시 후 애그니스가 나타나 브림프턴 부인이 찾는다는 말을 전했다. 침실에서 브림프턴 씨의 음성이 들려왔는데, 나는 식사복을 미리 챙겨갈 생각으로 의상실 쪽으로 돌아갔다. 의상실은 정원 쪽으로 창문이 나 있는 아주 넓은 공간이었다. 브림프턴 씨의 침실이 바로 그 뒤쪽에 있었다. 그런데 의상실에서 침실로 난 문이 약간 열려져 있어서 그의 화난 목소리가 또렷하게 들려왔다. "당신이 얘기할 만한 상대가 그 사람뿐이던가?!"

"겨울에는 그나마 찾아오는 사람도 없잖아요." 브림프턴 부인의 차분하게 대답했다.

"내가 있잖아!" 브림프턴 씨가 차갑게 윽박질렀다.

"당신은 집에 없는 날이 더 많아요."

"그래, 그렇다면 누구 잘못이란 얘기지? 이 집을 납골당처럼 만든 사람이 바로 당신이 아니던가."

그쯤에서 나는 부스럭 소리를 내며 인기척을 냈고, 부인이 반쯤 몸을 일으키며 내게 들어오라고 말했다.

두 사람은 따로 저녁 식사를 했는데, 웨이스 씨의 행동으로 보아 어느 때보다도 사태가 심각한 눈치였다. 그가 연신 예언서의 불길한 대목을 인용하는 바람에 주방 하녀는 혼자서는 지하 저장소까지 내려가 냉동고기를 가져올 수 없다고 잘라 말했다. 나는 브림프턴 부인의 잠자리를 챙긴 후 침울한 기분에 빠져들었고, 카드놀이라도 하면 낫겠다 싶어 블라인더 부인의 방을 찾아갔다. 그러나 그날 밤만은 그녀의 방이 굳게 닫혀 있어 어쩔 수 없이 방으로 돌아왔다. 빗방울이 끝없이 떨어져 내 머릿속으로 똑똑 흘러드는 기분이었다. 나는 빗방울 소리를 들으며 친구가 한 말을 떠올렸다. 매번 하녀가 버티지 못하고 그 저택을 떠난다는 말은 아무리 생각해도 이해가 되지 않았다.

나는 선잠이 들었지만, 요란한 소리에 깜짝 놀라 눈을 떠야 했다. 벨이 울리고 있었던 것이다. 나는 한 번도 울린 적이 없다 느닷없이 어둠을 뒤흔드는 벨 소리를 듣고 기묘한 공포에 사로잡혔다. 손이 부들부들 떨려 성냥을 제대로 찾을 수 없었다. 가까스로 불을 붙이고 침대에서 벌떡 일어났다. 꿈일지 모른다는 생각이 들었다. 그러나 벽면에 있는 벨을 보는 순간, 작은 해머가 경련을 일으키듯 종을 울리고 있었다.

정신을 차리고 주섬주섬 옷을 찾아 입는데 또 다른 소리가 들려왔다. 이번에는 맞은편 방문이 조용히 열렸다 닫히는 소리였다. 그 소리에 그만 충격을 받아 자리에 못 박히듯 서 있었다. 이윽고 저택 본관을 향해 서둘러 복도를 따라가는 발소리가 들려왔다. 바닥에 카펫이 깔려 있어서 소리가 희미했지만, 분명 여자의 발소리였다. 순간 소름이 쫙 끼쳤고 심장이 얼어붙는 느낌이었다. 나는 혼잣말을 되뇌며 정신을 가다듬기 위해 안간힘을 써야 했다.

"앨리스 허틀리, 잘 들어." 나는 자신에게 타일렀다. "누군가 먼저 저 방에서 나와 복도를 앞질러 갔어. 물론 유쾌한 기분은 아니야. 하지만 회피할 생각은 마. 부인이 지금 나를 찾아 벨을 울렸고, 너는 좀 전에 어떤 여자가 지나간 그 복도를 따라 부인에게 달려가야 해."

나는 다짐대로 해냈다. 그처럼 빨리 달려본 기억이 없지만, 복도를 지나 브림프턴 부인의 방에 이르는 길이 천리도 넘어 보였다. 그 과정에서 보이는 것도 들리는 것도 없었다. 집 안 전체가 무덤처럼 정적과 어둠에 빠져 있었다.

브림프턴 부인의 침실에 다다랐을 때만 해도 그 무거운 정적은 그대로여서 나는 정말 꿈을 꾼 것은 아닌지 의아했다. 그런데 고개를 갸웃거리며 뒤돌아서는 순간, 나는 발작적인 공포에 사 라잡힌 채 침실 문을 세차게 두드리기 시작했다.

응답이 없어서 더 세게 문을 두드렸다. 놀랍게도 문을 열어젖 힌 사람은 브림프턴 씨였다. 그는 나를 보는 순간 뒤로 움찔 물러 났고, 촛불에 드러난 얼굴은 벌겋게 상기된 채 잔인하게 일그러 져 있었다.

"아, 바로 너였군!" 그는 기이한 목소리로 말했다. "그 잘난 신 의 이름으로 몇 명이나 납시셨나?"

나는 두 다리가 떨렸지만 그가 술에 만취한 것이라 생각하고 침착하게 대답해야 한다고 마음먹었다. "들어가도 될까요? 부인 이 찾으셨거든요."

"되다마다. 들어오라고." 그는 다짜고짜 나를 옆으로 밀치더 니, 자신의 침실 쪽으로 걸어갔다. 걷는 모습을 살펴보니 전혀 취 한 사람의 걸음걸이는 아니었다.

부인은 탈진한 상태로 침대에 누워 있었지만, 나를 보자 힘겹 게 미소를 머금었다. 그녀의 손짓대로 약을 갖다 주자, 이내 숨을 몰아쉬며 눈을 감았다. 그런데 갑자기 손을 더듬거리면서 들릴 듯 말 듯한 소리를 내뱉었다. "엠마."

"부인, 저는 허틀리입니다. 뭐 더 필요하신 게 있으면 말씀하세요."

그녀는 눈을 번쩍 뜨더니 놀란 표정으로 나를 바라보았다.

"아, 꿈을 꾸고 있었구나. 이제 가서 쉬어, 허틀리. 늘 다정하게 대해주니 고마워. 보다시피 괜찮아졌어." 그녀는 반대편으로 돌아누었다.

III

그날 밤을 꼬박 뒤척이다 밝아오는 여명이 너무도 고마울 정도였다.

얼마 후 브림프턴 부인의 호출이라며 애그니스가 부르러 왔다. 오전 아홉 시 전에는 부른 일이 없어 부인이 다시 몸져누운 것은 아닌지 서둘러 가보았지만, 그녀는 창백한 얼굴을 약간 찡그린 채 조용히 침대에 앉아 있었다.

"허틀리." 그녀는 재빨리 말했다. "마을에 급히 일이 있으니 지금 즉시 채비를 할 수 있겠니? 이 처방대로 약을 지어와야 해." 그녀는 잠시 머뭇거렸는데, 얼굴은 약간 홍조를 띠었다. "브림프턴 씨가 일어나기 전에 다녀왔으면 좋겠어."

"물론이에요, 부인."

"그리고, 잠깐만." 그녀는 갑자기 잊은 말이 있는지 불러 세웠다. "약을 조제하는 동안, 시간이 있을 테니 랜퍼드 씨에게 이 쪽지를 전해주렴."

마을까지는 삼 킬로미터, 걷는 동안 머릿속에 여러 가지 생각이 떠올랐다. 부인이 브림프턴 씨 모르게 약을 지어오라고 한 것이 이상했다. 게다가 전날 벌어졌던 일을 생각하면 혹시 그 가엾은 부인이 삶에 지쳐 급기야 자살을 결심한 것은 아닐까 의심마저 들었다. 나는 놀란 마음에 마을까지 달려가 약국으로 뛰어들었다. 사람 좋은 약사는 창문의 덧문을 열다 말고 나를 바라보았고, 그 눈길을 느끼고서야 겨우 정신을 차릴 수 있었다.

"림멜 씨." 나는 짐짓 아무렇지 않게 말했다. "이것 좀 자세히 봐주시겠어요? 이상한 점은 없나요?"

약사는 안경을 쓰고 처방전을 살펴보았다.

"글쎄, 월튼 박사의 처방전이 맞는데. 뭐가 이상하다는 거지?"

"그러니까, 위험한 약인가요?"

"위험하다, 무슨 뜻이지?"

나는 약사의 덤덤한 표정 때문에 의기소침해졌다.

"제 말은, 이 약을 너무 많이 먹으면 위험한가 해서요, 물론 실수로 말이죠." 나는 움찔하며 간신히 말했다.

"허허, 이건 석회수야. 갓난아이에게 한 병을 다 먹여도 문제없지."

나는 놀란 가슴을 쓸어내리며 랜퍼드 씨에게 달려갔다. 그런데 도중에 또 다른 생각이 불쑥 뇌리를 스쳤다. 약국에 가는 일을 굳이 숨길 필요가 없다면, 랜퍼드 씨에게 쪽지를 전해 주는 일이 그런 걸까? 그렇다면 더 불길한 상황처럼 느껴졌다. 두 신사분의 우정이 돈독해 보였지만, 선택해야 한다면 내 입장에서는 부인의 편을 들 수밖에 없었다. 그러나 문득 내가 별의별 의심을 다하는 것 같아 계면쩍어졌는데, 아마 전날의 사건 때문에 아직 마음이 심란해서인 것 같았다. 나는 랜퍼드 씨 저택에 쪽지를 맡기고 서둘러 브림프턴 저택으로 돌아와 눈에 띄지 않게 옆문으로 들어섰다.

그러나 아무도 내가 외출한 사실을 모를 거란 생각은 잘못이었다. 한 시간 쯤 지난 후, 부인의 식사를 가져가자 브림프턴 씨가 복도에서 나를 막아섰다.

"아침 일찍부터 왜 부산을 떨지?" 그는 나를 노려보았다.

"일찍부터라뇨, 제가요?" 나는 떨리는 목소리로 말했다.

"허, 요것 봐라!" 노기 때문에 그의 이마에 붉은 반점이 생겼다. "한 시간 전에 숲에서 기어들어 오는 걸 내가 못 본 줄 알아?"

나는 천성적으로 거짓말을 못하는 사람이지만, 그 순간만큼은 미리 준비한 것처럼 거짓말이 튀어나왔다. "아니에요, 주인어른. 잘못 보신 거겠죠." 나는 똑바로 바라보며 말했다.

그는 어깨를 으쓱해 보이며 부루퉁하게 웃었다. "어젯밤에 내가 취했다고 생각하지?"

"아닙니다, 주인어른." 이번에는 거짓말이 아니었다.

그는 다시 한번 어깨를 으쓱하더니 뒤돌아섰다. "하인들이 나를 아주 갖고 놀려고 드는군!" 그는 걸어가는 동안 계속 구시렁댔다.

오후 들어 일과에 따라 바느질에 몰두했을 때야 지난밤의 일들이 얼마나 섬뜩했는가를 깨달았다. 나는 잠긴 방문을 지날 때마다 몸서리를 치고 있었다. 분명 전날 밤 누군가 그 방에서 나와 나보다 앞서 복도를 걸어갔다. 집 안에서 유일하게 뭔가 내막을 알고 있는 법한 블라인더 부인이나 웨이스 씨에게 말해볼까 하는 생각도 들었지만, 그들은 알더라도 쉽게 알려줄 것 같지가 않았다. 그래서 말을 삼가고 직접 내 눈으로 확인해보는 편이 낫다고 생각한 것이다. 그러나 그 잠긴 방을 맞대고 또 하룻밤을 새야 한다는 생각만으로도 소름이 끼쳤다. 순간 짐을 싸서 첫 기차를 타고 그곳을 떠나고 싶다는 생각이 간절해졌다. 그러나 그런 식으로 가엾은 부인을 내팽개칠 수 없는 일이었고, 나는 바느질에 몰두하며 잡념을 떨쳐내려고 애썼다. 겨우 마음을 다잡고 바느질을 한지 십분도 채 안 돼 재봉틀이 멈추어버렸다. 집 안에 있는 유일한 것인데 성능이 괜찮은 편이지만 잔고장이 많았다. 블라인더 부인은 엠마 색슨이 죽은 이후 그 재봉틀을 사용한 적이 없다고 했다. 고장난 부분을 살펴보며 이것저것 만져보는데, 전에는 꿈쩍도 않고 열리지 않았던 서랍이 앞쪽으로 불쑥 튀어나오는 게 아닌가! 나는 안에 든 사진 한 장을 꺼내들고는 한참을 들여다보았다. 어디선가 본 듯한 얼굴···. 특히 뭔가를 묻는 듯한 그 눈빛이 이상할 정도로 친숙했다. 불현듯 복도에서 마주쳤던 창백한 여자의 얼굴이 떠올랐다.

나는 깜짝 놀라 자리에서 일어나 방을 뛰쳐나갔다. 심장이 터질 것 같았고, 그 눈빛에서 영영 벗어나지 못하리라는 무서운 예감이 밀려와 곧바로 블라인더 부인에게 뛰어갔다. 그녀는 낮잠을 자고 있다 내 모습을 보고 벌떡 일어나 앉았다.

"블라인더 부인, 이게 누구죠?" 나는 사진을 내밀며 물었다.

그녀는 눈가를 비비며 사진을 뚫어지게 바라보았다.

"어, 엠마 톰슨이네. 이 사진 어디서 났지?"

나는 한동안 그녀를 물끄러미 바라보았다. "부인, 얼마 전에도 이 사람을 본 적이 있어요."

그녀는 자리에서 일어나 거울 쪽으로 걸어갔다. "이런! 깜박 잠이 들었네. 자, 이제 일해야지, 허틀리. 벌써 네 시잖아, 브림프턴 씨 저녁 식사로 버지니아 햄을 구울 시간이야."

IV

보름 정도는 여느 때와 다름없이 흘러갔다. 다른 점이 있다면, 브림프턴 씨는 계속 집에 있었던 반면, 랜퍼드 씨는 한 번도 집에 들르지 않았다는 것이다. 그러던 어느 날 저녁, 식사 시간을 앞두고 부인 침실에서 브림프턴 씨의 말소리가 들려왔다.

"랜퍼드는 어디에 간 거지? 일주일 째 얼굴을 못 봤잖아. 내가 있어서 얼씬도 않는 건가?"

브림프턴 부인이 뭐라고 대꾸했지만, 목소리가 너무 작아서 들리지 않았다.

"글쎄," 그는 계속 말했다. "둘이면 좋은 친구가 되지만, 셋이면 노상 싸움질을 하지. 랜퍼드의 방식이 마음에 들지 않아. 한 며칠 집을 비워서 그 사람한테도 기회를 줘야겠지, 아마." 그는 무슨 농담이라도 한 것처럼 너털웃음을 터뜨렸다.

다음 날, 마치 우연의 일치처럼 랜퍼드 씨가 나타났다. 나중에 마부에게 물어보니, 셋이 서재에서 즐겁게 차를 마신 후 랜퍼드 씨가 돌아갈 때 브림프턴 씨가 직접 대문까지 배웅을 나갔다고 했다.

당시 모든 일상이 여느 때와 다르지 않았다고 앞서 말했는데, 다른 하인들도 마찬가지였다. 그러나 내 경우는 아니었다. 내 방에서 벨이 울린 그날 밤 이후 나는 전과 같아질 수 없었다. 매일 밤 잠들지 못하고 벨이 또 울리는지, 맞은편 방문이 슬며시 열리는지 알아보기 위해 신경을 곤두세우고 있었다. 그러나 벨은 다시 울리지 않았고, 복도를 지나는 발소리도 들려오지 않았다. 결국 어느 순간부터는 기묘한 음향보다는 침묵이 더 끔찍하게 느껴졌다. 잠긴 방문 뒤에 누군가 움츠린 채, 나처럼 무언가를 살피고 귀를 기울이고 있다는 느낌을 떨쳐버릴 수 없었다. 나는 이렇게라도 소리치고 싶었다. "누구든 간에 나와서 얼굴을 보여 봐. 거기 숨어서 밤마다 나를 엿보지 말고!"

사람들은 내가 그런 상황에서도 왜 집을 떠나지 않았는지를 의아해할지도 모른다. 물론 한번인가 그럴 뻔한 일이 있기는 했지만 마지막 순간에 마음을 되돌려야 했다. 그것이 점점 더 내게 의지하는 브림프턴 부인에 대한 연민이었는지, 아니면 새로운 일자리를 찾아 나설 용기가 없어서였는지, 그도 아니면 내가 모르는 어떤 감정에 이끌려서인지는 자신할 수 없다. 나는 마법에 걸린 듯, 끔찍한 악몽과 같은 밤을 지내고 낮에는 아무 일 아니라고 스스로를 달래며 그 집을 떠나지 못했다.

브림프턴 부인의 표정도 내내 신경이 쓰였다. 그녀 역시 나처럼 그날 이후 여러모로 변해 있었다. 브림프턴 씨가 떠나면 좀 나아지려나 생각했지만, 좀 편안해 보일 뿐 예전의 쾌활한 성품과 기력을 회복하지 못했다. 한편 부인이 나를 생각하는 마음이 점점 각별해져 곁에 있어 주기를 바라는 시간이 늘어갔다. 엠마 색슨이 죽은 이후 그렇게 마음을 열고 의지한 사람은 내가 처음이라는 애그니스의 말을 듣고 보니, 가엾은 부인에 대한 연민이 더욱더 깊어졌다. 그녀를 위해 해줄 수 있는 일이 거의 없다는 점이 안타까울 뿐이었다.

브림프턴 씨가 집을 떠난 후, 전처럼 자주는 아니었지만 랜퍼드 씨의 방문이 이어졌다. 나는 저택 정원이나 마을에서 한두 번 그를 만난 적이 있는데, 그 역시 어딘지 변해 있다는 생각이 들었다. 그래서인지 나는 더욱 혼란스러운 상상에 빠져들곤 했다.

몇 주가 지나갔고, 브림프턴 씨는 한달 째 집에 돌아오지 않는 상황이었다. 서인도 어딘가에서 친구와 여행을 하고 있다는 소식이 전해졌다. 웨이스 씨는 서인도가 아주 멀리 떨어진 곳이며, 비둘기처럼 날개가 있어 세계 구석구석을 찾아들 수 있다고 해도 전능한 하느님의 품에서 벗어나지는 못한다고 말했다. 애그니스는 브림프턴 씨가 집에 없는 한 전능한 하느님도 그에게 은혜를 베풀어주리라 덧붙였다. 이런 말이 오가는 가운데 웃음꽃이 피어났고, 블라인더 부인도 무슨 상소리냐며 놀란 표정을 지으면서도 싫지 않은 표정이었다.

우리는 서인도가 아주 멀리 떨어진 곳이라는 말에 마냥 즐거

위했고, 웨이스 씨의 엄숙한 표정에도 그날 저녁 식사는 화기애애했다. 기분이 한결 좋아져서인지, 브림프턴 부인의 표정도 밝아보였고, 조금은 쾌활해진 느낌마저 들었다. 그녀는 아침에 산책을 하고 점심 식사 후에는 방 안에 누워 내게 책을 읽어달라고 했다. 무엇보다 잠긴 그 방문 앞을 지나칠 때 오랫만에 아무런 동요도 느끼지 않아서 방에 들어서자 깊은 행복감이 밀려왔다. 어느 날은 창 밖을 바라보니 눈발이 흩날리고 있었다. 지루한 장마보다 훨씬 유쾌한 광경이었고, 흰색으로 뒤덮인 정원의 모습은 정말이지 아름다웠다. 바깥뿐 아니라 집 안의 침울한 감정까지 모두 흰눈에 덮여 사라지는 느낌이었다.

그렇게 정겨운 기분에 빠져 있는데 문득 곁에서 인기척이 느껴졌다. 나는 무심코 애그니스라고 생각하며 얼굴을 돌렸다.

"왔어, 애그니스." 그러나 나는 더 이상 말을 잇지 못했다. 문가에 서 있는 사람은 엠마 색슨이었다.

그녀가 얼마나 오랫동안 그곳에 서 있었는진 모른다. 나는 그저 꼼짝없이 그녀를 바라보았던 것 같다. 혼돈 속에서 조금씩 공포감이 밀려왔지만, 그 순간만큼은 단순한 두려움이 아니라 훨씬 더 깊고 고요한 감정이었다. 그녀는 한참 동안이나 나를 바라보았는데, 말없는 애원의 표정이 얼굴에 떠올라 있었다. 그러나 내가 무슨 수로 그녀를 도울 수 있을까? 갑자기 그녀가 돌아섰고, 복도를 걸어가는 발소리가 들려왔다. 그러나 이번에는 발소리에서 두려움이 느껴지지 않았고, 그녀가 무엇을 원하는지 알 수 있으리라는 확신이 들었다. 나는 자리에서 벌떡 일어나 달려나갔다. 그녀는 복도 끝에 서 있었다. 브림프턴 부인의 방을 찾아갈 모양이다. 그러나 예상과는 달리 그녀는 뒤 계단으로 통하는 문을 열어젖혔다. 나는 그녀를 따라 계단을 내려가 뒷문으로 난 복도를 걸어갔다. 주방과 휴게실은 텅 비어 있었고, 식료품 저장실에 있을 마부 외에는 모두들 일과가 끝난 후였다. 그녀는 문가에 멈춰 서서 다시 한번 나를 바라보곤 문을 열고 밖으로 나갔다. 순간 망설였다. 대체 그녀가 어디로 나를 데려가려는 걸까? 그녀의 등 뒤로 문이 부드럽게 닫혔고, 나는 다시 그 문을 열고 이미 사라져버렸을 그녀를 찾아보았다. 그러나 그녀는 바로 몇 미터 앞에서 급히 정원을 지나 숲가 길목으로 접어들고 있었다. 희디 흰 눈빛에 비친 그녀의 모습은 음침하고 쓸쓸해 보였다. 나는 숨을 몰아쉬며 다시 집 안으로 들어가려고 생각했다. 그러나 그녀는 따라오라며 계속 내게 손짓했고, 나는 블라인더 부인의 낡은 숄을 움켜잡고 밖으로 뛰어나갔다.

엠마 색슨은 숲길에 서 있었다. 그녀는 천천히 걸음을 옮기기 시작했고, 나는 일정한 간격을 두고 그녀의 뒤를 따라 큰길까지 다다랐다. 그곳에서 그녀는 마을로 향하는 공터로 접어들었다.

눈 덮인 언덕 위를 올라서는 그녀 뒤에는 발자국이 남지 않았다. 순간 내 안으로부터 날카로운 비명 소리가 솟구쳤고, 사타구니가 축축해지는 것을 느꼈다. 저택으로 돌아가야 한다는 생각이 절박했다. 그녀가 서 있는 시골의 풍경은 무덤처럼 황량해 보였지만, 우리 둘 외에는 그 넓은 세상에서 도와줄 만한 사람이 아무도 없었다.

돌아가려고 발걸음을 돌리자, 그녀는 뒤돌아서서 나를 바라보았다. 그녀와 나 사이에 단단한 밧줄이 묶여 있는 느낌이었다. 또다시 나는 목줄을 한 개처럼 그녀의 뒤를 따라가야 했다. 이윽고 마을에 접어들었지만, 그녀는 계속 걸어 교회와 대장장이 가게를 지나, 랜퍼드 씨의 저택으로 향하는 오솔길로 접어들었다. 저택은 길 가까이 있었다. 포석 깔린 길을 따라가면 곧이어 평범한 구식 건물의 현관문이 나타났다. 주위 어디에도 사람의 그림자는 없었고, 포석 깔린 길로 접어들자 엠마 색슨은 대문 근처 느릅나무 아래 멈추어 섰다. 다시 두려움이 몰려들었다. 이제 기이한 여정의 끝에 도달했다는 생각이 들었으며, 이제 내가 무언가를 해야 할 차례였다. 브림프턴 저택을 나온 이후 줄곧 그녀가 내게 원하는 것이 무엇일지 반문해봤지만, 정신이 홀린 듯 뒤따라왔을 뿐, 랜퍼드 씨의 집 앞에서도 머릿속은 눈처럼 새하얗게 비는 느낌이었다. 그녀는 여전히 눈 위에 약간 떠 있었고, 나는 심장이 멎는 것 같아 그 자리에 얼어붙고 말았다. 그녀는 느릅나무 아래서 여전히 나를 바라보았다.

엠마 색슨이 그곳까지 나를 데려온 이유가 분명 있을 터였다. 그러나 어떻게든 뭔가 해야 한다는 절실한 생각이 들 뿐, 정확히 무엇인지 알 길이 없었다. 브림프턴 부부에게 조금도 해가 되는 일을 하고 싶지 않았지만, 왠지 그들에게 불길한 그림자가 드리워져 있는 것 같았다. 그리고 엠마 색슨이 그 불길함의 정체를 알고 말해주려는 게 분명했다. 내가 묻는다면, 대답해줄지 모른다.

그녀에게 말을 걸 생각을 하니 정신이 아득해졌지만, 용기를 내서 가까이 다가갔다. 그때였다. 갑자기 저택 문이 열리고 랜퍼드 씨가 밖으로 나오는 것이었다. 그날 아침 브림프턴 부인을 찾아왔을 때처럼 몹시 즐거운 표정이었지만, 나는 그의 모습을 보는 순간 피가 거꾸로 흐르는 느낌이었다.

"아니, 허틀리 아닌가? 무슨 일이지? 오솔길을 내려오는 모습을 보았는데, 한동안 꼼짝도 하지 않기에 땅속에 뿌리를 박고 나무가 된 건 아닌지 궁금해서 나왔지. 뭘 그리 보는 거야?"

나는 말없이 느릅나무 쪽을 바라보았고, 그도 이내 그쪽으로 시선을 돌렸다. 그러나 그곳에는 아무것도 없었다. 시선이 닿는 곳까지 오솔길은 텅 비어 있었다.

나는 무력감에 휩싸였다. 그녀는 사라졌고, 그때까지도 그녀가 무엇을 원하는지 알 수 없었다. 나를 응시하던 마지막 시선이 뼛속까지 스며들었지만, 여전히 내게 남겨진 것은 혼란뿐이었다. 그녀가 그곳에 서서 나를 바라보던 순간보다 더 절망적인 느낌이었다. 내가 가늠조차 할 수 없는 비밀을 떠넘긴 채 그녀는 사라져버렸다. 갑자기 주위가 빙글빙글 돌며 희디흰 대지가 푹 꺼지는 것 같았다….

브랜디 한 모금과 집 안의 훈훈한 온기 덕분에 곧 정신을 차릴 수 있었다. 나는 곧바로 브림프턴 저택으로 돌아가야 한다는 말을 되뇌고 있었다. 밤이 깊었고, 부인이 찾을지 모른다는 생각에 마음이 급했다. 나는 산책을 나왔다가 대문 앞을 지나는 순간 현기증이 일었다고 랜퍼드 씨에게 설명했다. 틀린 말은 아니었지만, 뭔가 엄청난 거짓말을 하고 있다는 생각을 떨칠 수 없었다.

저녁 식사를 위해 부인의 옷을 갈아입히는 동안, 그녀는 핏기 없는 내 얼굴을 유심히 바라보더니 무슨 일이냐고 물었다. 가벼운 두통 때문이라고 둘러대자, 이후에는 다시 부르지 않을 테니 편히 쉬라고 말했다.

솔직히 제대로 서 있기조차 힘들었다. 그러나 방에서 혼자 밤을 보낸다는 것이 더 끔찍하게 느껴졌다. 고개를 들 힘마저 없어 복도 계단에 오랫동안 앉아 있었다. 아홉 시쯤 기어가듯 내 방으로 올라갔는데, 너무도 지쳐 얼굴에 닿는 베개의 감촉 외에는 아무런 느낌도 들지 않았다. 얼마 후면 나머지 하인들도 모두 잠자리에 들 것이었다. 브림프턴 씨가 집에 없는 동안에는 모두들 일찍 잠자리에 들었는데, 열 시가 채 되기 전 블라인더 부인의 방문이 닫히는 소리가 들려왔고, 곧이어 웨이스 씨의 방문이 닫혔다.

대지와 공기가 모두 눈 속에 갇혀 몹시 고요한 밤이었다. 나는 조금씩 평정을 되찾고 조용히 누운 채 어둠이 깔린 이후 저택으로 찾아드는 기이한 소음에 귀를 기울이고 있었다. 아래층에서 문이 열렸다 닫히는 소리가 들려왔는데, 정원으로 향하는 유리문 같았다. 침대에서 일어서 창가를 내다보았다. 희미한 달빛, 흩날리는 눈발 속에는 아무 형체도 없었다.

다시 침대에 누워 깜박 잠이 들었던 모양이다. 요란한 벨 소리에 깜짝 놀라 잠을 깼으니 말이다. 나는 침대에서 뛰쳐나와 옷을 입기 시작했다. 설명할 수는 없지만 무슨 일인가 벌어지고 있었다. 두 손이 얼어붙었는지 옷을 입기가 너무도 힘들고 더디게 느껴졌다. 가까스로 문을 열고 복도를 바라보았다. 손에 든 촛불이 던져준 불빛 속에는 아무도 없었다. 다급하게 본관으로 향하는 문을 여는 순간, 내 심장은 싸늘하게 얼어붙고 말았다. 엠마 색슨이 계단 끝에 서서 아래층 어둠을 뚫어지게 응시하고 있었다.

문고리를 잡은 손이 자꾸 미끄러졌지만, 겨우 문을 닫는 순간 엠마 색슨의 모습이 사라져버렸다. 그와 동시에 아래층에서 잠긴 현관문에 열쇠를 넣는 듯한 은밀한 소리가 들려왔다. 나는 곧바로 브림프턴 부인의 방으로 달려가 문을 두드렸다.

아무 인기척이 없어서 다시 문을 두드렸다. 이번에는 인기척이 들리며, 빗장을 푸는 소리와 함께 브림프턴 부인이 나타났다. 놀랍게도 실오라기 하나 걸치지 않은 모습이었다. 그녀는 몹시 놀란 표정으로 서 있었다.

"허틀리, 무슨 일이지? 어디 아픈 거 아니니?" 그녀는 속삭였다. "이 시간에 여기서 뭐 하는 거야?"

"아픈 게 아니라, 벨이 울렸어요."

내 말을 듣고 창백해진 그녀는 금방이라도 쓰러질 것 같았다.

"잘못 들었겠지." 그녀는 약간 거칠게 말했다. "벨은 누르지도 않았어. 꿈을 꾼 것 같구나. 가서 자거라." 그녀는 방문을 닫으려고 했다.

그런데 그녀의 말이 채 끝나기도 전에 아래층 거실 쪽에서 다시 소리가 들려왔다. 남자의 발소리였다. 그제야 나는 사태를 파악할 수 있었다.

"부인," 나는 그녀를 밀치며 말했다. "집 안에 누가 있어요."

"누구?"

"브림프턴 씨 같아요. 제 생각에는, 아래층에서 발소리가 들려요."

겁에 질린 그녀는 한마디도 없이 내 발치로 고꾸라져 버렸다. 나는 다급히 그녀를 흔들어보았지만, 숨결로 보아 심각한 상황인 것 같았다. 그녀의 머리를 조심스럽게 들어올리는 순간, 계단을 올라오는 급한 발소리가 이내 복도로 접어들었다. 복도 문이 활짝 열렸고, 여행복 차림으로 눈발을 휘날리며 브림프턴 씨가 모습을 나타냈다. 내가 브림프턴 부인의 얼굴을 받치고 있는 광경에 놀랐는지 그는 순간 뒤쪽으로 움찔하는 모습이었다.

"이게 대체 무슨 일이야?" 그는 버럭 고함을 질렀다. 벌겋던 얼굴의 혈색도 핏기가 많이 사라진 상태였으며, 이마에는 붉은 반점이 돋아 있었다.

"브림프턴 부인이 기절하셨어요."

그는 웃음을 터뜨리더니 나를 옆으로 밀쳤다. "가엾게도 시간을 잘못 선택하셨군그래. 좋은 시간을 방해해서 안 될 일이지만."

나는 그의 행동에 깜짝 놀라 자리에서 벌떡 일어섰다.

"지금 뭐하시는 건가요? 무슨 짓입니까?"

"친구 얼굴 좀 보겠다는 것뿐이야." 그는 의상실 쪽을 흘깃거렸다.

나는 피가 거꾸로 서는 기분이었다. 무슨 생각이 들었는지, 무엇을 두려워하는지도 모른 채 다급히 그의 소매를 붙잡고 매달렸다.

"주인어른, 주인어른, 제발 가엾은 부인을 좀 보세요!"

그는 거칠게 내 손길을 뿌리쳤다.

"내가 보기엔 이미 숨이 끊긴 것 같군." 그는 여전히 의상실 쪽을 바라보며 말했다.

그 순간 안쪽에서 희미한 소리가 들려왔다. 브림프턴 씨도 그 소리를 들었는지 문을 활짝 열어젖혔지만, 곧바로 뒤로 물러섰다. 엠마 색슨이었다. 어둠 속에서도 나는 그녀의 모습을 똑똑히 볼 수 있었으며, 브림프턴 씨도 마찬가지였다. 그는 갑자기 두 손으로 얼굴을 감싸쥐었다. 내가 다시 그쪽을 바라보았을 때는 이미 엠마 색슨의 모습이 사라진 후였다.

브림프턴 씨는 기진맥진한 사람처럼 우두커니 서 있었고, 부인이 갑자기 정신을 차린 것은 그때였다. 그녀는 남편을 뚫어지게 바라보았다. 그러고는 다시 정신을 놓아버렸고, 나는 죽음의 수의가 서서히 그녀에게 내려앉는 것을 보았다….

사흘 후, 눈보라가 몰아치는 가운데 부인을 땅에 묻었다. 사나운 날씨 때문에 교회를 찾아온 조문객은 거의 없었고, 가엾은 부인에겐 절친한 친구도 적었다. 관을 들고 교회 복도를 지나갈 때, 랜퍼드 씨가 가장 늦게 모습을 나타냈다. 몇 안 되는 친구 중 하나인 그는 참담한 모습이었고, 너무나도 창백했다. 내 곁을 스치는 순간, 그가 지팡이에 약간 몸을 의지하고 있음을 깨달았다. 브림프턴 씨 이마에 난 반점이 순간 더욱 붉게 달아오르는 것으로 보아, 그도 랜퍼드 씨의 불편한 다리를 눈치챈 것 같았다. 그는 장례식 내내, 마지막 기도를 올리는 순간까지도 멀찍이 떨어져 있는 랜퍼드 씨를 노려보았다.

장례가 끝난 후, 묘지로 향하는 도중 랜퍼드 씨는 자취를 감추었다. 가엾은 부인이 땅속에 묻히고 난 직후, 브림프턴 씨는 우리에겐 한마디 말도 없이 대기 중이던 마차에 뛰어올랐다. "역으로." 나는 그의 외침을 들었다. 우리 하인들만 저택으로 돌아왔다.

네 번째 기묘

부르시면 갈게요

Oh, Whistle, and I'll Come to You, My Lad
by Montague Rhodes James

"이제 종강도 했으니까 곧장 떠나겠군." 이렇게 개체발생학 교
수에게 말을 건넨 사람은 이 이야기의 주인공이 아니며, 이들은
세인트 제임스 대학의 아늑한 식당에 나란히 자리를 잡은 참이
었다.

상대방 교수는 젊고 말쑥한 용모의 소유자로, 깐깐한 말투로
대답했다.

"맞아. 친구들이 방학 동안 골프를 하라고 예약을 해두었거든.
이스트 코스트, 정확하게 말하면 번스토라고 자네도 알지 모르
지만, 그곳에서 일주일이나 열흘쯤 골프 실력을 닦을 생각이야.
내일 떠나고 싶어."

"아, 파킨스!" 맞은편 동료가 말했다. "자네, 번스토에 갈 거면

템플 기사단의 영유지 좀 살펴줘. 이번 여름에 발굴할 만한 가치가 있는지 말이야."

짐작이 가겠지만, 이렇게 말한 사람은 고고학에 관심이 있는 동료로, 이야기의 도입부에만 잠시 등장하니 자세한 인물 소개는 안 하겠다.

파킨스 교수가 말했다. "그러지, 장소가 어딘지 알려주면 시간 날 때 그곳 상황을 꼼꼼히 살필게. 어디에 머물지 알려주면 편지로 알려줄 수도 있어."

"그럴 필요까지 있나. 시간을 두고 그쪽 방면으로 가족을 이주시킬 생각이거든. 영국 템플 기사단의 영유지가 제대로 설계된 경우가 거의 없어서 방학 동안 뭔가 유익한 일을 해볼 수 있을까 해서."

파킨스 교수는 영유지 설계가 유익하다는 말에 슬쩍 콧방귀를 꼈다. 상대방은 계속 말을 이었다.

"땅 위에 표시가 될 만한 게 있을지 모르겠는데, 아마 지금은 해변에서 아주 가까운 지역으로 바뀌었을 거야. 알다시피, 해변을 따라 사방으로 바다가 둘러싸고 있어. 지도를 보니까 마을 북쪽 끝에 있는 글로브 여인숙에서 일 킬로미터 정도 떨어져 있더군. 자네는 어디에서 묵을 생각이지?"

"흠, 글로브 여인숙." 파킨스가 말했다. "그곳에 방을 예약했거든. 다른 곳에는 방을 잡을 수 없었어. 숙박업소 대부분이 겨울에는 문을 닫는 모양이야. 예약할 수 있는 방이라고는 침대가 두 개인 방밖에 없다는데, 하나를 치울 만한 공간도 없다는 거야. 하지만 책을 놓고 약간의 연구도 할 생각이니까 솔직히 아주 큰 방이 필요했거든. 물론 침대 두 개는 말할 것도 없고. 빈 침대를 연구용으로 사용할 줄은 꿈에도 생각 못했지만, 잠시 머무는 동안은 대충 쓸 만하겠지."

"침대가 하나 더 있는 방을 예약했다는 거야, 파킨스?" 맞은편의 퉁명스러운 사람이 말했다. "이봐, 내가 따라가서 방을 함께 사용하면 되겠네. 동무 삼아서 말이야."

파킨스 교수는 내심 질색했지만 예의를 지켜 간신히 웃어넘겼다.

"로저스, 그렇게만 되면 더 바랄 것도 없지. 하지만 무척 따분할 걸? 골프도 안 하잖아?"

"안 쳐. 골프라니!" 무례한 로저스 씨가 말했다.

"흠, 알겠지만 글을 쓸 때가 아니면 대부분 그린에 나가 있을 테니까, 그러니까, 자네가 따분할까봐 걱정이야."

"아, 그 정도야 나도 알지! 거기에서 아는 사람을 만날 수도 있잖아. 물론 나랑 같이 가는 게 내키지 않으면 솔직히 말하게, 파킨스. 괜찮으니까 말이야. 자네도 늘 말하잖아, 진실은 결코 무례한 게 아니라고."

사실 파킨스는 철저하리만큼 예의바르고 솔직했다. 그는 그런 자신의 성격을 잘 아는 로저스 씨가 그것을 종종 이용하는 것이 꺼림칙했다. 마음속의 갈등이 분노로 바뀌었으므로 파킨스는 잠시 동안 아무 대꾸도 하지 않았다. 시간이 지나자 그는 말했다.

"글쎄, 정말 솔직한 대답을 원한다면, 로저스, 내가 예약한 방이 우리 두 사람이 묵기에 정말 편안할까 생각 중이었어. 그리고 자네가 채근하지 않았다면 이런 말까지는 안 했겠지만, 솔직히 자네가 일하는 데 방해가 될지도 모르겠어."

로저스는 크게 웃었다.

"역시 파킨스야! 괜찮아. 자네 일을 방해하지 않을 테니까. 자네도 그 점에 대해서는 신경 쓰지 말게. 물론, 자네가 싫다면 가지 않을 생각이야. 그래도 나처럼 유령을 멋지게 쫓아낼 수 있는 사람도 드물잖아." 그는 옆 사람을 슬쩍 찌르며 윙크했다. 파킨스의 얼굴이 붉게 달아오른 듯 보였다. "미안하네, 파킨스. 괜한 소리를 했어. 자네가 유령 따위에는 관심이 없다는 걸 깜박했어."

"흠… 자네 말대로 난 유령 따위에 되는 대로 말하는 걸 즐기지 않네. 나와 비슷한 입장에 있는 사람이라면," 파킨스는 목청을 약간 높였다. "미신을 지나칠 정도로 인정하진 않을 거야. 로저스, 자네도 이미 알고 있을 거야. 아니면 지금부터 알아두라고.

난 한 번도 내 의견을 숨긴 적이 없으니까…."

"그럼, 어련하시겠나." 로저스가 혼잣말처럼 말했다.

"그 비슷한 생각조차 해본 적 없네. 그런 것이 존재한다고 인정한다면, 내가 가장 존중하는 모든 것을 부인하는 셈이니까. 자네가 관심 있는 문제를 계속 논의하지 못해 유감이군."

"자네의 변함없는 관심은 블림버 박사가 말한 거니까." 로저스가 정확히 말하려고 애쓰면서 끼어들었다. "파킨스, 중간에 말을 끊어 미안하네."

"전혀 그렇지 않아. 블림버는 기억도 나지 않는걸. 아마 전 시대 사람이겠지. 어쨌든 그 문제를 계속 말할 필요는 없어. 내 말이 무슨 뜻인지 알지."

"그럼, 알지." 로저스가 약간 서두르며 말했다. "당연하지. 그 문제는 번스토 아니면 다른 곳에서 제대로 말해보자고."

지금까지 오간 대화를 여기에 옮기면서 내가 느낀 인상, 즉 파킨스가 나이 든 여자와 흡사하고 다소 소심하다는 점을 알리고 싶었다. 유머 감각이라고는 손끝만큼도 없지만 자신의 신념에 대해서는 물러섬이 없고 진실하여 존경받을 만한 가치가 있는 사람 말이다. 글을 읽는 분들이 얼마나 느끼셨을지 모르지만, 파킨스의 인물 됨됨이가 그랬다.

다음 날 파킨스는 원하던 대로 대학을 떠나 번스토에 도착

했다. 글로브 여인숙에서 환영을 받으며, 듣던 대로 침대 두 개
짜리 방으로 무사히 안내되었으며, 휴식을 취하기 전에 방 한
쪽 가장자리를 차지하던 널찍한 탁자 위에 연구 자료를 질서정
연하게 정리할 수 있었다. 다른 각도에서 바다가 내다보이는 세
개의 창문이 있는 방이었다. 가운데 창문은 바다 쪽을 정면으로
향하고 있었고 왼쪽과 오른쪽 창문으로는 각각 북쪽과 남쪽을
따라 펼쳐진 해변이 내다보였다. 남쪽 창문을 통해 번스토 마을
이 보였다. 북쪽에는 해변과 그 뒤로 낮은 절벽이 보일 뿐 인가
는 눈에 띄지 않았다. 다듬지 않은 잔디 너머 멀지 않은 곳에 낡
은 닻과 캡스턴 따위가 점점이 놓여 있고, 곧이어 넓어진 길이
해변까지 다다랐다. 글로브 여인숙이 바다에서 원래 얼마나 떨
어져 있었는지는 알 수 없으나, 지금은 육십 미터 남짓한 거리
였다.

　여인숙의 나머지 숙박객은 물론 골프를 하러 온 사람들로 그
중 몇몇은 따로 설명해둘 만한 특징을 지니고 있었다. 가장 도드
라져 보이는 인물은 아마도 퇴역군인이자 런던 클럽의 사무관일
듯한데, 대단히 우렁찬 목소리와 프로테스탄트의 전형적인 사고
방식을 소유한 인물이었다. 이러한 특징은 그가 '비카'라는 존경
할 만한 사람의 목회에 참석한 직후에 확연히 드러났다. 아주 독
특했던 목회를 그가 꿋꿋하게 견딜 수 있었던 이유는 단 하나, 그

자리에서 동부 앵글족의 전통이 아직 존중되는 분위기를 발견했기 때문이었다.

무엇이든 열심인 것인 특징인 파킨스 교수는 번스토에 도착한 다음 날 대부분의 시간을 윌슨 대령과 짝을 이뤄 골프 기술을 연마하면서 보냈다. 오후 동안 기술 향상의 과정이 만족스럽지 않았는지는 모르겠지만 윌슨 대령의 표정이 매우 어두워서 파킨스는 그와 함께 숙소로 돌아갈 생각에 주눅이 들었다. 대령의 붉은빛 억센 수염을 흘깃거리고는 저녁 식사에 앞서 대령과 차와 담배를 나누며 시간을 갖는 것이 현명하다고 판단했다.

'밤에는 해변을 따라 걸으면 좋겠어.' 그는 생각했다. '그래. 디즈니가 말한, 옛터를 알아볼 정도로 달빛이 환한지도 한번 살펴보는 거야. 그런데 옛터가 어디에 있는지 정확히 모르겠단 말이지. 더듬거리며 찾아볼 수는 있겠지, 뭐.'

아마 이것이 파킨스가 그린에서 자갈 깔린 해변을 따라 돌아오는 길에 가시 금작화와 커다란 돌부리에 휘청거리면서 골몰한 생각이었을 것이다. 그가 발부리가 걸려 넘어졌다가 일어서서, 주변을 둘러보니 움푹 팬 곳과 둔덕으로 둘러싸인 험한 땅에 들어와 있었다. 둔덕을 자세히 살펴보자, 단단한 회반죽 덩어리에 뗏장을 얹은 것에 불과했다. 그는 알아보겠다고 약속한 템플 기사단의 영유지라고 생각했을 것이다. 발굴을 해봤자 얻을 것이 없어 보였다. 동료의 계획을 긍정적으로 검토할 만큼 지반의 상당 부분은 그리 깊은 곳까지 남아 있지 않았다. 그는 그곳을 소유했을 템플 기사단이 주변을 둘러싸듯 교회를 짓곤 했다는 사실을 어렴풋이 떠올렸다. 주변에서 둔덕 혹은 무덤 같은 것들 중 일부는 원형으로 배열되어 있는 것 같았다.

나중에 자신의 성공을 자랑하면서 만족감을 느끼는 사람이라면, 전공이 아닌 분야라도 비전문가로서 연구를 해보고 싶은 유혹을 쉽게 떨치지는 못할 것이다. 그러나 우리의 파킨스 교수는 시시한 욕심을 느끼는 동시에 디즈니와의 약속을 지켜야 한다는 강박관념에도 마음이 쓰였다.

그래서 그는 원형으로 배열된 지역을 조심스레 걸어다니며 대략적인 형태를 수첩에 기록했다. 그러다가 원의 중심에서 동쪽에 직사각형으로 솟구쳐 있는 땅이 나타나자, 그는 연단이나 제단의 밑부분일 거라고 생각했을 것이다. 그 한쪽 끝부분, 그러니까 북쪽 모서리 부분은 뗏장이 벗겨져 있었는데, 아이들이나 동물이 한 짓으로 보였다. 석조물이 있던 증거라고 생각하고, 그는 칼을 꺼내 흙을 긁어보았다. 곧이어 또 다른 것이 나타났다. 흙의 일부가 안쪽으로 떨어지다가 작은 구멍이 나타난 것이다. 그는 성냥불을 계속 밝히면서 구멍의 정체를 살폈지만, 바람이 너무 거셌다. 칼날로 두드리고 긁어보기도 했지만 석조물에 인위적으로 만들어진 구멍이 틀림없었다. 회반죽으로 막아놓지 않았다면, 구멍은 원래 직사각형 모양으로 각각의 면과 위아래가 매끄럽고 규칙적이었을 것이다. 물론 그 안은 비어 있었다. 아니다! 땡그랑 하는 금속성의 소리에 그는 구멍에서 칼을 빼고, 구멍 바닥에 놓여 있는 원통 모양의 물건을 손으로 더듬거렸다. 어렵지 않게 들어올린 그 물건에 빛을 비추자, 아주 오래 전에 만들어진 듯한 길이 십 센티미터 정도의 통이었다.

파킨스는 당시 그저 기묘한 통에 불과하다고 확신했으며, 더 자세히 탐사를 하기에는 날이 어두웠다. 그가 다음 날에도 고고학적 탐사를 하기로 결심한 것을 보면 뜻밖에 흥미를 느꼈던 모양이다. 호주머니에 물건을 안전하게 집어넣으면서 약간의 가치는 있을 거라고 자신했다.

그는 여인숙으로 향하기 전에 삭막하고 엄숙한 풍경을 다시 한번 바라보았다. 서쪽의 희미한 황금빛에 드러난 골프장에서 아직 몇몇 그림자가 클럽 회관으로 향하는 모습이 보였고, 웅크린 해안 방어용 원형 포탑과 올드세이 마을의 불빛, 일정한 간격을 두고 검은빛 목재 방사제(防砂堤, 해안 인근의 물 속에서 모래가 이동하는 것을 막기 위해 만든 둑 – 옮긴이주)로 막혀 있는 희끄무레한 모래, 어렴풋이 웅얼거리는 바다가 나타났다.

그는 매서운 북풍을 등지고 글로브 여인숙으로 향했다. 저녁

저벅 자갈과 모래를 밟으며 몇 미터마다 방사제를 넘어야 했지만, 돌아오는 길은 기분 좋고 조용했다. 템플 기사단의 폐허에서 얼마나 걸어왔는지 마지막으로 뒤를 돌아보았을 때, 사람인지 분간하기 어려운 형체 하나가 그를 따라잡으려는 듯 애쓰는 모습이 보였다. 그러나 마음먹은 대로 진전이 안 되는 모양이었다. 내 말은, 그 형체가 달려오는 기색이 역력했음에도 파킨스와의 거리가 실제로 좁혀지지 않았다는 뜻이다. 아는 사람은 분명 아니었으므로 파킨스는 애써 그를 기다리는 게 우습다고 생각했다. 하지만 길을 같이 가든 아니든 마음대로 선택할 수만 있다면, 쓸쓸한 해변에서 길동무가 있어도 좋을 것이라는 생각이 들었다.

무지했던 옛 시절, 지금은 생각조차 할 수 없는 기이한 만남에 대해 그도 읽은 적이 있었다. 그는 여인숙에 다다를 때까지 그런 애기들을 떠올렸는데, 그 중 한 가지는 특히 어린 시절에 사람들의 상상력을 사로잡던 내용이었다. '지금 꿈을 꾸는 거야. 들녘을 건너 다가오는 더러운 악마를 피해 사라지는 기독교인 꿈을.' 그는 생각했다. '내가 지금 뒤돌아보았을 때, 누런 하늘과 또렷이 대비되는 검은 그림자와 뿔과 날개를 본다면 어쩌지? 서 있어야 할지, 뛰어야 할지 갈피를 못 잡겠어. 다행히 신사처럼 보이고, 처음 봤을 때보다 지금은 더 멀어진 느낌이군. 흠, 저런 속도라면

내가 식사를 다 마친 후에도 요기를 하긴 어렵겠는걸. 이런! 식사 시간이 십오 분밖에 안 남았어. 뛰자!'

파킨스는 옷 갈아입을 시간이 거의 없었다. 식당에서 대령을 만났을 때, 파킨스는 신사에게 적절할 정도의 평온으로 군인의 마음을 압도했으며, 식사에 이어 카드놀이를 할 때도 그런 분위기는 계속되었다. 파킨스는 카드놀이에만 능한 사람이 아니었기 때문이다. 그래서 열두 시 정각에 자리에서 일어서면서 그는 저녁 시간이 매우 흡족했고, 앞으로 이삼 주간의 글로브 생활도 마찬가지일 거라고 생각했다. '특히 골프 기술만 제대로 갈고 닦으면 말이지.'

그가 복도를 따라 걸어오는데, 여인숙의 심부름꾼이 그를 막아서며 말했다.

"선생님, 실례합니다만, 방금 선생님의 코트를 세탁하다가 주머니에서 뭐가 떨어졌습니다. 선생님 객실 서랍장에 넣어두었습니다. 파이프와 비슷하게 생긴 물건인데요, 아이고 감사합니다. 서랍을 보시면 있을 겁니다. 예, 예, 선생님, 그럼 안녕히 주무세요."

그 말을 듣고 파킨스는 저녁 때 발견한 작은 물건을 떠올렸다. 그는 무척이나 호기심을 느끼며 촛불로 그것을 비춰보았다. 청동으로 만들어진 것으로, 요즘의 개 호각과 아주 흡사했다. 아니

호각 외에 달리 생각할 것이 없었다. 입술에 갖다대니 가는 모래와 흙으로 꽉 차 있어서 두드려도 소용이 없고 칼로 파내야 할 것 같았다. 늘 깔끔한 습관 그대로 파킨스는 종이에다 호각의 흙을 파낸 뒤, 종이를 털기 위해 창가로 가져갔다. 달빛이 깨끗하고 밝은 밤이어서 그는 창문을 열다가 문득 바다를 바라보았고, 여인숙 바로 앞 해변에 한밤의 방랑객 하나가 서 있는 모습을 발견했다. 그는 창문을 닫고 번스토에 그처럼 늦게까지 돌아다니는 사람이 있음에 약간 놀라며 호각을 다시 불빛에 비춰보았다. 이런, 호각 위에 표시가, 아니 글자가 있다! 읽을 수 있을 만큼 깊고 또렷이 새겨진 글자였지만, 벽에 씌어진 글을 해독하지 못한 벨사살처럼 파킨스 교수는 그 뜻을 모르겠다고 솔직히 시인할 수밖에 없었다. 호각의 앞뒤 양쪽에 글이 새겨져 있었다. 한쪽 내용은 이랬다.

FLA

FUR BIS

FLA

다른 쪽은 이랬다.

'뜻을 알아내야겠는걸. 하지만 라틴어 실력이 좀 녹슨 모양이야. 호각이라는 단어가 있어도 모를 판이니. 긴 문장은 쉬운 편이군. 아마 오는 자 누구인가라는 뜻이지. 흠, 제일 좋은 방법은 호각을 불어 그 주인을 찾아내는 거겠지.'

그는 반신반의하며 호각을 불다가 갑자기 멈칫했다. 호각 소리에 깜짝 놀라면서도 그 음색이 마음에 들었다. 아득하고 부드러운 느낌, 몇 킬로미터 밖에서 들려오는 소리 같았다. 그러면서도 냄새를 맡았을 때처럼 머릿속에 어떤 그림을 떠오르게 만드는 힘이 있었다. 그는 잠시 동안 밤을 등지고 넓게 팽창하는 검은빛 영상과 함께 그 한복판에 있는 고독한 형체 하나를 또렷이 보았다. 아니, 그것을 표현할 길이 없었다. 그때 갑자기 그가 기대선 창문으로 돌풍이 몰아치지만 않았다면 더 많은 것을 볼 수 있었을지 모른다. 그는 돌풍에 깜짝 놀라 고개를 들었고, 창문 밖 어둠 속 어딘가에서 번뜩이는 바닷새의 날갯짓을 보았다.

호각 소리가 너무나도 매력적인지라 그는 이번에는 크게 불어보았다. 전보다 약간 소리가 커졌을 뿐, 보고 싶던 그림 혹은 영상이 이번에는 떠오르지 않았다. '어찌 된 일이지? 저런! 몇 분만에 이 정도 돌풍이 불다니! 바람이 정말 엄청나군! 창문을 잠

가도 소용없겠어! 앗! 촛불이 모두 꺼진 것 같아. 방을 완전히 조각내버릴 정도야.'

일단 창문을 닫아야 했다. 한 이십 초 정도, 파킨스는 억센 강도와 맞붙듯이 조그만 창문을 잡고 버둥거렸다. 바람은 순식간에 힘이 약해졌고, 창문은 쾅 소리를 내며 저절로 잠겼다. 그는 촛불을 다시 켜고 망가진 부분은 없는지 살폈다. 부서진 곳은 전혀 없었다. 유리창도 그대로였다. 하지만 그 소동 때문에 여인숙에서 적어도 한 사람은 자다가 깬 것이 분명했다. 위층에서 양말 차림으로 쿵쿵거리는 발소리를 듣고 대령이 투덜거렸다.

바람은 불어왔을 때와는 달리 갑자기 가라앉지 않았다. 계속해서 으르렁거리며 건물을 휩쓸고 지나가다 간간이 울부짖음 같은 소리까지 내지르자, 상상력이 풍부한 사람이라면 꽤나 불편할 거라는 생각이 무심히 들었다. 십오분쯤 지났을 때, 그는 상상력이 풍부하지 않은 사람이라도 저 소리를 듣지 않는 편이 더 편안할 거라고 생각했다.

줄곧 잠을 이루지 못하는 이유가 바람 때문인지, 골프의 흥분 혹은 유적지 탐사 때문인지 파킨스 자신도 알 수 없었다. 그는 엄청난 혼란의 희생자가 됐다고 느낄 만큼 오랫동안 뜬눈으로 상상에 잠겼다(나도 그런 상황에서 종종 비슷한 경험을 하는 편이라 좀 꺼림칙하다). 아마도 그는 자신의 심장 박동수를 세면서 언제든지 심장이 멈출 거라고 생각했거나, 폐와 두뇌, 간 따위의 활동도 멈출 거라며 좀더 오싹한 의심을 즐겼을지도 모른다. 환한 낮이 돌아오면 사라질 의심이지만, 그때까지는 굳이 거부할 마음이 없었을 것이다. 누군가 같은 배를 타고 있다고 생각하자 그는 약간의 위로를 느꼈다. 가까운 곳에서(어둠 때문에 정확히 어디인지를 말하기 어려워도) 누군가 잠 못 이루며 뒤척이고 있었으니까.

파킨스의 다음 행동은 눈을 감고 매순간 잠을 청하는 것이었다. 또다시 지나친 흥분이 다른 형태로 나타나더니 그림을 그려가기 시작했다. 잠을 청하려고 애쓰는 동안 감겨진 눈앞에 그림이 떠올랐지만, 그의 취향에 맞지 않는 것들이 많아서 그때마다 눈을 뜨고 상상의 그림을 떨쳐버렸을 것이다.

그 일은 파킨스에게 매우 괴로운 경험이었다. 그는 저절로 떠오르는 그림이 멈추지 않는다는 사실을 깨달았다. 물론 눈을 뜨면 그림도 사라졌다. 그러나 다시 눈을 감으면, 그림은 새로이 형태를 갖추고 전보다 빠르지도 느리지도 않게 다시 뛰노는 것이었다. 그가 본 그림은 이랬다. 길게 펼쳐진 해변 가장자리에 모래와 자갈이 섞이고, 좁은 간격마다 검은빛 방사제가 물에 씻기는 그날 오후 걸어온 길과 매우 닮았지만 표지판 하나 없어서 정확히 어디인지 알 수는 없었다. 폭풍이 몰려들 듯 사위는 어슴푸레하고, 가늘고 차가운 비가 내렸다. 황량한 배경에서 처음에는 아무런 움직임도 보이지 않았다. 곧이어 멀리서 검은 형체가 까닥거리며 나타났다. 잠시 후, 형체는 방사제를 뛰어넘으며 달려가는 남자의 모습으로 바뀌었고, 그는 매번 초조하게 뒤를 돌아보았다. 점점 가까워질수록 남자의 얼굴은 보이지 않았지만, 초조해할 뿐 아니라 잔뜩 겁에 질려 있음이 확연해졌다. 그리고 힘에 부치는 모습이었다. 그는 계속 달렸지만 계속되는 장애물은 전보다 점점 더 어려워 보였다. '다음에도 넘을 수 있을까?' 파킨스는 생각했다. '전보다 더 높아 보이는데.' 남자는 방사제를 넘었다. 기어오르듯 몸을 던지듯 그것을 뛰어넘어 맞은편 둔덕에 떨어졌다(관찰자에게 아주 가까운 거리였다). 다시는 일어설 수 없는지, 방사제 아래 웅크린 남자는 몹시 불안한 모습으로 고개를 들었다.

달리는 남자가 왜 두려워하는지 그 원인은 아직 드러나지 않았다. 그러나 해변 멀리서 빛처럼 아주 빠르고 불규칙하게 앞뒤로 움직이는 물체가 사라졌다가 다시 나타나기 시작했다. 급속도로 커진 그 형체도 역시 옷자락을 펄럭이는 정체불명의 창백한 남자였다. 그 남자의 움직임에는 파킨스가 가까이 보고 싶지 않은 무엇인가가 있었다. 우뚝 멈춰선 그는 팔을 치켜들고 모래사장을 향해 절을 한 다음, 상체를 수그리고 해변을 가로질러 물가까지 달려갔다가 다시 돌아왔다. 그는 똑바로 몸을 세우고, 놀랍고 무서우리만큼 빠른 속력으로 좀 전의 행동을 되풀이했다. 앞서 달려온 남자가 몸을 숨기고 있는 방사제에서 몇 미터 떨어진 곳에서 추적자는 이리저리 두리번거렸다. 두세 번 아무 곳이나 들쑤시던 추적자는 마침내 똑바로 멈춰 서서 두 팔을 높이 치켜들더니 곧장 방사제를 향해 다가가기 시작했다.

바로 이 장면에만 이르면 파킨스는 결심을 어기고 눈을 뜨고 말았다. 시력이 일찍 나빠질까봐 걱정스럽고, 혹사당한 두뇌와 지나친 흡연 따위를 걱정하다 결국 촛불을 켜고 책을 집어들었다. 집요한 파노라마에 시달리느니 책을 읽으며 밤을 새우는 편이 나았다. 산책과 여러 가지 잡념이 기이하게 왜곡된 것임을, 그가 모를 리 없었다.

성냥불을 켜면 지금까지 침대 맞은편에서 부스럭거리던 녀석(쥐 혹은 그 비슷한 것)이 화들짝 놀랄 게 분명했다. 이런, 젠장! 성냥불이 꺼졌잖아! 한심하긴! 그러나 두 번째 성냥은 제대로 불이 붙어서 촛불을 밝히고, 편안한 잠이 찾아올 때까지 몰두할 책도 적당한 자세로 펼칠 수 있었다. 그는 오래지 않아 잠들었다. 질서정연하고 신중한 그의 삶에서 촛불을 끄지 않고 잠든 것은 아마 그때가 처음일 텐데, 호출을 받고 잠에서 깬 아침 여덟 시에도 촛불은 꺼지지 않았으며 작은 책상 위에 칙칙한 촛농 덩어리가 뭉쳐져 있었다.

아침 식사 후 그가 자신의 방에서 운동복을 손질하고 있는데, 여인숙 종업원이 들어와 오늘도 대령과 파트너가 됐다고 알리기에 운이 좋다고 생각했다.

"필요하시면," 여 종업원이 말했다. "침대에 담요를 몇 장 더 깔아놓을까요, 선생님?"

"아! 고맙소." 파킨스는 말했다. "그래요, 한 장 정도 더 있어야겠어요. 약간 추워진 것 같군요."

잠시 후 종업원이 담요를 갖고 돌아왔다.

"어느 쪽 침대에 놓을까요, 선생님?" 그녀가 물었다.

"뭐요? 간밤에 잠든 저 침대지 어디겠어요?" 그는 침대를 가리키며 말했다.

"아, 예! 죄송합니다만, 선생님, 침대 두 개를 다 사용한 것 같은데요. 아침에 저희가 다 정돈했거든요."

"정말요? 진짜 희한한 일이네!" 파킨스가 말했다. "침대 하나는 물건만 올려놨을 뿐 건드린 적도 없는데 말이죠. 정말 그 침대에서 잠을 잔 흔적이 있다고요?"

"그럼요, 선생님!" 종업원이 말했다. "실례되는 말씀일지 모르지만, 침대 위에 물건이 전부 흐트러져 있고 누군가 밤새 뒤척인 흔적이 분명했답니다."

"허허, 참." 파킨스가 말했다. "짐을 풀면서 생각보다 정리를 제대로 못한 모양이군요. 괜한 수고를 끼쳐서 미안합니다. 곧 케임브리지에서 친구 한 명이 들러서 나머지 침대를 하루 이틀 정도 사용할 겁니다. 그래도 괜찮겠지요?"

"오, 물론이죠. 선생님. 감사합니다. 전혀 수고랄 것도 없습니다." 종업원은 그렇게 말하고, 동료들과 수다를 떨기 위해 방을 나갔다.

파킨스는 골프 기술을 연마하겠다는 확고한 결심으로 출발했다.

두 번째 날에도 파트너가 된 것에 불평을 늘어놓던 대령이 아침 시간이 지날수록 아주 허물없이 파킨스에게 말을 걸었을 정도로 골프 기술에서만큼은 그가 성공했음을 나는 기쁜 마음으로 알린다. 게다가 무명 시인들이 '성직자의 종루에 있는 거대한 종처럼'이라고 표현할 정도로 우렁찬 대령의 목소리가 평원에 울려 퍼졌다는 사실도 여기 적는다.

대령이 말했다. "간밤에 심상찮은 바람이 불더군요. 제 고향에서는 누가 호각을 불어 바람을 불렀다고들 말하지요."

"정말인가요!" 파킨스가 말했다. "고향에 아직 그런 미신이 남아 있나요?"

"미신에 대해서는 잘 모릅니다." 대령이 말했다. "덴마크와 노르웨이뿐 아니라 요크셔 전 지역에서 그리 믿고 있지요. 내 경험을 말하자면, 그곳 사람들이 조상 대대로 간직해온 그 믿음에 근원적인 뭔가가 있는 것 같아요. 아, 당신 차례요."(어떤 얘기가 더 오가든, 골프를 즐기는 독자라면 알맞은 간격으로 적당히 나누는 여담을 떠올릴 것이다.)

대화가 다시 시작되자, 파킨스는 약간 주저하며 말했다.

"대령께서 방금 전에 하신 말씀은 치우침이 없이 옳다고 생각합니다. 그런 주제에 대해 저는 아주 확고한 견해를 지니고 있다고 말씀드려야겠어요. 솔직히 저는 '초자연적'이라고 부르는 것들을 조금도 믿지 않는 사람이지요."

"지금, 천리안이나 유령 따위를 믿지 않는다고 말하는 건가요?"

"그와 비슷한 어떤 것도 말입니다." 파킨스가 단호하게 대답했다.

"흠, 내가 보기에 선생은 사두개교도(영혼, 천사, 부활 등의 존재를 믿지 않는 일종의 유대교도 – 옮긴이주)와 별반 다를 게 없는 것 같습니다."

파킨스는 구약성서 중에서 가장 현명한 사람들이 바로 사두개교인들이라고 대답할 생각이었다. 그러나 구약성서에 사두개교에 대해 그 정도로 많이 언급되어 있는지 의심스러워서 반박하는 대신 그냥 웃어넘기는 쪽을 택했다.

"그럴지도 모르죠. 그러나… 어이쿠, 내 골프채! 이번만 봐주세요, 대령님." 잠시 후 덧붙였다. "호각으로 바람을 부른다는 얘기에 대해 제 생각을 말씀드리고 싶군요. 바람을 다스리는 법칙이 무엇인지 아직까지 완벽히 알려진 바 없죠. 어부 같은 이들도 당연히 모릅니다. 기벽이 있는 남자나 여자 혹은 이방인이 인적 드문 시간에 해변에 계속해서 나타나고 호각 소리가 들립니다. 곧이어 격렬한 바람이 불죠. 점성술에 능하거나 기압계를 가진 사람이라면 바람을 미리 예견할 수 있어요. 어촌에 사는 순박한 사람들이 기압계를 가지고 있을 리 없고, 그들은 그저 어림잡은 방식으로 날씨를 알아맞힙니다. 제가 기인이라고 한 사람들 외에 평범한 사람들이 바람을 부르고, 그런 명성을 얻기 위해 안달하는 것일까요? 간밤의 바람을 예로 들어보죠. 바람이 불어올 때 저는 호각을 불고 있었어요. 호각을 두 번 불었는데, 바람은 내 부름에 기막히게 대답을 한 셈이죠. 누군가 저를 봤다면…."

대령은 파킨스의 장광설이 이어지자 싫은 기색이었고, 안타깝게도 파킨스의 말투까지 강의할 때와 비슷했다. 마지막에 대령이 말을 막았다.

"선생이 호각을 불고 있었단 말이에요? 어떤 호각입니까? 먼저 이것부터 치시죠."

잠시 침묵이 흘렀다.

"그 호각이라는 게 솔직히 기이한 겁니다. 여기 가져왔으니, 아차, 객실에 놓고 왔군요. 사실 어제 발견한 겁니다."

파킨스는 대령의 투덜거림을 들으면서 호각을 어떻게 발견했는지 설명했다. 그리고 흔히들 말하는 교황절대주의자들의 소유물이므로 호각을 각별히 조심해서 다룰 필요는 있을 거라고 말했다. 물론 교황절대주의자의 내력에 대해서는 대령이 결코 모를 거라는 말도 덧붙였다. 이쯤부터 파킨스의 화제는, 지난 주 일요일에 이미 교구 목사의 거창한 설교와 함께 공지됐듯이, 다가오는 금요일의 성 토머스 사도 축일과 교회에서 있을 열한 시 예배 쪽으로 바뀌었다. 한편, 대령의 마음속에는 교구 목사가 예수회가 아니면 교황절대주의자를 비호하고 있다는 강한 의심이 일었다. 대령의 의견에 기꺼이 동조할 수 없었지만 파킨스는 강하게 반박하지는 않았다. 사실, 두 사람은 아침나절을 매우 기분 좋게 보냈으므로 점심 식사 후에도 서로 어긋나는 말을 하지 않았다.

두 사람은 오후 내내 만족스럽게 골프를 했는데, 적어도 해가 저물 때까지는 다른 생각을 하지 않을 정도로 골프에 심취했다. 오래지 않아 파킨스는 유적지를 좀더 조사해보기로 한 결심을 떠올렸다. 그러나 썩 중요하다고는 생각하지 않았다. 다음에 해도 좋을 일이었다. 오늘은 대령과 나란히 숙소로 돌아가는 것이 좋을 듯했다.

그들이 회관 모퉁이를 도는 순간, 대령은 전력 질주해오는 아이에게 부딪혀 하마터면 고꾸라질 뻔했다. 아이는 달아나지 않고 숨을 헐떡이며 오히려 대령에게 매달렸다. 당연히 호전적인 대령의 입에서는 호된 꾸지람과 호통부터 쏟아졌지만, 이내 아이가 말도 못할 정도로 겁에 질려 있다는 사실을 알게 되었다. 처음에는 무슨 일이냐고 물어도 소용이 없었다. 겨우 숨을 돌린 아이는 울부짖으며 여전히 대령의 다리에 매달려 있었다. 이윽고 다리에서 떨어지긴 했지만 울부짖음은 그치지 않았다.

"대체 무슨 일이냐? 무슨 일이냐니까? 뭘 봤기에 그러는 거냐?"

두 사람이 물었다.

"창문에서 저한테 손짓을 했어요." 아이가 울면서 말했다. "정말 싫었어요."

"어디 창문 말이냐?" 대령이 짜증스럽게 말했다. "자자, 정신 차려라. 이 녀석아."

"여인숙 정면에 있는 창문이요."

파킨스는 아이를 집으로 돌려보내고 싶었지만, 대령이 안 된다고 했다. 자세한 내막을 알아야겠다는 것이다. 아이가 크게 놀라는 것은 정말 위험하며, 만약 사람들의 장난 때문이라면 그 사람들을 어떤 식으로든 혼내주어야 한다고 했다. 그는 계속해서 질문을 던지면서 자초지종을 알아냈다.

아이는 친구 몇몇과 글로브 여인숙 앞에 있는 잔디밭 주변에서 놀고 있었다. 친구들이 집으로 돌아가고, 그 아이도 막 발길을 돌리면서 창문을 올려다보았는데, 뭔가 손짓을 했다. 하얀색 옷을 입은 사람 같다고, 얼굴은 보지 못했다고 아이는 말했다. 그러나 아이를 향해 손짓을 했고, 어딘지 보통 사람의 행동처럼 보이지 않았다. 방에 불빛이 있었을까? 아이는 빛 같은 건 없었다고 했다. 어느 쪽 창문일까? 맨 위층 아니면 이층? 아이는 이층 창문이라고 양쪽에 작은 창문이 딸려 있는 커다란 창문이었다고 말했다.

"잘 알겠다, 꼬마야." 대령은 몇 가지 질문을 한 후에 말했다. "이제 집으로 가거라. 아마 누군가 너를 놀라게 하려고 장난을 친 모양이다. 다음에는 용감한 영국 소년처럼 행동해야지. 돌이라도 집어 던지란 말이다. 꼭 그렇게 하라는 말이 아니고, 여인숙 종업원이나 주인인 심슨 씨한테 가서 말을 하란 말이야. 그래, 내 말대로 하거라."

아이는 주인인 심슨 씨가 그런 말을 기분 좋게 들어주지는 않을 거라고 의심하는 표정이었지만, 대령은 그것을 눈치채지 못했는지 계속 말을 이었다.

"자 여기 육 페니 받거라. 아, 물론 얼마 안 되는 돈이야. 집으로 가거든 더 이상 그 생각은 말거라."

아이는 불안하게 고맙다는 말을 하고 서둘러 사라졌고, 대령과 파킨스는 글로브 여인숙 정면에서 건물을 돌며 살펴보았다. 아이의 설명과 일치하는 창문은 딱 하나밖에 없었다.

"흠, 이상하군요." 파킨스가 말했다. "아이가 말한 창문은 제 객실에 있는 게 분명한데요. 윌슨 대령님, 잠깐 올라가 보시겠어요? 혹시 누가 제 방에서 장난을 쳤는지 알아봐야겠어요."

잠시 후 그들은 복도로 들어섰고, 파킨스는 자신의 객실 문을 향해 손을 뻗었다. 그러나 다시 멈칫하더니 주머니를 뒤적였다.

"생각보다 심각한 일이군요." 파킨스는 말했다. "이제 보니, 아침에 방을 나올 때 문을 잠갔거든요. 지금도 잠겨 있고. 보세요, 열쇠는 여기 있잖아요." 그는 열쇠를 올려 보였다. "그렇다면 종업원들이 손님이 없을 때 객실을 마음대로 드나든다는 얘기인데, 도저히 납득할 수 없는 일입니다." 그는 약간 미심쩍은 표정으로 서둘러 문을 열고(문은 실제로 잠겨 있었다) 촛불을 켰다. "아니, 아무 이상이 없는 걸요."

"침대만 빼면." 대령이 불쑥 말했다.

"하지만 저건 제 침대가 아닌데요." 파킨스가 말했다. "저건 사용하지 않아요. 하지만 누가 침대에서 장난이라도 친 것 같기는 하네요."

정말 그랬다. 침대에 옷가지가 매우 어지럽게 쌓여 있었다. 파킨스는 생각에 잠겼다.

"틀림없어요." 이윽고 그가 말했다. "어젯밤에 짐을 풀고 옷을 미처 정리하지 못한 거지요. 아마 종업원들이 정돈을 하기 위해 들어왔는데, 그 모습이 창문을 통해 아이한테 보인 겁니다. 그러다가 다른 일 때문에 호출을 받고 문을 잠그고 나갔겠지요. 맞아요, 틀림없어요."

"글쎄올시다, 벨을 눌러서 물어봅시다." 파킨스는 대령의 말에 일리가 있다고 생각했다.

여종업원이 나타났고 자초지종을 간단히 정리하자면, 그녀는 파킨스가 객실에 있을 때 침구를 정돈했으며, 그 후로는 객실에 온 적이 없다는 것이다. 물론 다른 열쇠를 가지고 있지 않다고 했다. 심슨 씨가 키를 보관하고 있으니, 누군가 객실에 올라왔다면 그가 알 거라는 것이다.

난감했다. 아무리 살펴봐도 쓸 만한 단서를 얻지 못했고, 파킨스는 책상 위의 자질구레한 물건 따위가 놓인 위치를 봐서는 누가 장난을 친 흔적은 없었다. 게다가 심슨 씨 내외는 그날 여분의 객실 열쇠를 다른 사람에게 내준 적이 없다고 말했다. 공평무사한 성격의 파킨스마저 여인숙 주인 내외와 종업원의 행동에서 수상한 점을 발견하지 못했다. 아이가 대령에게 거짓말을 했다는 편이 훨씬 더 신빙성이 느껴졌다.

대령은 이상할 정도로 저녁 식사 내내 말없이 생각에 골몰했다. 그는 파킨스에게 잘 자라고 인사를 건네면서 작은 소리로 중얼거렸다.

"밤에 혹시 내가 필요하면 언제든지 부르시오."

"아, 예, 감사합니다, 윌슨 대령님. 그렇게 하지요. 하지만 대령님을 귀찮게 해드리는 일은 없을 듯하군요. 그런데," 파킨스는 덧붙였다. "말씀드린 호각을 제가 보여드렸던가요? 자, 이겁니다."

대령은 호각을 조심스럽게 불빛에 비추었다.

"거기 새겨진 말이 무슨 뜻인지 혹시 아시는지요?" 파킨스는 호각을 돌려받으며 물었다.

"불빛이 흐려서 잘 모르겠소. 그걸 어쩔 생각이오?"

"흠, 글쎄요. 케임브리지에 돌아가서 고고학자들에게 보여주고 의견을 물어볼 생각입니다. 가치 있는 물건이라면, 박물관에 기증할까 합니다."

"험!" 대령이 말했다. "그리 해도 좋을 것이오. 나라면 그걸 바다에 곧장 던져버릴 거요. 무슨 이유인지는 말해봤자 소용없을 테고, 그저 세상을 더 오래 산 사람이 하는 소리로 받아넘기시오. 그래요, 편히 주무시오."

파킨스가 계단 밑에서 무슨 말인가를 하려는데 대령은 그냥 돌아섰고, 두 사람은 곧이어 각자의 방으로 돌아갔다.

우연한 불행처럼 파킨스 교수의 방 창문에는 블라인드나 커튼이 없었다. 전날 밤에 좀 이상하다고 생각했지만, 오늘밤엔 환한 달빛이 침대를 가득 비춰 늦도록 잠을 못 이룰 것 같았다. 그는 몹시 성가시다고 생각했지만, 내가 아주 부러워할 만한 독창력으로 여행용 무릎 덮개와 압핀, 막대와 우산을 이용해 차양을 만들어 침대에 쏟아지는 달빛을 막는 데 성공했다. 잠시 후 그는 침대에 편안히 누웠다. 잠이 올 때까지 꽤 건전한 책을 읽던 그는 졸린 눈으로 방 안을 둘러본 뒤 촛불을 끄고 베개에 머리를 뉘었다.

한두 시간 곤히 잠들었을까, 갑자기 달그락거리는 소리에 그는 몹시 불쾌하게 잠에서 깼다. 곧바로 무슨 일인지 깨달았다. 꼼꼼하게 만들어진 차양이 치워지고, 아주 밝고 차가운 달빛이 그의 얼굴에서 빛나고 있었다. 정말이지 성가신 일이었다. 자리에서 일어나 다시 차양을 만들까? 아니면 그냥 잠들 수 있을까?

몇 분 동안 누워서 어찌할까 생각했다. 갑자기 그는 몸을 돌리고 눈을 치켜뜬 채 숨죽이고 귀 기울였다. 분명히 맞은편 빈 침대에서 움직임이 있었다. 아침이면 쥐나 다른 것이 침대에서 뛰놀았다며 침대를 옮기면 그만일 것이다. 갑자기 조용해졌다. 아니

다! 다시 요동치기 시작했다. 부스럭거리고 흔들렸다. 쥐가 일으
킬 수 있는 소동이 아니었다.

나도 삼십 년 전에 꿈에서 똑같은 일을 봐서, 파킨스 교수가
얼마나 당황하고 두려워했을지 충분히 이해한다. 그러나 다른
사람들은 빈 침대에서 무엇인가 불쑥 일어섰을 때 그가 얼마나
놀랐을지 상상하기 어려울 것이다. 그는 펄쩍 침대에서 뛰쳐나
와 창가로 달려갔다. 그곳에 유일한 무기이자 차양을 만드는 데
사용한 막대가 있었다. 그러나 그건 최악의 선택이었다. 그 형체
는 부드러운 동작으로 침대에서 빠져나와 자세를 잡더니, 두 침
대 사이와 출입문 앞에서 두 팔을 쭉 펼쳐 들었기 때문이다. 파
킨스는 겁에 질리고 어리둥절한 상태로 그것을 바라보았다. 어
쨌든 그것을 지나 출입문으로 빠져나가야 한다는 생각이 스치자
견딜 수 없었다. 이유는 알 수 없지만, 그 형체를 스치거나 만진
다는 생각조차 할 수 없었고, 그보다 차라리 창문 밖으로 뛰어내
리고 싶었다. 그것은 한동안 검은 그림자로 서 있었는데 얼굴은
볼 수 없었다.

그것이 웅크린 자세로 다시 움직이기 시작했다. 그 순간 파킨
스는 두려움과 안도감으로 새로운 사실을 깨달았다. 소리 없이
팔을 더듬거리며 이리저리 움직이는 것으로 보아 장님이 분명해
보였다. 파킨스에게서 반쯤 돌아선 그것은 자신이 방금 빠져나

온 침대에 부딪히자 곧바로 고개를 숙이고 베개 밑에서 뭔가를 찾기 시작했다. 그 광경을 지켜보며 파킨스는 생애 처음으로 극한 두려움에 몸을 떨었다. 잠시 후 그것은 침대가 비어 있음을 확인했는지, 달빛과 창문을 향해 움직였다. 그것의 정체가 처음으로 드러났다.

뭐였냐고 묻는 질문에 파킨스는 질겁했지만, 딱 한 번 내 앞에서 그 형체를 묘사한 적이 있다. 내가 판단하기에는, 파킨스가 기억하는 것은 매우 끔찍하리만큼 쭈글쭈글한 아마포의 얼굴이었다. 그 표정에 대해 그는 말하지 않았고 앞으로도 그럴 것이지만, 그가 미쳐버릴 만큼 두려움을 준 것만은 분명하다.

그는 그것을 오랫동안 지켜볼 여유가 없었다. 아주 빠르게 방한복판으로 움직인 그것이 더듬거리며 손을 흔들자, 천 자락이 파킨스의 얼굴을 덮었다. 소리를 내면 위험하다는 것을 알면서도 그는 메스꺼움을 참지 못하고 비명을 질렀고, 바로 그것이 놈에게 빌미가 됐다. 그것은 곧장 그를 향해 달려들었고, 그는 창문 밖으로 반쯤 몸을 빼고 찢어질 듯 비명을 질렀다. 아마포 얼굴이 그에게 바짝 다가왔다. 그 일촉즉발의 순간에 구원의 손길이 나타났음은 독자들도 예상했을 것이다. 대령이 때마침 문을 열고 들어와 창가의 무시무시한 광경을 목격한 것이다. 그가 다가섰을 땐 하나의 형체만 남아 있었다. 파킨스는 정신을 잃고 쓰러졌고 침구가 바닥에 헝클어져 있었다.

윌슨 대령은 아무런 질문도 하지 않았지만, 객실에 다른 사람들이 들어오지 못하게 막고 파킨스를 침대에 뉘었다. 그는 융단으로 몸을 감싸고 맞은편 침대에서 밤을 보냈다.

다음 날 아침 일찍 도착한 로저스는 하루만 일찍 왔어도 그렇게 환영받진 못했을 것이다. 세 사람은 오랫동안 교수의 방에서 의논을 거듭했다. 결국 대령은 조그만 물건을 손에 들고 여인숙을 나섰으며, 아주 억센 팔로 가능한 한 멀리 바다에 집어던졌다. 얼마 뒤 글로브 여인숙 뒤편에서 뭔가를 태우는 연기가 피어올랐다.

여인숙의 종업원과 나머지 투숙객들에게 어떤 설명이 오갔는지는 솔직히 나도 기억할 수 없다. 파킨스 교수는 심각한 정신 착란을 일으켰다는 의혹에서, 여인숙은 불길한 곳이라는 평판에서 벗어났다.

대령이 제때 뛰어들지 않았다면 파킨스에게 무슨 일이 벌어졌는가 하는 의혹은 그리 많지 않았을 것이다. 파킨스는 아마 창문 밖으로 떨어졌거나 미쳤을지 모른다. 그러나 호각의 부름을 듣고 나타난 그 형체가 과연 겁을 주는 행동만 했는지에 대해서는 확실한 증거가 없다. 그것을 감싼 침구를 제외한다면 형체라고 할 만한 물리적 증거도 없는 듯했다. 대령은 인도에서 벌어진 비숫한 일을 기억하고, 파킨스가 만약 그것과 맞섰다면 거의 위협을 느끼지 못했을 것인데, 그것이 지닌 힘은 공포 그 자체였을 거라고 말했다. 그 모든 것은 평소 자신이 로마 교회에 대해 피력해 온 의견과 일치한다는 것이다.

더 이상 말할 내용은 없지만, 예상대로 일정 부분에 대한 파킨스 교수의 견해는 전에 비해 불분명해졌다. 정신적으로도 고통을 겪었다. 심지어 그는 문에 걸린 흰옷조차 똑바로 쳐다보지 못하며, 겨울 오후에 들판에서 본 허수아비 때문에 불면의 밤 이상의 대가를 치렀다.

한밤의 목소리

The Voice in the Night by William Hope Hodgson

별도 없는 어두운 밤이었다. 우리는 북태평양에 정박해 있었다. 정확한 위치는 알 수 없었다. 돛대 꼭대기에 걸치듯 떠다니며 사면의 바다에 수의처럼 내려앉은 옅은 안개에 지치고 숨죽인 일주일의 항해 동안, 태양은 보이지 않았기 때문이다.

바람 한 점 없는 가운데 항로를 그대로 유지한 갑판에 나와 있는 사람은 나 혼자였다. 두 명의 남자와 소년으로 이루어진 선원들은 잠이 들었고, 내 친구이자 그 작은 배의 선장, 윌은 조그만 선실 좌현에 놓인 침상에 누워 있었다.

돌연, 사위의 짙은 어둠 속에서 외침이 들려왔다.

"어이, 스쿠너!"

나는 뜻밖의 외침에 깜짝 놀라 대답을 하지 못했다.

목소리가 다시 들려왔다. 뱃전 멀리 암흑의 바다 어딘가에서 들려오는 기이하리만큼 걸걸하고 비인간적인 목소리였다.

"어이, 스쿠너!"

"여기요!" 나는 정신을 어느 정도 수습하고 소리를 질렀다. "누구요? 무슨 일이요?"

"겁먹지 마시오." 기이한 목소리의 주인공은 내 말투에서 혼란을 눈치챈 모양이었다. "나는 그저, 힘없는 늙은이오."

길게 늘어진 목소리가 이상했지만, 그런 생각도 어딘지 수상쩍다는 느낌이 든 뒤에 떠오른 것이었다.

"가까이 좀 오시겠소?" 불안한 마음을 들켜버린 것이 불쾌해서 나는 꽤 무뚝뚝하게 말했다.

"그, 그, 그럴 수 없어요. 위험할 거요. 나는…." 말소리가 멈추고 정적이 흘렀다.

"무슨 말입니까?" 나는 더욱 놀라서 물었다. "뭐가 위험하다는 겁니까? 지금 어디에 있는 거예요?"

잠시 귀 기울여봤지만 아무 대답도 들려오지 않았다. 갑자기 까닭 모를 막연한 의혹이 솟구친 나는 재빨리 나침함에서 램프를 꺼냈다. 그와 동시에 발꿈치로 갑판을 두드려 윌을 깨웠다. 뱃전으로 돌아와 뱃전 너머 묵직한 침묵을 향해 노란 불빛을 비추어보았다. 그때 조금 억눌린 비명 소리가 들려왔고, 곧이어

황급히 노를 물 속에 처박는 듯한 첨벙 소리가 들려왔다. 그러나 내가 무엇을 봤다고 말하기는 어려웠다. 불빛을 비추는 순간 물 위에 어렴풋한 형체가 있었지만 이내 사라져버렸다는 것밖에는.

"이봐요!" 나는 소리쳤다. "이게 무슨 장난입니까?"

그러나 어둠 속으로 사라지는 뱃소리만 어렴풋이 들려왔다.

갑판의 작은 승강구에서 윌의 목소리가 들려왔다.

"조지, 무슨 일이야?"

"이리 와봐, 윌."

"뭔데 그래?" 그는 갑판을 걸어오며 말했다.

나는 방금 벌어진 기이한 일을 말했다. 그는 몇 가지 질문을 하고 잠시 침묵했다가 두 손을 모아 크게 소리쳤다.

"어이, 이봐!"

아주 멀리서 희미한 대답 소리가 들려왔고, 윌은 다시 한번 소리쳤다. 잠깐의 정적에 이어 조심스레 노 젓는 소리가 점점 또렷해지자 윌은 그쪽을 향해 다시 소리쳤다.

이번에는 분명한 대답이 들려왔다. "불빛을 치워요."

"그렇게는 못하지." 내가 중얼거렸다. 그러나 윌이 그러라 했기에 나는 램프를 현장(舷墻) 밑에 내려놓았다.

"더 가까이 오세요." 윌이 말하자 노 젓는 소리가 계속 들려왔다. 그리고 십여 미터 정도 떨어진 거리에서 소리가 멈추었다.

"뱃전에 대세요!" 월이 소리쳤다. "겁낼 것 없습니다."

"불빛을 비추지 않겠다고 약속하겠소?"

"불빛이 어쨌다는 겁니까?" 내가 불쑥 끼어들었다. "왜 그리 불빛을 무서워합니까?"

"왜냐면…." 목소리가 들려오다 이내 멈추었다.

"왜요?" 나는 서둘러 물었다.

월은 내 어깨를 잡았다. "이봐, 일 분만 잠자코 있어봐." 그는 목소리를 낮추었다. "내가 말해볼 테니까."

그는 뱃전 너머로 몸을 쭉 뻗었다. "이봐요, 선생. 이 축복 받은 태평양에서 지금처럼 나타나다니 정말 이상한 일입니다. 선생이 무슨 수작을 부리는지 우리가 어떻게 알겠습니까? 배에 선생밖에 없다고 말하지만, 그야 직접 봐야 알 일이 아닙니까? 안 그래요? 그건 그렇고 불빛을 싫어하는 이유가 뭡니까?"

월이 말을 끝내자, 노 젓는 소리와 함께 목소리가 들려왔다. 그리 멀지 않은 곳에서 들려오는 목소리에 극도의 무력감과 절망이 배어 있었다.

"미안, 미안하오! 당신들을 괴롭힐 생각은 없어요. 다만 배가 고플 뿐이오. 저 여자도."

목소리가 희미해지고 아무렇게나 휘젓는 노 소리가 들려왔다.

"잠깐!" 윌이 고함쳤다. "쫓아내려는 게 아닙니다. 돌아오시오! 싫다면 불을 켜지 않겠습니다."

그는 내게 돌아섰다. "낌새가 정말 좋지 않아. 그래도 위험하진 않겠지?"

내게 묻는 것 같아서 이렇게 대답했다. "응, 이 근방에서 난파당하고 정신이 돈 모양이야."

노 젓는 소리가 가까워졌다.

"램프를 나침함 속에 집어넣어." 윌이 말한 뒤 뱃전 너머로 몸을 기대고 귀를 기울였다. 나는 램프를 도로 갖다놓고 윌의 옆자리로 돌아왔다. 십 미터 남짓한 거리에서 노 젓는 소리가 멈추었다.

"자, 이제 배를 옆으로 대세요." 윌이 침착한 목소리로 말했다. "램프는 나침함 속에 집어넣었습니다."

"아, 안 돼요." 목소리가 들려왔다. "가까이 갈 수 없어요. 식량을 줘도 값을 치를 수도 없고요."

"괜찮습니다." 윌이 주저하다가 덧붙였다. "얼마든지 필요한 만큼 가져가시고…." 그는 다시 멈칫했다.

"정말 고마운 분이군요!" 목소리가 커졌다. "모든 걸 이해하시는 신께서 당신에게 보상해줄…." 쉰 목소리가 갈라지며 뚝 그쳤다.

"저기, 부인말입니까?" 윌이 갑자기 불쑥 말했다. "여자분⋯."

"저쪽 섬에 남겨두고 왔소." 목소리가 말했다.

"섬이라뇨?" 내가 끼어들었다.

"이름은 모르겠소." 목소리가 말했다. "신께서 제발⋯." 말소리가 들려오다가 갑자기 그쳤다.

"보트를 보내서 그분을 데려올까요?" 윌이 물었다.

"아니요!" 갑자기 정색하며 소리쳤다. "아! 그건 안 돼요!" 잠깐의 침묵이 흐른 후, 누군가를 책망하는 듯한 목소리가 들려왔다. "다 그 사람 때문입니다. 그녀의 고통이 나를 괴롭히고 있어요."

"저는 뭐든 쉽게 잊어버리는 사람입니다!" 윌이 소리쳤다. "댁이 뉘신지는 모르겠지만 잠깐만 기다리면 먹을 것을 갖다드릴게요."

잠시 후 그는 먹을 만한 것들을 한아름 안고 돌아왔다. 그는 뱃전에서 멈추었다.

"이쪽으로 와서 음식을 가져가시겠습니까?" 그가 물었다.

"아니, 그럴 수 없어요." 목소리에서 치명적인 유혹을 쫓아버리려는, 억눌린 갈망이 느껴졌다. 어둠 속에 물러나 있는 그 불쌍한 노인에게 윌이 들고 있는 음식이 얼마나 절실히 필요한지 알 것 같았다. 그러나 까닭 모를 두려움 때문에 우리 스쿠너 옆에 선뜻 배를 대고 음식을 가져가지 못하는 걸 테다. 그런데 문득, 모습을 숨긴 그가 미친 것이 아니라 제정신으로 극도의 공포를 직시하고 있다는 생각이 뇌리를 스쳤다.

"월, 미치겠어!" 나는 노인에 대한 깊은 연민을 억누르며 마음이 복잡했다. "상자를 가져와. 음식을 상자에 넣어 저쪽으로 보내주자고."

우리는 보트를 잡아당기는 데 쓰는 갈고리 장대에 상자를 매달아 어둠 속으로 내밀었다. 일 분 정도 지난 뒤, 보이지 않는 사람에게서 작은 탄성이 들려오자, 우리는 그가 상자를 제대로 붙잡았음을 알았다.

잠시 후 그는 작별을 고하며 극진히 축복을 기원하는 바람에 실제로 우리가 무슨 대단한 일이라도 한 것 같았다. 그리고 별다른 소란 없이 노 젓는 소리가 유유히 어둠을 헤치기 시작했다.

"정말 급했나 보군." 월은 약간 언짢은 기색으로 말했다.

"잠깐, 다시 돌아올 것 같아. 음식이 무척 필요했던 게 분명하거든."

"그리고 그 여자 말이야." 잠시 그는 뜸을 들이다가 말을 이었다. "고기잡이를 하면서 이런 괴상한 일은 처음이야."

"맞아." 대꾸한 뒤, 나는 생각에 잠겼다.

한 시간 정도 흘렀을까, 월은 그때까지도 나와 함께 있었다.

이상한 일을 겪고 잠이 오지 않는 모양이었다.

세 시간 가까이 흘렀을 무렵, 고요한 바다 너머 노 젓는 소리가 다시 들려왔다.

"들어봐!" 흥분한 월이 낮게 속삭였다.

"내 생각대로 다시 온 거야." 내가 중얼거렸다.

노 젓는 소리가 점점 가까워지자, 나는 전보다 노의 움직임이 강하고 길다는 사실을 깨달았다. 음식이 제 구실을 한 것이다.

뱃전과 약간 떨어진 지점에서 물살 소리가 멈추더니 어둠을 뚫고 기이한 목소리가 다시 들려왔다.

"어이, 스쿠너!"

"아까 그분입니까?" 월이 물었다.

"그렇소." 목소리가 대답했다. "아까는 갑자기 떠났는데, 급한 일이 있어서 그만."

"그 여자분 때문입니까?" 월이 물었다.

"그 여자는 지금 땅만큼 여러분에게 감사하고 있소. 곧 있으면 하늘만큼 감사하게 될 거요."

월은 어리둥절한 목소리로 뭐라 대답하려다가 할말을 잃고 입을 다물었다. 나는 아무 말도 하지 않았다. 노인의 침묵에 의심이 들었지만, 그와는 상관없이 깊은 연민을 느꼈다.

목소리가 다시 들려왔다. "우리, 나와 그 여자는 신과 여러분

의 은혜를 나눠 먹으며….'

월이 무슨 말인가를 불쑥 꺼내려다 이내 그만두었다.

"오늘밤 여러분이 보여준 기독교적 자비에 너무 겸손해하지 마시오." 목소리가 말했다. "신께서도 모르고 지나치지 않으실 겁니다."

목소리가 멈추고, 잠시 침묵만 흘렀다. 이윽고 다시 들려왔다. "우리는 줄곧 우리에게 벌어진 일들에 대해 얘기해왔습니다. 우리에게 찾아온 공포에 대해 아무에게도 알리지 않고 죽어야 한다고 말이죠. 그녀는 나와 마찬가지로 오늘밤의 일을 특별한 예외라고 생각하는데, 우리가 겪고 있는 일들을 전부 여러분에게 말하는 것도 신의 뜻일지 모르오. 그날, 그날 이후 겪은….'

"계속 말씀하세요." 월이 부드럽게 말했다.

"알바트로스 호가 침몰한 이후부터….'

"아!" 나는 무심코 소리쳤다. "여섯 달 전에 뉴캐슬에서 샌프란시스코로 향했다는 배 말이군요. 그 이후 소식이 끊겼다고 하던데요."

"맞아요." 목소리가 말했다. "북쪽 어느 지점에서 엄청난 태풍을 만나 돛대를 잃었소. 태풍은 지나갔지만, 배에 물이 들어와서 곧바로 가라앉기 시작했고, 선원들은 보트를 타고 모두 떠나버렸소. 내 약혼녀와 나를 난파선에 남겨두고 말이오.

그들이 떠날 때, 우리는 소지품을 챙기느라 선실에 있었소. 그들이 얼마나 겁에 질리고 냉혹한 사람들이었는지, 우리가 갑판에 나갔을 때 그들의 모습은 이미 수평선 너머 점처럼 작아진 후였소. 우리는 절망하지 않고 서둘러 작은 뗏목을 만들기 시작했고, 물과 비스킷을 비롯해 뗏목이 버틸 만한 것들을 모두 실었소. 배가 깊숙이 물에 잠기자, 우리는 뗏목에 올라탔소.

파도인지 해류인지 모를 물결에 휩쓸려 배에서 비스듬히 멀어졌고, 세 시간이 지난 후에는 배의 선체가 시야에서 사라졌습니다. 부러진 돛대만이 멀리까지 아른거렸지요. 밤이 가까워지면서 짙어진 안개가 밤새 계속됐습니다. 다음 날 우리는 여전히 안개에 파묻혔지만 날씨는 잠잠했지요.

그 기묘한 안개를 뚫고 표류했는데, 나흘째 저녁 멀리서 파도 소리가 들려오기 시작했소. 파도 소리는 점점 뚜렷해졌고, 자정이 지났을 무렵에는 양쪽으로 아주 가까워졌지요. 뗏목이 파도에 몇 차례 휩쓸린 후에 물결은 잠잠해졌고 파도 소리는 뒤쪽으로 멀어졌소.

아침이 밝았을 때 커다란 호수 같은 곳에 있었지만 당시에는 그런 사실을 깨닫지 못했어요. 짙은 안개 사이로 커다란 선박이 아른거렸기 때문이죠. 이제 구조될 거라는 생각에 우리는 약속이나 한 듯 무릎을 꿇고 신께 감사의 기도를 드렸소. 그러나 끝이 아니었지요.

우리는 선박 쪽으로 노를 저어가면서 태워달라고 소리쳤습니다. 하지만 누구도 대답하지 않았소. 곧이어 뗏목이 배 옆에 닿았고 나는 늘어져 있는 밧줄을 붙잡고 배로 올라갔소. 밧줄에 잿빛의 이끼 같은 균사류가 묻어 있고, 선체에도 검푸른 얼룩처럼 붙어 있어서 올라가는데 무척 애를 먹었소.

나는 배의 난간을 뛰어넘어 갑판에 올랐는데, 잿빛 덩어리의 커다란 뗏장 같은 걸로 뒤덮여 있고 그 중 일부는 혹처럼 몇 미터 높이로 쌓여 있었소. 그러나 당시에는 배에 사람이 있는지가 더 중요했지요. 소리쳐 불러봤지만 아무도 대답하지 않았소. 그래서 나는 선미루 갑판 아래 있는 문 쪽으로 다가가선 열고 안을 들여다보았소. 퀴퀴한 냄새가 몰칵 풍기는 것으로 보아 안에 사람이 있을 것 같지 않아서 곧장 문을 닫아버렸소. 갑자기 혼자라는 쓸쓸한 생각이 들었소.

나는 힘들게 올라왔던 배 옆으로 돌아왔습니다. 연인은 그때까지도 뗏목에 가만히 앉아 있었소. 그녀는 나를 바라보며 배에 사람이 있냐고 물었죠. 나는 오래 전에 버려진 배 같다고 말하고, 잠시 기다리고 있으면 사다리 같은 것을 구해와 그녀를 갑판으로 올려주겠다고 했소. 함께 배 안을 수색해볼 생각이었습니다. 잠시 후 갑판 반대쪽에서 밧줄 사다리를 발견했소. 그것을 밟고 그녀는 배 위로 올라왔소.

우리는 함께 선실과 여러 공간을 뒤져보았지만 어디에도 사람의 흔적은 보이지 않았소. 선실뿐 아니라 사방에 기이한 균류 덩어리들이 널려 있었소. 그러나 약혼녀의 말대로 균류 덩어리는 쉽게 지울 수 있는 것이었소.

결국, 배의 나머지도 텅 비어 있다고 확신하고 우리는 이물 쪽, 그러니까 기이하게 자란 잿빛 혹 사이로 돌아섰소. 그쪽에서 잠시 더 살펴보았지만 배에 우리 외에는 아무도 없다는 확신만 강해졌죠.

더 이상 미련을 둘 필요가 없었으므로, 선미 쪽으로 가서 하고 싶은 대로 하면 되었지요. 선실 두 개를 청소한 뒤 나는 배에 먹을 것이 있는지 찾아보았소. 천만다행으로 먹을 것을 쉽게 찾을 수 있었지요. 그뿐 아니라 손도 안 댄 물통이 있어서 살펴보니 맛은 좋지 않아도 먹을 수는 있었소.

우리는 뭍으로 갈 생각을 않고 며칠 동안 그 배에 머물렀답니다. 기거하기 좋은 곳으로 만드느라 분주했죠. 그러나 얼마 지나지 않아 우리는 생각만큼 운이 좋지는 않다는 걸 깨달았습니다. 그래도 우리는 선실과 통로의 바닥과 벽에 피어 있는 이상한 균류 덩어리를 닦아냈소. 그러나 균류는 하루가 지나지 않아서 그 자리에 원래의 크기로 다시 생겼소. 우리는 낙담했을 뿐 아니라 까닭 모를 불편함을 느끼기 시작했습니다.

그러나 우리는 좌절하지 않고 다시 균류를 치우고 그 자리에 콜타르를 발랐소. 식료품 저장실의 깡통에 가득 담긴 콜타르를 발견했으니까요. 그러나 한 주가 지나자 여지없이 그것이 다시 생겼을 뿐 아니라, 우리가 손을 대는 바람에 씨가 옮겨진 것 마냥 다른 곳에까지 번지기 시작했소.

일주일이 되는 아침, 약혼녀는 바로 코앞 베개 위에 생긴 조그만 균류 덩어리를 보고 잠에서 깼소. 그녀는 서둘러 옷을 입고 내게 달려왔소. 나는 그때 아침 준비를 하느라 취사실에서 불을 지피고 있었죠.

'이리와 봐요, 존.' 그녀가 말하면서 나를 잡아끌었소. 나는 베개의 그것을 보는 순간 진저리를 쳤고, 속히 배에서 빠져나가 뭍에서 좀더 편안한 곳이 있는지 찾아봐야겠다고 생각했습니다.

우리는 서둘러 소지품을 간단히 챙겼는데, 그 중에도 균류가 핀 물건이 있었고, 약혼녀의 숄 가장자리에도 작은 덩어리가 퍼져 있었소. 나는 그녀에게는 말하지 않고 균류가 묻은 물건들을 모두 한쪽으로 던져버렸소.

뗏목은 여전히 배 옆에 있었지만, 조정하기가 너무 어려워서 선미에 걸려 있는 작은 보트를 내렸습니다. 우리는 보트를 타고 뭍으로 향했소. 그러나 뭍에 가까워지면서 우리를 배에서 쫓아낸 그 사악한 균류가 뭍에도 왕성하게 피어 있음을 깨달았소. 곳곳에 끔찍하고 기괴한 무덤처럼 생겨난 균류와 그 위로 부드럽게 스치는 바람에 그만 소름이 끼쳤소. 커다란 손가락 모양으로 피어 있는가 하면, 평평하고 부드럽게 펼쳐져 금방이라도 깨질 얼음처럼 보이는 것도 있었소. 또 어떤 곳에서는 비틀리고 옹이가 박혀 발육이 멈춘 기이한 나무처럼 보이는 것들이 이따금씩 사악하게 몸을 떨었답니다.

언뜻 보기에 뭍에서 그 끔찍한 이끼 덩어리가 없는 곳을 찾기가 불가능할 정도였소. 그러나 얼마쯤 지나서, 뭍을 따라 약간 먼 곳에 괜찮은 모래사장을 발견하고 우리는 그곳에 상륙했소. 그런데 모래사장이 아니었소. 그게 무엇이었는지 나도 모르겠소. 그저 그 위에 균류가 피어 있지 않다는 것만 확인했지요. 한편 작은 오솔길 같은 그 모래사장을 제외하고 어디를 봐도 소름 끼치는 잿빛 이끼의 황량함으로 채워져 있었소.

균류가 없는 곳을 발견하고 거기에 짐을 풀면서 우리가 얼마나 기뻐했는지 여러분은 모를 겁니다. 우리는 더 필요한 물건들을 가져오기 위해 다시 배로 갔다오. 무엇보다 돛을 하나 가져오느라 고생했소. 볼품없는 모양이지만 돛으로 만든 두 개의 텐트는 쓸 만했죠. 텐트에서 생활하며 여러 가지 필요한 물건들을 비축해두어 한 달 정도는 특별한 불행 없이 순조롭게 지나갔지요.

정말이지 우리가 함께 있다는 사실만으로 나는 행복했다오.

균류가 다시 나타난 곳은 약혼녀의 오른손 엄지였소. 잿빛의 작은 사마귀처럼 동그란 반점! 그녀가 손가락을 보여주었을 때 내 가슴이 얼마나 철렁했는지 모르오. 함께 콜타르와 물로 그것을 닦아냈소. 다음 날 아침 그녀는 다시 손을 내보였소. 사마귀 같은 잿빛 반점이 다시 나타나 있었소. 우리는 한동안 말없이 서로를 바라보았소. 그리고 묵묵히 닦아냈소. 그러는 동안 갑자기 그녀가 말했지요.

"당신, 얼굴에 있는 게 뭐죠?" 그녀의 목소리는 근심으로 날카로웠소. 나는 얼굴을 손으로 만져봤죠.

"거기요! 귓가 바로 아래. 약간 앞으로." 손가락으로 그곳을 만졌을 때, 나는 알았소.

"먼저 당신 엄지부터 닦아냅시다." 내가 말했소. 그녀는 균류가 핀 손으로 나를 만지는 것이 두려웠으므로 내 말대로 손을 내밀었소. 나는 그녀의 엄지를 닦아 소독을 했고, 그 다음에 그녀가 내 얼굴을 닦아냈소. 그 일을 다 끝내자, 우리는 마주 앉아서 한동안 이런저런 이야기를 나누었소. 갑자기 우리 삶 속에 너무도 끔찍한 일이 벌어졌다는 생각을 떨쳐버리고 싶었으니까 말이오. 우리는 동시에 죽음보다 더 끔찍한 무엇인가를 두려워하기 시작했소. 우리는 식량과 식수를 보트에 싣고 바다로 나가자고 말했소. 그러나 이런저런 이유로 우리는 무력해졌고, 균류는 이미 우리를 공격해왔습니다. 우리는 그냥 그곳에 머물기로 결정했소. 신의 뜻에 우리의 운명을 맡기기로. 우리는 기다릴 생각이었소.

한 달, 두 달, 석 달이 지나고, 우리가 머무는 곳도 주변과 점점 닮아갔소. 그러나 우리가 사력을 다해 두려움과 싸웠으므로 그 진행 속도를 둔화시킬 수는 있었소.

이따금씩 필요한 물건을 가져오기 위해 배를 찾아봤죠. 그곳에도 균류는 집요하게 자라 있었소. 주갑판에 있는 혹 같은 형태는 내 키만큼 자라 있었지요.

우리는 섬을 떠날 생각도 희망도 완전히 포기해버렸소. 고통의 원인을 몸에 지닌 채 건강한 인간 세상으로 나갈 수 없음을 깨달았기 때문이오.

그런 생각에 미치자, 우리는 음식과 물을 아껴야 했죠. 당시에는 딱히 이유를 몰랐지만, 우리가 꽤 오랫동안 살아남을 거라는 생각이 들었답니다.

그러고 보니 내가 늙은이라고 말한 게 생각나는군요. 세월을 따져서 한 말이 아니라오. 그건, 그건…."

그는 멈추었다가 불현듯 말을 이었다. "내가 하고 싶은 말은, 우리가 먹는 문제에 신경을 써야 한다는 사실을 깨달았다는 점이오. 그러나 배에 음식이 얼마나 남아 있을지 알 수 없었소. 일주일이 지나자 예상대로 다른 빵 상자는 모두 비어 있다는 사실을 발견했지요. 야채와 고기 따위가 들어 있는 이상한 깡통을 제외하고 우리가 먹을 수 있는 빵은 이미 뜯어놓은 상자밖에 없었어요.

그때부터 나는 할 수 있는 일을 다 했고, 호수에서 고기잡이도 시작했지만, 아무것도 잡지 못했소. 그 일로 나는 상당히 낙담했고, 결국 호수를 벗어나 바다로 나갈 생각에 이르렀소.

이 근방에서 간혹 이상한 고기를 잡았지만 우리의 굶주림을 채워주기에는 턱없이 양이 부족했소. 우리 몸에 피는 균류가 아니라 굶주림 때문에 죽을지 모른다는 생각이 들었소.

그때가 넉 달이 지난 상황이었소. 내가 아주 끔찍한 것을 발견한 시기도 그때라오. 어느 날 정오 직전 배에 남겨진 비스킷 조각을 찾아 섬으로 돌아왔소. 그런데 약혼자가 텐트 입구에 앉아 뭔가를 먹고 있는 모습이 보이더군요.

"그게 뭐지?" 내가 뭍으로 뛰어내리며 소리쳤소. 그러나 내 말을 듣고 그녀는 어리둥절한 표정으로 돌아서더니 무엇인가를 슬쩍 한쪽으로 버리는 것이었소. 가까운 곳에 떨어졌는데, 나는 이상한 생각이 들어 곧장 그것을 집어 들었다오. 그것은 잿빛 균류 덩어리였소.

그것을 들고 그녀에게 다가가자, 그녀는 몹시 창백한 얼굴로 나를 외면했죠. 그녀의 얼굴이 붉게 달아올랐습니다.

나는 이상할 정도로 혼란스럽고 무서웠습니다.

"이런! 아, 이런!" 나는 더 이상 말을 할 수 없었소. 그러나 그녀는 털썩 주저앉아 울음을 터뜨렸소. 차츰 진정이 된 그녀는 전날부터 그것을 먹기 시작했다고, 맛이 괜찮았다고 말했소. 나는 다시는 먹지 않겠다고 그녀에게 약속을 받았지만, 우리의 굶주림은 견딜 수 없는 지경이었소. 그녀는 약속을 한 뒤, 갑자기 그것이 먹고 싶어졌다고 그런 생각이 들기 전에는 보기만 해도 욕지기가 솟았다고 말했소.

그날 늦게 나는 이상할 정도로 불안과 동요를 느끼다 혼자서 구불구불한 길로 들어섰소. 모래처럼 흰 물질로 된 그 길을 지나면 균류로 뒤덮인 곳이 나타났습니다. 전에도 한번 그곳에 가본 적이 있지만 그리 멀리는 가지 않았죠. 이번에는 묘연한 생각에 빠져 훨씬 먼 곳까지 가게 됐답니다.

느닷없이 왼쪽에서 나를 부르는 기묘한 목소리가 들려왔어요. 그쪽으로 다급히 돌아섰을 때, 팔꿈치 가까운 곳의 아주 기이한 균류 덩어리 사이에서 뭔가 움직이는 것이 보였습니다. 그것은 생물처럼 어색하게 앞뒤로 흔들거렸죠. 그것을 노려보고 있는 동안 문득 그것이 뒤틀린 인간의 모습과 비슷하다는 생각이 떠올랐소. 환영처럼 뭔가 찢어지는 듯 기분 나쁜 소리가 들려왔고, 가지처럼 생긴 팔 하나가 주변의 덩어리에서 스르르 떨어지더니 나를 향해 다가오는 것이었소. 형체 없는 잿빛 공처럼 생긴 머리 부분이 나를 향해 구부러졌소. 내가 멍하니 서 있는 동안 징그러운 팔이 내 얼굴을 쓰다듬었소. 나는 두려움에 비명을 지르며 몇 발 뒤로 물러났습니다! 그것이 만진 입가에서 달콤한 맛이 느껴졌소. 입가를 핥자마자 인간으로서는 생각할 수 없는 욕망이 꿈틀거렸죠. 격렬한 욕구가 일면서, 아침에 발견한 것과 똑같은 물체가 마비된 내 머릿속으로 스쳐갔소. 그것은 신의 선물이었소. 나는 그런 생각을 떨쳐버리기 위해 땅바닥에 주저앉았소. 섬뜩한 죄책감과 극렬한 좌절에 사로잡혀 나는 텐트로 돌아왔습니다.

사랑하는 이의 놀라운 직관으로 그녀는 나를 보자마자 모든 것을 이해했소. 그녀의 말없는 연민에 몸을 맡기며 나는 갑작스레 마음이 약해졌다고 말했지만, 방금 전에 본 그 기이한 물체에 대해서는 입에 올리지 않았소. 그녀만큼은 불필요한 공포에서 벗어나기를 바랐소.

그러나 나는 또 하나의 끔찍한 두려움을 덧붙이고 머릿속에서 끝없이 증식하는 공포를 감당해야 했소. 내가 배에서 석호의 그 섬으로 온 사람들 중 마지막 생존자를 봤다는 사실은 분명했소. 그 끔찍한 모습을 통해 나는 우리 자신의 끝을 본 거죠.

그때부터 우리는 핏속 깊이 스며든 욕구를 물리치며 그 끔찍한 음식을 외면했소. 그러나 우리는 그 대가를 참담하게 받아들여야 했소. 하루가 지날수록 놀라운 속도로 균류 무리는 가엾은 우리의 육체를 침범해왔소. 그것을 막을 방법이 없었고, 하루가 다르게 우리는 인간의 모습을 잃어갔소. 우리는 한때 남자였고 여자였소!

매일매일 그 끔찍한 균류를 먹고 싶은 욕망과 싸우는 일이 힘겨웠답니다.

마지막 비스킷 조각을 먹은 게 일주일 전이고, 그 이후 나는 고작 세 마리의 고기를 낚았소. 오늘밤 여기서 고기를 낚다가 안개 속에서 다가오는 여러분의 스쿠너를 발견한 거죠. 나는 소리쳐서 여러분을 불렀소. 그 다음은 여러분도 아는 내용이고. 오 신이시여, 자비를 베푸사 여러분이 두 명의 가엾은 영혼에 행한 친절을 축복하시길."

다시 노 젓는 소리가 들려왔다. 옅은 안개를 뚫고 마지막으로 음산하고 애처로운 목소리가 다가왔다.

"행운이 있기를! 안녕히 가시오!"

"잘 가십시오." 우리는 목메어 소리쳤다. 만감이 교차했다.

나는 주변을 힐끔 바라보았다. 새벽이 오고 있었다.

바다 너머 숨겨진 햇살이 안개 속을 천천히 파고들었고, 침침한 불덩이가 사라져가는 보트를 비추었다. 나는 무심결에 노 사이에서 끄덕이는 형체를 보았다. 스펀지, 커다란 잿빛 스펀지가 까닥거리는 것 같았다. 노는 쉼 없이 움직였다. 보트처럼 노도 잿빛이었다. 나는 손과 노를 구별해보려고 잠시 애썼으나 부질없는 짓이었다. 내 시선은 머리 쪽에서 번뜩였다. 노가 뒤쪽으로 젖혀지는 동안 앞쪽으로 향해진 것은 머리였다. 노는 물살을 갈랐고, 보트는 한줌 빛에서 쏜살같이 벗어났다. 그 형체는 흔들리며 안개 속으로 들어갔다.

헌 옷

Old Clothes by Algernon Blackwood

I

상상력이 풍부해서 일상에서 기이한 질문을 하는 아이들과 그들
의 예민한 신경 때문에 부모는 기쁨보다 걱정이 앞서는 일이 종
종 있다. 남편을 잃은 사촌 동생의 딸 아이린도 그런 스타일이라
처음 봤을 때부터 인상에 강하게 남았다. 게다가 처음 만날 때부
터 아이린이 자기 마음대로 삼촌이라는 책임을 내게 짊어지운
(아이 엄마가 보기에는) 것도 그런 예인데, 내가 그 책임을 회피할
권리도 의향도 없을 거라는 식이었다. 실제로 나는 그 기이하고
종잡을 수 없는 고집불통의 꼬맹이를 좋아했다. 물론 적절히 충
고하는 일은 쉽지 않았다. 아이린은 꽤 독특해 숙련된 전문가의
조언이 필요했다.

아이린의 공상이 유난히 진지하고 집요하다거나, 보이지 않는 소꿉놀이 친구와 한 시간 정도 대화를 주고받는다고 해서(친구들을 만지기도 하고, 입가에 들어올려 입을 맞추거나 친구들이 나가고 들어갈 때마다 문을 열어주며 의자와 발판, 꽃까지 권하는 등) 하는 말은 아니다. 내 경험상 많은 아이들이 그런 상황에서 아주 진지하다는 것을 알고 있기 때문이다. 문제는 아이린이 보이지 않는 소꿉친구들의 말을 실제라고 받아들이고, 그것이 일상 생활과 건강에까지 영향을 미친다는 점이었다.

소꿉친구들은 아이린이 주인공으로 등장하는 이야기를 들려주는데, 그 내용이 유쾌하지도 재치가 번뜩이지도 않았다. 나와 아이 엄마가 지켜보는 가운데 아이린은 방 한쪽 구석에 앉아 맞은편 의자를 차지하고 있는 가상의 누군가를 매우 조심스럽게 상대하곤 했다. 의자뿐 아니라 발판도 정확한 위치에 놓여 있었고, 이따금씩 아이린은 발판을 이쪽저쪽으로 약간씩 움직였다. 투명한 팔꿈치가 괴어 있을 탁자에는 그 특별한 손님에게 어울리는 꽃병이 새로 장식되어 있었다. 아이린은 한 번에 한 시간 정도씩 꼼짝도 하지 않고 앉아서 보이지 않는 말동무를 빤히 바라보았다. 말동무는 아이린이 아주 중요한 역할을 하는 이야기를 들려주고 있었다. 그동안 아이린의 얼굴에 감정의 변화가 드러나고, 눈이 점점 커지고 물기를 머금다가 종종 공포에 질리기도

했다. 웃거나 질문을 속삭이는 일도 거의 없으며, 그저 경직되고 골몰한 얼굴로 앉아서 보이지 않는 입술에서 흘러나오는 소리 없는 이야기(아이린 자신의 모험 이야기)에 귀를 기울였다.

그러나 이제 막 여덟 살이 된 아이린의 건강에 영향을 준 것은 바로 그 독특한 일인 공연에서 비롯된 공포였다. 아이 엄마가 의도는 좋았지만 그릇된 충고를 따르는 바람에 아이린은 더욱 은밀하게 일인 공연에 빠져들었다. 그것이 아이의 신경과 성격에 끼친 영향이 너무 심각해서 나는 내키지 않았지만 전문적인 조언을 위해 그 집을 찾았다.

"조지, 제가 과연 잘하고 있는 걸까요? 헤일 박사님은 좀더 운동을 하고 교감을 가지라고, 바닷바람도 쐬라고 하지만 아무 소용이 없는 것 같아요."

"아이가 너를 믿는 거니, 아니면 아이가 너를 믿게 하는 거니?" 나는 부드럽게 물었다.

그 질문이 약간 상처가 된 것 같았다.

강한 어조의 대답이 들려왔다. "물론, 아이들은 엄마한테 비밀이 없는 법이죠. 아이린은 전적으로 저를 믿고 따른다고요."

"하지만 아이린의 비밀을 웃어넘긴 적도 있잖아, 안 그래?"

"그래요. 하지만 전보다 많이 좋아져서 지금은 그런 대화를 덜 하고 있…."

"아니면 이제는 몰래 하던가?" 내가 그렇게 말하자 그녀는 거만하게 어깨를 으쓱해 보였다.

잠시 침묵이 흐르는 동안, 내 작은 조카의 기묘한 상상력에 사촌이 느낄 당혹감과 내가 느끼는 애정 어린 관심을 떠올리며 다시 말문을 열었다.

"공상은 말이야. 나이든 사람들을 언제나 조금은 어리둥절하게 만들지. 그 속에서 우리가 인생을 살고 있지만, 우리는 더 이상 믿지 않거든. 그러나 아이린 같은 아이들은….""

사촌은 갑자기 내 말을 가로막았다.

"내가 뭘 걱정하는지 알잖아요." 그녀는 목소리를 낮추었다. "불길한 암시 같은 게 있어요." 그녀는 침울한 눈빛으로 나를 바라보며 솔직히 털어놓았다. "조지, 도움이 필요해요. 제발 도와줘요. 언제나 좋은 친구였잖아요."

나는 신중히 생각하며 대답했다.

"테레사." 나는 심각한 표정을 지었다. "양가 가족 중에 정신병력의 흔적은 없어. 내가 보기에는, 아이린은 상상력이 지나치긴 해도 아주 정상적인 아이야. 그러나 무엇보다 네가 아이의 상상력을 비웃거나 해서 은밀한 행동으로 몰아가선 안 돼. 밖으로 드러나게 하란 말이지. 그렇게 가르치라고. 이해심으로 이끌어야해. 아이가 너한테 모든 걸 말할 수 있게 해주란 말이야. 아이린은 세심한 관찰이 필요할 뿐…. 그 이상은 아니야."

그녀는 한동안 말없이 나를 바라보았는데, 생각에 골몰한 눈빛이었고 얼굴에 약간의 경련이 일었다. 나는 그녀의 표정에서 무슨 생각을 하는지 곧바로 알아챘다. 그녀는 다행인지 불행인지 모르면서도 꺼림칙해하는 무엇인가 때문에 어색하고 완곡한 방식으로 그 문제에 접근하고 있었다.

"정말 놀라워요. 조지." 그녀는 마침내 말했다. "정말 모르는게 없군요."

"추측을 잘 하지." 나는 말했다.

"오빠의 최면술이 도움이 될 거예요. 물론 아, 안전하고 상처가 되지 않는다는 판단이 중요하지만…."

"테레사." 나는 더 이상 얘기하다가는 테레사가 내 거절에 상처를 받을까봐 강하게 말꼬리를 잘랐다. "당장 말하지. 나는 아이를 최면술의 대상으로 생각한 적은 없어. 너처럼 지적인 사람이라면 아마 그런 일을 할 수 없다고 생각할 거야."

"그냥 그런 방법은 '어떨까' 생각해본 거예요." 그녀는 중얼거렸다.

"엄마한테서 더 멀어지는 방법이야."

"비웃음 때문에 이미 엄마로서의 역할을 잃어버렸는지도 모르죠." 그녀는 순순히 속마음을 말했다.

"맞아, 비웃지 말았어야 해. 궁금하구나. 왜 그랬니?"

곧 눈물이 쏟아질 듯한 발작적인 기운이 그녀의 눈빛에 나타났다. 그녀는 엿듣는 사람이 없는지 주변을 살폈다.

"조지." 그녀의 낮은 음성은 우리 사이에 드리워진 구월 저녁의 어스름 속으로 스며들어 돌연하고 까닭모를 냉기로 전해졌다. "조지, 정말 그랬으면 좋겠어요. 그러니까 그것이 진정 공상에 불과하다고 믿고 싶어요. 제 말은…."

"그게 무슨 말이야?" 나는 불편함을 숨기기 위해 다그치듯 물었다. 그러나 내 질문에 합당한 대답보다는 눈물이 더 빨리 흘러나왔다.

사촌은 그녀 자신의 공포를 쏟아내기 시작했다.

"무서워요. 너무 무서워요." 그녀는 흐느끼며 말했다.

"내가 가서 아이를 직접 보마." 그녀의 격정이 다소 누그러지자, 나는 그녀를 위로하며 말했다. "아이 방으로 지금 당장 올라가마. 걱정 말거라. 아이린은 괜찮을 거야. 내가 도와줄 수 있을 거야."

II

여느 때처럼 아이린은 방에 혼자였다. 아이는 열려진 창가에 앉아 있었고, 빈 의자가 맞은편에 놓여 있었다. 아이는 의자를, 그 속을 바라보고 있었지만 의자에 있는 누군가와 얘기를 나누고 있는 것인지는 딱히 장담하기 어려웠다. 늘 그런 식이었다. 방으로 들어가자, 아이린은 벌떡 일어서더니 빈 의자를 향해 마치 악수를 하는 듯한 몸짓을 하고 재빨리 자세를 고쳐 작별 인사인지 그냥 나가라고 하는 것인지 상냥하게 고갯짓을 했다. 그리고 내 쪽으로 돌아섰다. 말도 안 되는 소리지만, 순간적으로 의자가 다르게 보였다. 의자는 정말 비어 있었다.

"아이린, 대체 여기서 뭐하고 있는 거니?"

"삼촌도 알면서." 아이가 서슴없이 말했다.

"아, 그렇지! 내가 모를 리 있나!" 나는 아이의 말에 맞장구치면서 아이가 지금까지 몰두해 있던 곳에서 천천히 끄집어낼 생각이었다. "너처럼 이 삼촌도 이야기를 쓸 때 다른 사람들과 말하거든. 나도 그 사람들한테 말한단다…."

아이는 생사가 걸린 문제처럼 내 옆으로 달려왔다.

"그럼, 사람들이 대답을 해요?"

나는 그 질문이 아이린에게 진심으로 궁금증을 유발할 뿐 아니라 심각하다는 사실을 깨달았다. 나를 따라 올라왔는지 사촌의 그림자가 아래층 계단에 드리워져 있었다. 그림자가 내 어깨까지 길게 늘어졌다.

내가 말했다. "대답을 안 하면 실제로 살아 있는 게 아니지. 그리고 사람들은 그런 이야기를 읽으려고 하지 않거든."

창문 아래 잔디밭에서 포르투갈 만병초의 짙은 향기가 풍겨오는 창문 가에 몸을 기대는 동안, 아이린은 나를 잠시 빤히 바라보았다. 그처럼 가까이서 지켜보니 어떤 암시로 가득한 아이린 특유의 분위기가 또렷했으며, 어디선가 본 듯한 희미한 그림과도 닮은 구석이 있었다. 전에도 종종 그런 분위기를 느낄 때마다 기분이 좋지 않았는데, 그 그림이라는 것이 내가 도저히 분석할 수 없는 정서적 배경 속에 그려져 있었기 때문이다. 나는 어렴풋하게나마 아이의 어떤 점이 엄마를 두렵게 만드는지 알 것 같다. 나는 잡힐 듯 묘연하면서도 고통스러울 정도로 생생한 감정이 내 안으로 스치는 것을 느꼈으며, 아이린은 자신도 모르는 능력으로 내게 떠오른 고통의 순간을 알아챘다. 조리가 맞지 않고 엉뚱하다고 느끼면서도 틀림없다는 확신이 들었다. 그것은 내 안의 깊은 연민을 자극했다.

아이린은 틀림없이 내 감정을 눈치채고 있었다.

"나한테 가장 많이 말하는 사람은 필립이에요." 묻지도 않았는데 아이린이 먼저 말했다. "항상, 계속해서 설명만 하는데 한 번도 끝낸 적이 없어요."

"우리 예쁜 달 꼬마, 뭘 설명하지?" 나는 아이린이 지금보다 어렸을 때 좋아했던 별명을 부르며 부드럽게 물었다.

"왜 제때 와서 저를 구하지 못하는지 설명하죠. 당연하잖아요." 아이린이 말했다. "그 사람들이 필립의 두 팔을 잘라버렸잖아요. 삼촌도 알면서."

그렇게 아이가 상상한 모험 이야기가 내게 불러일으킨 감정을 도저히 잊을 수 없을 것이다. 그것은 '탑 속의 공주'를 구출하는 얘기 정도가 아니라, 그 말이 사실이라고 내게 강요하는, 섬뜩한 현실감이었다. 생생하고 돌연한 생각들이 유독 나의 두 손목에 집중되고, 아이의 말을 듣고 실제로 손목에서 통증이 느껴지는 것 같았다. 그 때문에 나는 미처 깨닫기도 전에 본능적으로 슬그머니 어떤 행동을 취하고 말았다. 아이린이 보는 앞에서 두 손을 슬쩍 외투 호주머니에 집어넣은 것이다.

"그리고 또 '필립'이 너한테 뭐라든?" 나는 부드럽게 물었다.

아이의 얼굴이 붉어졌다. 연한 빛의 눈동자에 눈물이 고였지만, 금세 사라졌으므로 흘러내리지는 않았다.

"저를 너무너무 좋아한다고요." 아이린이 대답했다. "그리고 제가 없어져도 끝까지, 죽을 때까지 저를 좋아할 거라고요. 두 손을 잘린 뒤에는 저를 위해 해줄 수 있는 게 기도밖에 없다고요. 자기가 숨어 있는 세상 끝에서…"

나는 암담한 분위기를 쫓아내기 위해 일부러 고개를 저었다.

아이린의 상상은 더욱 또렷한 방향으로 이끌리고 있음이 틀림없었고, 내가 관심보다는 의무를 다해야 한다는 생각이 들었다.

"하지만 네가 필립에게 재미있고 신나는 이야기를 해달라고 말하면 되잖아. 그의 손이 다시 생기면…."

그때 아이의 얼굴에 나타난 표정에 피가 얼어붙는 느낌이었다.

"말도 안 돼요." 아이린은 쌀쌀맞게 말했다. "손은 다시 생기지 않아요. 행복하고 신나는 이야기는 없단 말이에요."

나는 아이의 마음을 좀더 건전한 창조력으로 인도할 수는 없을까 거듭 궁리했다. 나는 아버지 없는 그 기이한 아이에게 전에 없이 더 깊은 애정을 느꼈고, 아이를 돕고 즐거움을 줄 수만 있다면 내 영혼이라도 팔고 싶었다. 그 어느 때보다 훨씬 깊고 진정한 사랑의 감정이 나를 사로잡았다.

그러나 내가 적당한 말을 꺼내기도 전에, 내 곁으로 바투 다가온 아이린의 입에서 앞으로도 오랫동안 내 영혼의 은밀한 곳에 공포로 자리잡을 그 말이 흘러나왔다. 그 말은 내 깊은 내부를 뒤흔드는 것 같았다. 도저히 납득할 수 없는 극한 고통이 일순 나를 휩쓸고 지나갔다.

"삼촌도 알잖아요. 필립이 바로 삼촌이니까요."

아이의 조용한 말투에는 부드러우면서도 가여운 책망의 기운이 어렸지만, 그 어린아이에게서 넘쳐나는 맹렬한 사랑 때문에 너무도 달콤하게 전해졌다. 나는 순간 할 말을 잃고 말았다. 그저 상체를 구부리고 아이를 보듬어 그 머리에 입을 맞추었을 뿐이다. 세상의 어떤 사람보다 그 아이를 사랑했노라 맹세한다.

"그럼 이제 곧 필립의 손이 다시 생기고, 신나는 모험 같은 이야기를 해주겠는걸." 나는 좋은 의도가 무색할 정도로 서툴게 말한 걸로 기억한다. "필립은 더 이상 슬프지도 않고, 지금은 아주 신이 나서 앞으로 두 배는 더 너를 좋아하겠다는구나."

나는 아이를 번쩍 들어올리고 그 집의 긴 계단을 따라 정원으로 내려갔다. 위층 창가의 켐스터가 짐짓 어머니다운 얼굴을 하고 밥을 먹으라느니, 잠을 자야 한다느니 잔소리를 늘어놓을 때까지 우리는 정원에서 개들과 뛰어놀았다. 여전히 붉게 달뜬 눈빛으로 아이린은 집 앞으로 달려가더니 문가에서 돌아서서 미소와 웃음이 가득한 아주 조그만 얼굴로 나를 바라보았다.

한참 동안, 나는 오래된 정원의 울타리 사이를 오가며 담배를 피웠다. 아이린과 그 기묘한 상상력, 그리고 아이가 내 속에 불러일으킨 깊은 감동과 불안에 대해 골몰하면서 말이다. 내 곁에 그림자처럼 아이의 얼굴이 하늘거렸다. 솔직히 외모가 썩 예쁜 편은 아니지만, 아주 독특한 매력이 느껴지는 얼굴이었다. 요즘 애들 같지 않게 아이린은 머리가 큰 편이었다. 검은 눈망울의 작은 두 눈도 가까이 모여 있었고, 입이 큰 것도 예쁘다고 하기는 어려웠다. 그러나 괴로이 사무친 열망의 표정이(이는 나만의 편견이 아니다) 종종 아이의 외양을 돌연한 아름다움으로 바꾸어놓았는데, 고통을 알며 슬픔에 익숙한 영혼, 그런 영혼의 아름다움이라고 할까. 적어도 내게는 아이린이 그리 보였으며, 다른 이들도 나처럼 보아주기를 바랄 뿐이다. 내가 화가라면 그 아이를 추상적인 초상화로 그려, 아마도 '환생'이라는 제목을 붙일지 모른다. 전생의 영혼이 새 옷으로 갈아입듯 어린아이의 육체로 환생했다는 기이한 생각이 들 정도로 어린아이에게서는 도저히 볼 수 없는 면모를 아이린에게서 보았으니 말이다.

그러나 저녁 식사 후 사촌과 마주 앉았을 때, 나는 적절한 시기에 보다 실제적인 목적에 따라 교육해야 할 만큼 아이린이 매우 독특한 상상력을 타고났다며 아이 엄마를 안심시켰다. 그 말을 하는 동안에도 아이가 한 말이 머릿속에 끊임없이 맴돌았다. 한 가지는 내가 꾸며낸 거짓말을 한다며 쌀쌀맞게 던진 말이고, 다른 하나는 조용하면서도 매우 확신에 차 '필립'이 바로 나라고 알려준 말이었다.

III

몇 달에 걸친 대규모 사냥 여행 덕분에 나는 일시적으로 삼촌이라는 책임감에서 벗어날 수 있었다. 일시적이라는 말은, 적어도 작용이라는 관점에서 보자면 캠프의 요란한 생활에 몰두한 가운데서도 유별나게 생생한 기억이 있었기 때문이다. 텐트에 누워 있는 밤 시간 혹은 정글을 헤치며 사냥감을 쫓을 때마저 종종 내게 달려들어 주목할 것을 요구하는 모습들이 있었다. 고통에 찬 아이린의 작은 얼굴이 총구를 가로막았다. 또는 곰곰이 따지고 떨쳐버릴 때까지 그 아이의 상상 속에 등장하는 '필립'이 나라는 말도 강렬한 현실감으로 나를 사로잡았다. 게다가 '필립'이 죽도록 자기를 사랑하며, 손이 잘리지 않았다면 자기를 구해줄 수 있을 거라고 말하던 아이의 어둡고 심각한 얼굴을 떠올린 것도 한두 번이 아니다. 내 상상력이 아이 것에 섞여 하나의 이야기로 발전해가는 느낌이었다. 그 세부적인 이야기를 떠올릴 때면 실제로 손목이 잘려나가는 듯한 날카로운 통증을 여지없이 느꼈기 때문이다!

그해 봄, 내가 영국으로 돌아왔을 때 그들은 이사를 한 상황이었다. 전에도 거의 사용하지 않았으며, 그녀 역시 상속받은 이후 그냥 버려두었던 바닷가 저택으로, 금방이라도 쓰러질 듯 허름한 건물이었다. 그곳으로 와달라는 다급한 전갈을 받고, 나는 영국에 도착한 다음 날 황량한 노퍽 해안으로 달려갔다. 예감처럼 불길한 기분에 사로잡힌 나는 마차가 긴 도로로 들어섰을 때 낡은 저택의 칙칙한 잿빛 벽면을 알아보았다. 짠물이 스며든 정원에 바다 공기가 가득했으며, 파도의 신음 소리는 창가까지 들려왔다.

'어쩌자고 여기로 왔는지 모르겠군.' 처음 생각은 그랬다. '병약하고 예민한 아이를 절대로 데려와서는 안 되는 곳인데 말이야!' 사촌이 문간에서 두 팔을 벌리고 미소 띤 얼굴로 나를 반기자, 내가 그토록 아끼는 아이에게 혹 무슨 일이 벌어졌을지 모른다는 두려움은 어느 정도 누그러졌지만 반가움 이면에 나를 보고 크게 안도하는 느낌이 전해졌다. 내가 두려워했던 결정적인 재앙은 아니어도 분명 아이린에게 무슨 일이 벌어진 셈이었다. 내가 없는 동안 아이린은 심각한 신경쇠약에 걸려서 의사는 바다 공기를 쐬며 요양하라고 종용한 모양이었다. 아이 엄마는 올바른 판단이 아님에도, 낡은 저택을 사용할 생각에만 사로잡혔다. 그녀는 몇 주 만에 건물의 양쪽 방을 수리했다. 분위기를 완전히 바꿈으로써 딸아이에게 신선하고 행복한 생각을 심어주고 싶었다. 그러나 결과는 정반대였다. 아이는 낡은 벽을 대하고 바다 냄새를 맡는 순간 심하게 울며 히스테리 증상을 보였다.

그러나 우리가 이야기를 나눈 지 십 분도 채 되지 않아, 울음소리와 급한 발소리가 들려왔다. 머리칼을 휘날리며 검은 그림자가 득달같이 뛰어들 듯 내 품으로 안겼다. 아이린은 울고 있었다.

"앙, 삼촌이 왔네. 드디어 삼촌이 왔어! 너무너무 좋아요. 전처럼 삼촌이 또 붙잡힌 줄 알았단 말이에요." 내게서 물러선 아이는 엄마에게 뽀뽀를 한 뒤 눈물 어린 얼굴에 함박웃음을 짓고는 느닷없이 나타났을 때처럼 그대로 방을 나가버렸다.

나는 겁에 질려 놀란 사촌의 눈빛을 읽었다.

"아이가 지금 너무 이상하지 않아요?" 그녀는 쉰 목소리로 다그치듯 말했다. "아닌가요? 좋아서 눈물을 흘리잖아요. 지난주에 이곳에 온 후로 아이가 웃는 모습은 처음이에요."

그러나 나는 더욱 초조해져서 생각에 잠겼다. "왜 이상하다는 거지?" 내가 물었다. "아이린은 나를 좋아하고, 기뻐서…."

"아니, 그게 아니에요!" 그녀는 서둘러 말했다. "이상해요. 제 말은, 오빠가 여기 온 줄 아이가 너무 일찍 알아챘다는 거예요. 아이는 오빠가 영국에 돌아온 사실도 몰랐어요. 아이가 보기 전에 얘기할 시간을 벌려고 켐스터에게 아이린과 개들을 데리고 모래사장에서 놀다 오라고 일렀거든요."

우리 두 사람의 눈빛이 정면으로 마주쳤지만 완전한 동감이

나 이해의 의미는 아니었다.

"보셔서 알겠지만, 오빠가 이곳에 오자마자 아이는 그 사실을 알아챘어요."

"그게 무슨 대단한 일이라고 그래. 아이들에게는 동물적인 감각이 있으니까. 바닷가에서도 강아지처럼 자기가 가장 좋아하는 삼촌의 냄새를 맡은 거라고!" 그리고 나는 껄껄 웃었다.

그 웃음은 실수였다. 유쾌함을 꾸며낸 기색이 지나쳤기 때문이다. 내가 듣기에도 웃음소리가 의심스러웠다.

"나와는 달리, 오빠는 아이린과 잘 통해요." 그녀는 말했다. 우리가 문간에서 만났을 때처럼 그녀의 눈빛에 두려움이 짙게 담겨 있었다. 무슨 말을 할지 몰랐으므로 나는 그저 그녀의 머리에 입을 맞추었다.

찻잔이 치워진 후 나는 정확한 내막을 알게 되었고, 사촌이 흥분해서 과장하는 것마저 그대로 받아 넘겼다. 나로서는 상식적으로 설명할 길 없는 일들이었다. 그간의 소식이 잇따라 전해질 때는 가볍게 여겼지만, 그것들이 하나씩 쌓임으로써 내가 억누르려고 무던히 애쓰는 강렬하고 불쾌한 절정을 자극하고 있었다. 침침하고 커다란 방에 앉아서 나는 아이의 '유치한' 짓을 변덕스럽게 설명하는 사촌의 말을 들었다. 그녀의 설명이 매우 중요한 단서임은 당연했다. 나는 쌀쌀한 봄날 저녁에 필요한 만큼

만 깜박이는 불빛에 의지한 채 그녀의 애끓고 겁에 질린 얼굴을 바라보았다. 그리고 우리의 대화가 낡은 대저택의 음산한 홀과 복도를 서성일 것이며, 비극에 빠진 꼬마 아이가 혼자만의 세상에서 웃고 울며 꿈을 꾸고 있으리라는 생각이 들었다. 내 마음 한편에서 일상의 삶에 살짝 가려져 있던, 불온하고 혼란스러운 힘들이 이제 곧 우리 눈앞에 뛰어나와 맡겨진 역할을 다하려고 한다는 꺼림칙한 기분이 꿈틀거렸다.

"무슨 일이 벌어졌는지 정확하게 말해봐." 나는 단호하지만 연민을 느끼며 그녀를 재촉했다.

"말로 설명할 만한 일은 별로 없어요, 조지. 다만… 흠, 맨 처음 불안했던 것은 아이가 이곳에 와본 적이 없는데도 너무 잘 알고 있어서예요. 아이린은 저도 모르는 통로와 계단을 전부 알고 있었어요. 바다로 가는 지하 통로를 알려주었는데, 그곳은 아버지도 몰랐어요. 지금은 너도밤나무가 자라고 있지만 삼백 년 전에 다른 벽면이 세워졌던 시기에나 볼 수 있는 집안의 낙서를 아이린이 실제로 그리고 있었어요. 그것도 아주 정확히 말이에요."

사촌과 같은 사람들에게 태아기의 기억이나 엄마의 지식이 텔레파시로 딸의 두뇌에 전달될 수 있는 가능성 따위를 설명하기란 어려웠다. 그래서 말을 아꼈지만, 점점 섬뜩해지는 불편한 심정으로 그녀의 이야기에 귀 기울이고 있었다.

"아이린은 정원 주변에서도 길을 정확히 찾았어요. 줄곧 그곳에서 놀았던 아이처럼 말이죠. 그리고 옛날 옷을 입은 여자와 남자의 모습을 그림으로 그렸는데, 우리 조상의 옷차림 같았어요. 알잖아요….."

"그래, 그래, 알아!" 나는 조급하게 그녀의 말을 막았다. "그보다 더 자연스러운 일이 어딨어? 아이린도 이젠 그림을 따라 그릴 정도로 컸다는 말이잖아?"

"물론이에요." 그녀는 냉정하게 말을 이었지만, 공포로 인한 냉정함은 그녀의 영혼을 갉아대고 그 밖의 소소한 감정들을 억눌러버렸다. "그러나 아이린이 그린 그림 중 하나는… 초상화였어요."

벌떡 일어선 그녀는 커다란 벽난로를 가로질러 내게 다가오면서 목소리를 낮추었다. "조지." 그녀는 속삭였다. "그 끔찍한 드론의 모습이었다고요!"

솔직히 그녀의 말은 내게 전율을 일으켰다. 부친 쪽 조상이었던 드론은 그 옛날 잔악무도함으로 인해 내 어린 시절의 상상력에 심대한 영향을 미친 인물이었기 때문이다. 그러나 내가 등골이 오싹해진 이유는 어린 아이린이 기억력에 의존해 그 잔악한 인물을 그렸다는 점이다. 게다가 겁에 질린 사촌의 창백한 안색까지 보태져 나는 몸서리를 쳤다. 그러나 나는 당시 꽤 현명하고 적절해 보이는 말을 했다.

"테레사, 이번에는 집에 유령이 나온다고 말하겠구나." 내가 은근히 말했다.

그 말에 그녀는 더욱 생생한 공포를 느끼는지 무심코 어깨를 움츠렸다.

"그렇게 말하기는 쉽죠." 그녀는 나를 외면하고 말했다. "하나의 장소마다 하나의 유령이 있으니까요. 아이린은 그걸 견디지 못하죠."

뒤이은 침묵은 우리 둘 모두에게 다행이었다. 그동안 나는 앞으로 벌어질 일에 대비해 마음을 추슬렀다. 한편 그녀는 보다 구체적인 사실들을 떠올리며 일관되게 사건 정황을 설명했다.

"허리띠에 대해 말했던가요?" 이윽고 그녀는 도저히 입에 올리고 싶지 않다는 표정으로 무기력하게 물었다.

칼날처럼 내게 박힌 그녀의 말…. 나는 고개를 저었다.

"글쎄요, 일이 년 전만 해도 아이린은 옷에 허리띠 차는 걸 이상하게 싫어했어요. 우리는 변덕이라고 생각했지만 쉽게 바뀌지 않았죠. 조지 알잖아요, 허리띠는 꼭 필요한 물건이라는 걸." 그녀는 웃으려고 애썼다. "하지만 결국은 이제 제 쪽에서 포기해야 하는 상황까지 왔어요."

"허리띠 하는 걸 싫어한다는 거니?" 나는 심장을 파고드는 기묘한 발작을 억누르며 물었다.

"비명을 질러요. 허리에 뭐라도 두르는 날이면 악을 쓰고 몸부림치다가 도망가버리죠. 결국 제가 포기할 수밖에요."

"하지만 정말, 테레사…!"

"아이린은 허리띠가 너무 꽉 조여서 다시 풀 수 없다고 하더군요. 허리띠뿐이 아니에요. 오, 그 가엾은 것이 얼마나 무서워하는지. 얼굴이 온통 잿빛으로 변하는데, 왜 아시잖아요? 매사에 봐주는 법이 없는 켐스터마저 두 손 들고 말았다니까요."

"또 다른 문제는?" 나는 그런 얘기를 정말이지 더 이상 듣고 싶지 않았다. 아이린의 고통을 당장 덜어주지 못한다는 분노와 고통이 느껴졌다.

"헤일 박사가 나간 다음에 아이린이 제게 하는 말투가…. 박사님이 얼마나 친절한지, 아이린도 그분을 잘 따라서 무릎 위에 앉아 곧잘 놀기도 한다는 건 오빠도 알죠? 박사님은 아이린의 음식 문제를 말하면서 규칙적인 식사를 하되 이런저런 음식은 먹어서는 안 된다고 까다롭게 말하고 있었죠. 그런데 아이린이 또 소름 끼치게 창백해져서는 비명을 지르며 박사님의 무릎에서 빠져나왔어요. 그 가녀린 울부짖음이 칼날처럼 저를 후벼팠다고요, 오빠. 아이린은 빵, 사과, 냉육 같은 먹을 것을 눈에 띄는 대로 챙겨서 자기 방으로 달려가 문을 잠가버렸어요. 무슨 소리인지 알죠?"

"먹을 만한 거라!" 나는 또 한 차례 생생한 통증을 느끼며 말했다.

"몇 시간 뒤에 아이린을 구슬려 문을 열었더니, 아이는 기진맥진한 상태로 나뭇잎처럼 떨면서 내 품에 안겼어요. 그때 아이가 내게 한 말이… 계속 똑같은 말을 애걸복걸했는데…. 정말 내 가슴이 찢어지는 것 같았어요."

그녀는 잠시 망설였다.

"어서 말해봐."

"'또 굶어야 해요. 또 굶어야 해요.' 아이린은 그렇게 말했어요. 울면서 같은 말을 되풀이했죠. '먹을 게 하나도 없어야 해요. 굶어야 해요!' 자기 방 벽장에 숨어 있는 동안 케이크며 별의별 것을 걸신들린 듯이 집어 삼켜서 이삼 일 동안 크게 앓았다면 믿으시겠어요? 게다가 이제는 헤일 박사만 봐도 질겁하며 싫어해요. 그 가엾은 분이 아이린을 보려고 애써도 소용이 없어요. 해만 될 뿐이죠."

그녀가 말하는 동안, 나는 일어서서 실내를 이리저리 왔다갔다하기 시작했다. 나는 거의 말을 하지 않았다. 마음속에서 기이한 생각들이 가지를 치며 질주하다가 깊디깊고 거대한 암흑 속에서 튀어나와 불쑥 내 앞을 가로막는 것이었다. 그러나 그 쇄도

하는 생각 중에서 조금이나마 실제적으로 도움이 될 만한 이론이나 성찰은 들어 있지 않았다. 둘의 마음이 서로를 똑바로 마주하는 것 외에는.

"그리고 또?" 나는 그녀의 어깨 위에 두 손을 얹으며 부드럽게 물었다. 그녀는 불쑥 일어서서 나를 바라보았다. 나는 측은한 속내를 들켜버려, 그녀가 눈물을 쏟으면 어쩌나 걱정이 되었다.

"오, 조지." 그녀는 소리쳤다. "오빠가 와서 얼마나 마음이 놓이는지 몰라요. 오빠는 정말 강한 사람이어서 위안이 돼요. 오빠의 커다란 손이 어깨에 닿으니 용기가 나는군요. 그러나 아이린 때문에 제가 얼마나 겁이 나는지 아실 거예요…."

"여기 계속 있을 생각은 아니겠지?"

"이번 주말에 떠날 생각이에요." 그녀가 대답했다. "그때까지 저를 혼자 내버려두지 않으시겠죠. 아이린은 오빠가 있는 동안은 괜찮을 거예요. 오빠야말로 아이린에게 가장 좋은 영향을 미치잖아요."

"그 어린것의 몹쓸 상상력에 은총이 있기를. 나를 믿어봐. 오늘밤 당장 마을에 사람을 보내 물건을 가져오라고 할게."

이윽고 그녀는 그 방에 대해 이야기를 꺼냈다. 아주 소박했지만, 아무리 세세하게 설명해도 직접 봤을 때 느껴진 섬뜩함은 느끼지 못할 것이다. 일층에 있는 그 방은 궂은 날 질척이는 장화로 아이의 방까지 가지 말고 그곳에 머물라고 만들었지만, 처음 그 방에 발을 들여놓은 아이린이 나갈 생각을 하지 않았다는 것이다. 왜일까? 누구도 모를 일이었다. 엄마 곁에 바짝 붙어서 방에 처음 들어선 순간, 멈춰 선 아이는 경련을 일으키다가 정신을 잃을 뻔했다. 그리고 바깥에서 자갈길을 손보던 정원사들에게도 들릴 만큼 날카로운 비명을 지르며 방 한쪽 구석으로 달려가더니 조그만 주먹으로 살갗이 벗겨지고 벽지에 손자국이 남을 때까지 벽을 후려쳤다. 그 모든 일이 벌어지는 데는 일 분도 채 걸리지 않았다. 아이린이 미친 듯이 울부짖는 소리에 아이 엄마가 얼마나 충격을 받고 어리둥절했는지 무슨 말인지도 기억하지 못했다. 아마 제대로 들었다고 해도 마찬가지였을 것이다. 아이린은 어쩔 줄 몰라 하며 출입문을 찾아 도망치려고 발버둥쳤다. 방에서 나가자마자 아이린이 한 일은 통로의 돌 바닥에 끔찍한 그림을 그리기 시작한 것이다.

"자, 이게 모두 공상일까요?" 테레사는 부들거리는 입술을 어쩌지 못하고 속삭였다. "이게 모두 아이린이 상상해낸 놀이의 한 부분이란 말인가요?"

우리는 몇 초 동안 서로를 빤히 바라보았다. 아이 엄마의 참담한 심정이 나의 공포를 부풀렸다. 그녀와는 다른, 그러나 훨씬 거대한 공포였다.

"오늘 밤은 너무 늦었어. 괜히 아이를 흥분시킬 뿐이야. 내일 아이린과 얘기해볼게. 그리고… 괜찮다는 판단이 서면… 다른 방법도 시도해볼 생각이야." 내가 덧붙였다.

약속대로 나는 다음 날 아이린과 이야기를 나누었다.

IV

조그만 검은 눈망울의 아가씨는 언제나 나를 믿어주었고, 함께 뛰놀고 매우 즐겁게 이야기를 할 만큼 우리는 친밀했다. 그러나 나 자신도 설명할 수 없는 이유 때문에 아이린과 밝은 곳에서 얘기하기를 좋아했다. 아이린이 오싹하게 느껴지지도 않았고 그 여린 아이의 기묘함과 수수께끼마저 사랑스러웠지만, 문득 어둠 속을 두리번거리게 만들고, 그림자에 감춰져 있거나 구석진 자리에 기다리고 있는 게 무엇일까 의구심을 품게 만드는 삶과 존재의 또 다른 일면을 암시하는 아이였다.

우리는 잔디밭에 있었으며, 우거진 상록수가 짙은 그림자를 드리운 야외에서 차를 마실 만큼 날씨가 화창했다. 테레사는 장거리 전화를 걸기 위해 외출했다. 아이린은 혼자 놀이에 심취했고, 내가 쓴 원고들을 뒤죽박죽 섞어놓아 나를 성가시게 만들었다. 나는 아이에게 내가 쓴 동화를 읽어주며 계속해서 질문을 하도록 했는데, 솔직히 나 자신의 한계에 진땀을 흘리고 있었다. 양치기 개가 잔디밭의 제비들을 쫓아 뛰어다니며 짖는 광경이 유쾌했던 것 같다.

"삼촌의 이야기 중에 몇 개가 진짜죠?" 아이린이 불쑥 물었다.

"꼬맹이 비평가 아가씨, 그걸 어떻게 알지?" 나는 아이린 쪽에서 더 많은 것을 보여주기를 기다리고 있었다. 내가 억지로 생각한다면 아이는 무엇이든 눈치챌 터였다.

"에이, 제가 왜 모르겠어요."

아이는 별다른 내색 없이 가까이 다가와서 속삭거렸다. "삼촌, 내가 삼촌이랑 다른 곳에 있다 온 거 정말이죠? 그리고 거기서 우리가 한 일만 진짜 이야기잖아요?"

시작부터 나는 완벽하게 감을 잡고 있었다. 어떻게 그리도 확신이 들었는지 이해할 수 없을 정도다. 다시 말해, 마치 꿈속에서 내가 대화를 나누듯 그때 흘러나온 말과 이름은 저마다 어울림이 있었다.

"그러시겠지, 아이린 부인. 상상 속에서 너, 아니 우리는 알고 있잖아…."

그러나 나는 내심 말을 다 끝내기 전에 아이린이 내게 드리운 고통의 실체가 무엇인지 그 내면을 끄집어내길 바랐다.

"오." 아이린은 갑자기 쏟아붓듯 말했다. "그럼, 제 이름을 안

단 말이에요? 그 이야기, 우리 이야기를 전부 알고 있군요!"

몹시 흥분한 아이린은 상기된 얼굴로 눈알을 부산히 움직였는데, 한낱 꼬마의 놀이라고 하기에는 삶의 모든 감정이 넘칠 듯 채워진 느낌이었다.

"당연하지, 발명가 아가씨. 내가 네 이름을 모를까봐." 나는 재빨리 말했지만 돌연 목을 옥죄는 섬뜩한 당혹감에 어리둥절해지고 말았다.

내 감정은 점점 빠르게 쇄도하는 불편함에 휩싸여서 애초의 신중한 계산을 엉망으로 만들어버렸다. 문득 내가 평소에는 쓰지 않는 '아이린 부인'이라는 호칭으로 아이린을 불렀다는 사실이 떠올랐다. 그 말을 입 밖에 낸 순간에는 그 변화를 눈치채지 못했지만, 나는 자음과 모음의 희롱에 따라 입을 놀리고 있었다. '아이린'과 '헬렌'은 거의 비슷하게 들렸다…! 나는 '헬렌 부인'이라고 말했던 것이다.

그것을 깨닫자 숨이 멎는 것 같았다. 그리고 아이린은 곧바로 그 이름을 말했다.

"삼촌 말고는 아무도 내가 '헬렌 부인'인 줄 모르죠." 아이린은 계속 속삭거렸다. "왜냐하면, 그게 바로 우리 이야기니까요, 안 그래요? 지금은 그냥 아이린 랭턴이죠. 하지만 삼촌만 알고 있다면 상관없어요. 와, 삼촌이 알아줘서 너무너무, 너무너무 좋아요."

나는 순간 할말을 잃었다. 아이의 '고통스러운 이야기'를 좀더 현명한 길로 이끌고 아이를 도와주고 싶다는 절박감에 나는 적당한 방법을 찾느라 망설였다. 마음 한편으로는 아이린이 왜 허리띠와 굶주림을 무서워하는지, 왜 방에서 비명을 질렀는지 등 아이의 두려움을 모조리 설명하기 위해 최선의 방법을 찾고자 애쓰면서도, 문득 내가 중얼거린 말은 '우리 이야기'였다. 내가 고통 받는 어린아이에게서 끄집어내어 훨씬 밝은 꿈으로 바꿔주고 싶었던 것이 바로 그 이야기였다.

그러나 그 흉흉한 이야기 때문에 나는 약간 자신감을 잃었고, 그 뚜렷한 감정의 실체 때문에 세월이 준 지혜까지 잃고 말았다. 꼬맹이 발명가는 자신만만하게 마법의 세계마저 뛰어넘는 자신만의 '이야기' 속으로 나를 데려간 것이다. 그리고 곧바로 이어진 아이의 말은 나를 막다른 궁지로 내몰았다.

"삼촌과 함께라면…." 아이린은 거의 들리지 않는 목소리로 말했다. "삼촌과 함께라면 그 방에도 갈 수 있어요. 저는 절대 혼자가 아니니까요!"

우리 뒤편 상록수에 휘도는 봄바람에서 내 유년 시절을 괴롭혔던 어떤 것이 순식간에 꿈틀거렸다. 잃어버린(그 근원과 실체를 모르기 때문에 잃어버렸다고 해야 하는) 열정의 물결이 내 깊은 곳으로 쇄도하면서 의식의 표면에 희미한 메시지를 전하는 것이었다. 작은 악동, 아이린은 바로 코앞에서 호리호리한 형체로 바뀌어 있었다. 눈과 손짓에 세월의 아련함을 담은 채, 아득한 시간과 공간의 바다 건너 나를 부르는…. 나는 눈에 잔뜩 힘을 주고 그 사람이 진정 내가 아는 헝클어진 머리의 소녀인지 확인하려고 애썼다.

이윽고 나는 삐거덕거리는 정원 의자에 앉아 아이린을 무릎에 앉히고 그 마음속에서 모든 이야기를 끄집어내리라 결심했다. 나는 집 쪽으로 등을 돌리고, 아이린은 약간 비스듬한 자세였지만 집의 출입문과 창문을 모두 볼 수 있었다. 내가 이런 말을 하는 이유는 아이린의 주의가 산만하고 이상할 정도로 불편하게 보여서 좀처럼 결심한 방법을 시도할 수 없었기 때문이다. 한두 번인가 아이린이 내 어깨 너머로 뭔가를 보려고 움직일 때마다 조그만 몸뚱이를 지나 내 무릎까지 전해지는 전율을 느낄 수 있었다. 아이린은 뭔가를 몹시 초조히 기다리고 있는 것 같았다.

"자, 이제부터 완전무장을 하고 색다른 여행을 떠나는 거다." 나와 함께라면 그 방에 갈 수 있다는 아이린의 묘한 말을 떠올리고 웃으며 말했다. "먼저 정찰견을 보내서 거미줄이 있는지 확인한 다음, 식량을 가득 준비하고, 또 포위당했을 때를 대비해서 물도 가득 넣고, 또…."

당시 내가 왜 그런 말을 했는지, 혹은 그 요란스러운 표현이 무슨 이유로 내 의도가 아니라 다른 사람의 생각처럼 느껴졌는지 솔직히 나 자신도 모르겠다. 그저 내가 할 수 있는 일은 아이린에게 오히려 겁을 줄 수 있으므로 가능한 그 방에 대해서는 한마디도 꺼내지 말아야 한다는 사실뿐이었다.

"삼촌도 벽에 대고 얘기를 해요?" 아이린은 갑자기 나를 바라보며 약간 다급하고 절박한 표정으로 물었다. 아이가 무슨 말을 하는지 짐작도 할 수 없었지만, 그 물음은 내게 사무친 고통으로 전해졌다.

"벽에 대고 얘기를 한다고?" 그 순간 나는 아이에게 고통을 주는 실체가 무엇인지, 아이를 두렵게 만들고 상상력을 온통 괴로움과 공포로 채우는 근원이 무엇인지 깨닫게 되었다.

그러나 당시에는 수수께끼처럼 전해진 그 실마리에 대해 생각할 시간적 여유가 없었다. 아이린은 곧바로 죽음의 위험이 다가오는 광경을 지켜보듯 강렬한 공포의 표정으로 내 어깨 너머에 시선을 못 박았기 때문이다.

"아, 이런!" 아이린은 숨을 몰아쉬며 소리쳤다. "그가 와요! 나를 잡으러 와요! 조지 삼촌! 필립!"

아이린이 내 무릎에서 빠져나가 공격에 저항하듯 온몸이 잔뜩 굳어 서 있는 사이, 나도 동시에 주먹을 불끈 쥐고 일어났다.

아이린은 온몸을 격렬히 떨었다. 얼굴이 하얗게 질려 있었다.

"누가 온다는 거야?" 나는 날카롭게 소리치다가, 문득 집 쪽에서 우리를 향해 걸어오는 남자의 모습에 입을 다물었다. 그날 오후 막 도착한 새 집사였다. 어떻게 그토록 빠르고 소리 없이 다가올 수 있는지 도저히 납득이 가지 않았다. 그를 봤다고 생각하는 순간 그는 이미 우리 앞에 다가와 있었다. 그때 울음을 터뜨린 아이린은 숨을 곳을 찾아 다급히 주위를 살피다가 내 품으로 뛰어들어 외투 자락에 얼굴을 묻었다.

나는 어안이 벙벙했지만 하인이 아이린을 그렇게 만들었다는 분노를 억누르며, 마치 굉장한 게임에 몰두한 사람처럼 아이를 번쩍 들어올린 뒤 뛰어가면서 양치기 개를 불렀다. "가자, 팻! 아이린을 우리가 먼저 붙잡았다고!" 나는 잔디밭 끝에 있는 라임 나무 아래에 왔을 때에야 아이린을 내려놓았다. 아이린은 잔뜩 겁에 질려 창백한 얼굴로 여전히 주위를 두리번거렸고, 금방이라도 기절할 듯 온몸을 떨고 있었다. 아이는 나를 움켜잡으며 매달렸다. 그 남자가 얼마나 증오스럽던지. 느닷없이 치솟는 증오심 때문에 그가 실제로 아이린을 괴롭히는 괴물처럼 느껴질 정도였다.

"도망가요, 아주 멀리 도망가요!" 아이는 숨죽여 말했다. 내가 아이의 손을 잡고 어떻게든 안심시키려고 애쓰는 동안, 아이가 바라는 것이 내 큰 손으로 꼭 껴안아 보호해주는 것임을 깨달았다. 아이 때문에 가슴이 찢어지는 기분이었다. 그러나 이상하게도 아무리 애를 써봐도 아이를 안심시킬 만한 방법이 없었다. 위안 삼아 내가 시시한 이야기를 꾸며낸다면, 우리 둘 모두를 설득할 수 없을 뿐 아니라 나를 믿는 아이에게 상처만 줄 것이었다. 결국 내가 도와줄 수 있는 방법은 아무것도 없었다. 숲속의 호랑이가 아이를 향해 다가온다면 절대 물지 않을 거라고 말하는 편이 나을 것이다.

나는 무슨 말인가를 더듬거렸다.

"새로 온 집사잖아. 나까지 놀랐는걸. 야, 정말 소리 없이 나타났네, 안 그래?" 내가 그럴듯해 보이는 표현을 찾기 위해 얼마나 애썼는지…. 그러나 부질없는 짓이었다.

"하지만 삼촌도 그 사람이 진짜 누군지 알잖아요!" 아이린은 나를 잡아끌고 달려가며 울먹였다. "또 그 사람이 나를 잡으러 오면…. 악! 악!" 아이는 두려움을 이기지 못하고 크게 비명을 질렀다.

그 공포는 덤불 사이의 굽잇길까지 우리를 따라왔다.

"아이린, 애야." 나는 아이를 꼭 보듬어 안으며 소리쳤다. "무서워할 것 없어. 삼촌이 언제나 너를 구해줄 거니까. 애야, 삼촌은 언제나 너와 함께 있을 거란다."

"그 커다란 팔로 저를 언제까지나 지켜줄 거죠, 삼촌, 필립?" 아이린은 두 개의 이름을 번갈아 불렀다.

아이의 목소리를 짓누르는 긴장감 때문에 나는 참담한 기분이었다. "언제나, 우리 이야기에서처럼 언제나." 아이는 내 외투 자락에 얼굴을 숨기며 애원했다.

나는 이제 어찌해야 할지 도저히 갈피를 잡지 못했다. 아이린을 다시 집으로 데려갈 수는 없었다. 이미 정신적으로 균형감각을 잃은 아이린에게 집사의 모습은 치명적일 수 있으며, 무엇보다 내가 없는 사이 아이 혼자서 집사를 보고 발작이나 경련을 일으킬까봐 두려웠다. 그러나 나는 한 가지 쉬운 방법을 생각해냈다.

"아이린, 그 사람을 당장 쫓아보내마." 나는 아이린에게 말했다. "내일 일어나면 그 사람은 사라지고 없을 거야. 엄마도 그 사람을 집에 있으라고 하지 않을 거야."

그 말을 듣고 아이린은 어느 정도 안정을 되찾았으므로, 결국 나는 아이의 모든 이야기를 알아내겠다는 애초의 계획을 포기하고 샛길을 통해 아이와 함께 집으로 돌아왔다. 나는 아이가 이층의 자기 방으로 올라갈 때까지 지켜보았다. 물론 나 자신에게도 필요한 지시를 내렸다. 아이린이 집사를 봐서는 안 되었다. 다만, 내 마음 한편에서 그 사람이 뭔가 난폭한 짓을 해주기를, 그래서 그것을 계기로 그 사람을 죽여버리고 싶다는 생각이 들었는데, 무슨 까닭일까?

그러나 극도로 긴장한 사촌 동생은 내게 다음 날 병든 아이와 함께 하리치로 가라고, 북해 맞은편의 전혀 다른 환경에서 일주일만 있다 와달라고 부탁하기에 이르렀다. 한편, 나는 그때까지 금기시했던 방법에 대해 이제는 사용해도 좋을지 스스로에게 물어보았다. 최면술은 고통에 사로잡힌 아이린 자신이 모르는 상황에서 이야기를 끄집어낼 수 있으며, 혼수 상태까지 끌고 간다면 아이의 외부 의식에서 좀더 기억을 들추어냄으로써 아이에게 마지막으로 맛본 행복한 기억을 되찾아줄 수도 있었다.

v

열 시가 넘어서까지 나는 요란스레 타들어가는 장작불 앞에서 목소리를 낮추고 이야기를 나누었다. 사촌은 맞은편 안락의자에 깊숙이 파묻혀 있었다. 우리가 그 문제를 자세히 의논하는 동안, 우리 마음뿐 아니라 집 안에 드리워진 음울한 그림자는 우리에게 둔중한 불편함을 주었다. 본능적으로 우리 두 사람 중 누구도 의사를 부르겠다는 말을 하지 않았으며, 그 때문에 우리는 몹시 참담한 심정이어서 모든 것이 너무도 생생한 현실처럼 느껴졌다. 그저 아이의 가상 세계일 뿐이라고 가볍게 여기지도 못했고, 우리의 마음을 옥죄는 그물은 혼란과 당혹감으로 점점 얽혀들었다. 어린 딸아이가 겪고 있는 참담한 고통이 어떤 결과를 가져올지 따져보기 전에 사촌이 무력감에 통곡한다고 해도 나는 충분히 그 심정을 이해할 수 있었다. 아이린이 지금 살고 있는 곳은 가상이 아니라 현실 세계였다. 바로 그 사실이 집 안의 음침한 응접실과 복도를 서성이고 있었다. 나는 이미 그 집이 싫어졌다. 그 집의 지붕은, 싸늘하고 차가운 바람으로 내 가슴을 휩쓸고 지나는 우울의 기억과 오랜 고통으로 엮여 있는 듯했다.

그러나 나는 짐짓 쾌활한 감정을 꾸며 보이며, 사촌에게 영향을 미칠 만한 감정과 경계심을 숨기려고 애썼다. '아이린 부인'이 '헬렌 부인'으로 바뀐 과정이나 내가 '필립'이 된 사연, 내가 등장하는 아이의 '이야기'에서 내가 돌연 유사 기억을 느끼고 나 자신의 역할을 기꺼이 해냈다는 이야기는 일절 말하지 않았다. 그 모든 것이 불길한 얼굴의 하인과 그가 은밀히 우리에게 다가왔기 때문이라고 설명하는 것은 현명한 생각이 아니었다. 그럼에도 그 생각은 계속해서 머릿속을 맴돌았고, '분위기'를 신성시하는 여성의 직관이라면 한번 얘기를 꺼내봐도 좋지 않을까 하는 미련이 생겼다. 나는 넌지시 '방'과 아이린이 그곳을 이상하리만큼 싫어하더라고, 아이가 '벽에 대고 말하기'를 하더라고 말해보았다. 기이한 생각들이 우리 두 사람의 마음속으로 섬뜩하게 파고들었다. 응접실에 장식된 사슴과 여우와 오소리의 머리가 털과 죽은 살갗 아래 여전히 살아 있는 생물의 가면처럼 우리를 내려다보고 있었다.

"하지만 아이린의 망상보다 저를 더 괴롭히는 게 있어요." 사촌은 꾸밈없는 표정으로 나를 빤히 바라보며 말했다. "아이린이 이 집을 너무 잘 알고 있다는 사실 말이에요. 조지, 맹세하는데 아이린이 마치 이곳에 살았던 것처럼 저를 안내하고 질문했을 때가 가장 무서웠어요." 그녀는 갑자기 목소리를 낮추고 화들짝 놀라 위쪽을 바라보았다. 누군가 우리의 이야기를 듣기 위해 어둠침침한 복도를 따라 은밀히 다가오는 느낌이 뇌리를 스쳤다.

"네가 이상하게 여길 만도 하지." 나는 재빨리 말했다. 그러나 갑자기 그녀가 내 말을 가로챘다. 마음 한편에 똬리를 틀고 점점 더 끔찍해지는 그 일을 마음속에서 꺼내 말함으로써 커다란 위안을 느낀 게 분명했다.

"조지!" 그녀는 소리쳤다. "상상력에는 한계가 있어요. 아이린도 알아요. 정말 끔찍한…."

무엇인가 내 목구멍까지 치솟는 것이 있었다. 내 눈은 축축하게 젖었다.

"허리띠를 무서워하는 것이…" 그녀는 자신의 말에 진저리를 치며 속삭였다.

"그건 신경 쓰지 마." 나는 단호하게 말했다. 뜻밖에도 그 일을 자세히 떠올리는 것 자체가 내게 큰 고통이 되었다.

"저도 그랬으면 좋겠어요." 그녀는 말했다. "그러나 아이린이 보챌 때, 그러니까 음식을 한꺼번에 폭식하고도 배고프다고 할 때의 표정이 어떤지 봤어야 해요. 헤일 박사님이 말하기를, 아, 그러니까, 당신이 그 광경을 죄다 봤다면 아마 내 말을 이해할 수…."

그녀는 갑자기 말을 멈추었다. 우리 뒤쪽 응접실 안으로 누군가 들어와서 맞은편 문간에 서 있었다. 그는 어둠 속에서 점점 우리를 향해 다가오고 있었던 것이다. 테레사는 문간에 등을 돌리고 있었지만 이상한 낌새를 채고 말을 멈춘 모양이었다.

"신경 쓸 거 없어요, 포터." 그녀는 등 뒤의 불안감을 겨우 억누르며 말했다. "이제 곧 불을 끌 테니까." 남자는 그림자처럼 사라졌다. 그녀는 재빨리 나를 흘깃거렸다. 하인의 출현과 함께 음침해졌던 마음도 이내 사라진 듯했다. 그로부터 몇 분 동안 나와 사촌 둘 다 왜 한마디도 하지 않았는지에 대해 도저히 설명할 길이 없다. 그러나 더욱 이상한 점은, 내가 왜 나도 모르게 손톱이 손바닥에 배길 정도로 주먹을 불끈 쥐고 있었는지, 그 하인에게 달려들어 숨통을 끊어놓고 싶다는 격한 충동에 사로잡혀 있었는가였다. 누군가를 이유 없이 죽여버리고 싶다는 충동이 든 것은 그때가 처음이었다. 다시는 그런 감정을 느끼고 싶지 않았다.

"계속 이 주변을 어슬렁거리고 있었나봐요." 사촌이 말했다. "우리를 지켜보면서….." 그러나 나는 끔찍하리만큼 나 자신의 생각에 사로잡혀 있었고, 그 추하고 불길한 존재가 아이린의 이야기 속에 등장하는 인물이며 내가 그 사실을 조금씩 받아들이고 있다는 사실에 놀라고 있었다.

자정이 가까워오면서 나는 안도를 느꼈다. 테레사는 잠을 자기 위해 자리에서 일어섰다. 아이린이 사로잡힌 처참한 공포를 정면으로 직시하지 못한 채, 우리는 촛불을 켜고 숨죽인 속삭임으로, 누구도 입밖에 내지 말아야 한다는 긴장감에 억눌려 있었다. 사촌이 갑자기 벽에 등을 기대고 어두운 계단을 올려다보았다. 그녀의 입에서 단말마의 비명이 토해졌다. 언뜻 기절할 것처럼 보였다. 다행히 내가 촛불만 대신 잡아주면 될 정도였다.

오랜 시간 이야기를 하면서 줄곧 억눌렀던 공포의 감정이 그 짤막한 비명으로 토해진 셈이었다. 그리고 내가 무슨 일인가 위쪽을 바라보았을 때 자그맣고 흰 그림자가 널찍한 계단으로 천천히 내려오다가 응접실로 막 접어들고 있었다. 아이린이었다. 맨발에 검은 머리카락을 잠옷에 늘어뜨린 채, 그 어린 삶에서는 도저히 있을 법하지 않은 고통의 표정으로 눈을 휘둥그레 치켜 뜬 모습이었다. 아이린은 계속 걸었으며, 그 걸음걸이는 아이의 것이 아니었다.

"안 돼!" 나는 사촌에게 엄하게 속삭이며, 손으로 그녀의 입가를 막고 쓰러질 듯한 그녀의 등을 붙잡아주었다. "아이를 깨우지 마. 지금 자면서 걷고 있는 거야."

아이린은 하얀 그림자처럼 소리 없이 우리를 지나치더니 곧장 응접실을 가로질렀다. 우리가 있다는 걸 눈치채지 못했다. 확고한 결심과 목적으로 의자와 탁자를 요리조리 피해가던 그 작은 형체는 맞은편 끝의 어둠 속으로 빠져들었고, 삼백 년 전에는 건물의 익벽이었지만 지금은 너도밤나무가 자라는 잔디밭으로 연결된 복도 입구에서 이내 사라졌다. 그 길을 잘 알고 있는 듯했다. 내가 놀란 가슴을 진정시키고 아이린을 따라가려는 순간, 테레사는 자신도 모르게 울부짖었다. 울부짖음은 날카로운 불협화음으로 한밤의 침묵을 깨뜨렸다.

"조지, 오, 조지! 지금 그 끔찍한 방으로 가는 거예요…!"

"촛불을 들고 나를 따라와." 나는 응접실 쪽으로 걸어가며 말했다.

"하지만 내가 먼저 말을 걸 때까지 잠자코 있어야 해." 우리는 곧장 아이린을 뒤따랐고, 아이의 발걸음에서 느껴지는 온갖 감정의 실타래는 속절없이 나를 다급하게 이끌고 있었다. 비극적인 재앙이 벌어질 것 같은 예감이 나를 사로잡았다. 내가 그동안 잠들고 깨어 있는 사이 꿈틀거리며 깊숙이 묻혀 있던 과거에 대한 집요한 열정이 잠재의식을 뚫고 나를 움직이는 것 같았다.

"헬렌!" 나는 소리쳤다. "헬렌 부인!" 나는 미끄러지는 그림자에 거의 닿을 듯 가까워졌다. 뒤돌아선 아이린은 처음에는 비몽사몽간의 불분명한 눈길로 나를 바라보았다. 흔들리는 촛불 너머 나를 빤히 바라보던 아이의 눈동자에 멈칫하는 기색이 스쳤다. 익숙한 동작으로 나를 향해 작은 손을 뻗었지만 이내 멈추었다. 나를 바라보며 내가 있음을 알면서도 여전히 내가 누구인지는 모르는 모양이었다. 아이가 자신의 내부에 있는 두 명의 인물(아이의 의식을 단단히 움켜진 두 개의 국면) 사이에서 순간 멈칫하는 모습을 보면서 나는 깜짝 놀라고 말았다. 잠에서 막 깨어 나를 '조지 삼촌'으로 알아보는 현재의 아이린과 음침하고 거대한 이야기 속에서 '헬렌'으로 존재하는 아주 먼 과거의 또 다른 아이린이 있었다. 몽유병 상태에서 아이린은 우리 두 사람이 상상으로 연결된 과거의 어느 지점을 향해 가고 있었다. 아이가 생생한 현실의 공포 속에서 견뎌온 이야기를 꿈속에서 재현하고 있음이 분명했기 때문이다.

그러나 내 선택은 신속했다. 나는 재빨리 테레사에게 촛불을 선반에 올려놓고 기다리라고 손짓한 뒤, 여느 때처럼 내게 내밀어진 아이린의 손을 잡아끌었다. 내 팔에 안긴 아이의 작은 입술에서 애정과 고통으로 억눌린 흐느낌이 흘러나왔다. 나는 평생 그처럼 애끓는 인간의 소리를 들어본 일이 없었다. 아이린은 나를 알아보았지만 현실 속의 조지 '삼촌'으로서가 아니었다.

"오, 필립!" 아이린은 소리쳤다. "결국 오셨네요⋯."

"물론이지, 애야." 나는 속삭였다. "물론 오고말고. 오겠다고 약속했잖니?"

아이린은 내 얼굴을 살피더니, 작고 차가운 손목을 붙잡고 있던 내 두 손을 꼭 움켜잡았다.

"그런데, 그런데⋯." 아이린은 말을 더듬었다. "손이 잘리지 않았네! 다시 생겼잖아요! 저를 구해서 함께 밖으로 나가려고, 우리 둘이 함께⋯."

아이린은 기묘하리만큼 어리둥절한 표정을 짓더니 넘어질 듯 휘청거렸다. 곧 정신이 드는가 싶더니 또 한 번 내가 누구인지 의심스럽고 확신이 서지 않는 듯 보였다. 마주잡은 내 손을 떨쳐버리려고 버둥거렸다. 일단 꿈에서 완전히 깨어난다면 생각과 기억의 통로를 서성이다가 아이린의 가장 깊숙한 내부로 뛰어든 기이한 열정과 미스터리를 쫓아낼 수 있을 터였다. 한편으로는 아이린이 깨어날 경우, 나는 완벽한 이야기를 알아낼 기회 역시 잃게 될 것이었다. 그때가 유일한 기회였다. 까치발로 조용히 다가오는 사촌의 발소리가 들려왔으므로 나는 곧 결정을 해야 했다.

물론 깊이 잠들었을 때는 혼수상태에 가깝고, 숱한 실험을 통해서 인간은 깨어 있을 때보다 잠든 상태에서 훨씬 빠르게 최면에 걸릴 수 있음을 나는 알고 있었다. 왜냐하면 당시 상황을 놓고 볼 때 최면이란 무력하고 사소한 표면 의식과 그 근저의 거대한 잠재의식을 결합하는 것을 의미했으며, 그 과정은 보통의 수면 상태에서 이미 부분적으로 시작되어 완전한 최면을 유도하는데 그리 오래 걸리거나 어려운 편이 아니었다. 현실의 삶을 괴롭히는 음산한 이야기를 '만들어 내거나' '기억하는' 것은 아이린의 활발한 잠재의식이며, 그 잠재 영역은 쉽게 열릴 수 있었다. 아이린의 수면 상태를 더 깊이 유도한다면 이야기의 내막을 알아낼 수도….

나는 아이 엄마가 쉽게 이해할 만한 신호를 보내 다가오지 말라 이르고, 곧장 몽유병에 빠진 어린아이를 지금까지 이끌어왔으며 모든 힘과 기억, 지식과 믿음이 놓여 있는 잠재의식 속으로 다시 아이를 밀어넣었다. 가장 단순한 방법을 사용했지만 아이린은 빠르고 편안히 받아들였다. 좀 전의 표정이 아이의 눈에 나타났다. 아이는 더 이상 흔들리거나 주저하지 않고 '필립'이라는 이름을 부르며 내게 다가왔다. 우리는 길다란 복도를 따라 아이린이 끔찍이도 무서워하는 방문까지 다다랐다.

그곳에서, 흔들리는 촛불을 들고 뒤따라오는 테레사 때문인지(엄마와 연결된 아이의 잠재 의식은 상상할 수 없을 정도로 강하기 때문에), 아니면 동요하는 정신 상태를 통제하는 내 힘을 약화시킬 만한 걱정이 생긴 때문인지, 아이린은 또 한 번 멈칫거리며 '조지 삼촌'과 '필립'이 뒤섞인 눈빛으로 나를 올려다보았다.

"방으로 들어가자." 나는 단호하게 말했다. "방 안에 무서울 게 아무것도 없다는 걸 너도 알게 될 거야." 나는 문을 열었고, 뒤에서 일렁이는 촛불이 세모난 형태로 어둠을 비추었다. 빛은 맨 바닥과 그림 하나 걸리지 않은 벽면을 비추더니 머리 위 흰색 천장까지 비스듬히 기어올랐다. 나는 방문을 활짝 열어둔 상태로 아이린의 손을 잡고 안으로 들어갔다. 아이린은 바람 속의 잎사귀처럼 떨고 있었다.

그 일이 벌어진 지 많은 세월이 흘렀지만 글을 쓰는 지금 이 순간에도 그때의 장면이 너무도 생생하다. 낡은 건물의 텅 빈 방에서 잠옷 차림으로 나를 바라보던 꼬마 아이의 얼굴, 지나간 비극의 역사에 달아오른 온갖 감정들이 온전히 담겨 있던 어린 눈망울, 차마 안으로 들어오지 못하고 통로에 유령처럼 서 있던 아이 엄마, 늘어진 촛불의 그림자와 바깥 벽에 부딪치는 한밤의 나지막한 바람의 탄식까지.

나는 상기된 작은 얼굴의 관자놀이를 엄지손가락으로 부드럽게 누르며 말했다. "잠들어라!" 나는 명령했다. "잠들어 기억해라!" 내 의지는 아이를 완전히 통제하고 보호했다. 아이린은 더 깊은 몰입 상태로 빠져들어 몽유병의 평정을 드러내면서 깊은 자아의 잠든 시간을 꺼내 보였다. 점점 휘둥그레진 아이의 눈은 나 자신과 긴밀히 관련된 기억들을 담아냈다. 몇 분 전만 해도 아이를 깨우며 의식을 찾으라고 위협했던 현실은 이제 사라지고 없었다. 아이린은 더 이상 조지 삼촌이 아니라, 자신을 구하러 온 남자이자 위대한 연인이며 충실한 친구인 필립으로 나를 보았다. 크나큰 고통을 준 동시에, 지금은 너도밤나무가 자라는 잔디밭 대신 삼백 년 전 건물의 익벽으로 통하는 복도가 있던 방에서, 지나간 시간 속에서 아이린은 서 있었다.

아이린은 가까이 다가와 가녀린 팔로 내 목을 감싸고 마음속을 탐색하듯 나를 응시했다.

"여기서 무슨 일이 벌어졌는지 떠올려!" 나는 강한 어조로 말했다. "기억해서 내게 말해."

아이린은 미간을 찌푸리며 무엇인가 떠올리려고 애쓰다 예전에 복도가 있던 맞은편 쪽을 힐끔거렸다. "조금 아파요. 하지만 저는, 저는 당신의 품에 있는 걸요, 필립. 당신은 저를 데리고 밖으로 나갈 거예요. 저는 알아요⋯."

"내가 너를 안전하게 잡아줄 테니 걱정 말거라, 애야." 나는 말했다. "너는 기억해서 말할 수 있단다. 그렇다고 아프지 않을 거야. 말해보거라."

그 암시는 곧바로 효과를 나타내서 아이린의 얼굴이 밝아졌다. 아이린은 깊은 안도의 한숨을 쉬었다. 그때부터 나는 흔들림 없이 아이린의 몰입 상태를 강하게 끌고 나갔다.

이윽고 아이린은 낮게 갈라진 음성으로 말했으며, 그 목소리는 칼날처럼 나의 가장 깊숙한 내부를 파고들었다. 몸 속에 출혈이 있는 것 같았다. 맹세컨대 아이린은 내가 실제로 살아온 듯한 이야기를 들려주었다.

"여기가 당신을 마지막으로 본 곳이에요." 아이린이 말했다. "당신은 저를 이곳에 데리고 와서 행복을 주었고⋯. 그 사람에게서 보호해주었죠." 아이린의 목소리와 말투는 아이의 것이 아니었다. "눈보라가 몰아치던 밤, 당신이 오신 곳도 이 방이지요. 저 창문으로 들어오셨어요." 아이린은 우리 뒤쪽, 안쪽이 바깥보다 넓고 깊숙한 창문을 가리켰다. "폭풍 소리가 들리지 않나요? 악 쓰며 울부짖는 저 소리! 그리고 저 아래 해변의 파도 소리⋯. 당신이 타고 온 말이 바깥에 있지요⋯. 그 민첩한 말은 우리를 바다

로 데려가 잔혹한 그자의 손길에서 벗어날 수 있을 거예요. 그리
고…."

아이린은 기억과 할말을 떠올리며 망설였다. 고통과 혐오로
얼굴이 음산하게 물들어 있었다.

"나머지도 말해." 나는 지시했다. "하지만 너의 고통은 모두 잊
어버려." 내가 그 연약한 존재를 더 깊숙한 곳으로 이끄는 동안,
아이린은 믿어지지 않을 만큼 온화하고 확신에 찬 표정으로 나
를 바라보았다.

"기억할 거예요, 필립." 아이린은 말을 이었다. "당신도 알 거
예요. 당신이 방 안으로 들어오는 순간, 그자와 부하들이 당신을
붙잡았어요. 당신은 몸부림치며 저를 불렀어요. 저는 그 소리에
답하려고…."

"여기요, 바깥이요." 나는 불쑥 그렇게 말했다. 불에 덴 흉터
처럼 내 가슴 깊은 곳에서 번뜩이는 기억과 함께 나는 아이린이
그 속에서 나올 수 있도록 돕고 싶었다. "당신은 잔디밭에서 대
답했어!"

"당신은 잔디밭이라고 생각했지만 실제로는, 보세요, 저기, 저
기였어요." 아이린은 방 안의 오른쪽을 가리켰다. 아이린은 몸서
리를 쳤고, 먼 곳에서 들려오는 억눌린 소리처럼 이상하리만큼
목소리가 작아졌다.

"저기?" 나도 전율을 느끼며 물었고, 피 속에 얼음과 불이 뒤섞이는 느낌이었다.

"벽 속에." 아이린은 속삭였다. "아시잖아요, 누군가 우리를 배신했어요. 그 사람은 당신이 오는 걸 알고 있었죠. 그 사람이 저를 저 속에 산 채로 집어넣고 작은 눈구멍 두 개를 뚫어놓아 저는 밖을 볼 수 있었어요. 그 구멍을 통해 당신은 제 목소리를 들었지만, 제가 어디 있는지 전혀 눈치채지 못했어요. 그리고…"

나는 주저앉는 아이린을 부축했다. 아이린은 방을 따라 건물의 익벽이 있던 곳을 바라보다 돌연 고통스러운 눈빛을 보였다.

"당신은 그자를 막으려고 했어요." 아이린은 죽음처럼 끔찍한 고뇌를 담은 목소리로 애원하듯 말했다. "그자가 오는 소리를 들은 것 같아요. 복도에서 그자의 발소리가 들리지 않나요?" 아이린은 겁에 질려 귀를 기울였고, 벽을 뚫고 잔디밭을 내다보려는 듯 눈빛이 맹렬했다.

"아무도 오지 않아, 애야." 나는 확신과 힘을 실어 말했다. "전부 말해라. 내게 전부 말해."

"눈을 감을 수 없어서 저는 구멍으로 계속 바라보고 있었어요." 아이린은 말했다. "허리에 쇠로 만든 허리띠가 고정되어 있어서…. 쇠 허리띠에서 도저히 벗어날 수 없었어요. 먼지가 입속으로 들어왔어요. 저는 벽돌을 깨물었어요. 혀가 긁히고 피가 났지만, 제가 지켜보는 앞에서, 그들은 저를 벽 속에 넣어 벽돌을 바르고 돌로 틀어막았어요. 그들이 당신의 두 손을 잘라버려서… 당신은 저를 구해 밖으로 나갈 수 없었지요."

아이린은 느닷없이 내 곁에서 벽 쪽으로 뛰쳐나가 손으로 벽을 두드리며 울부짖었다.

"아, 가엾은 사람. 정말 끔찍했어요. 기억나요. 제가 당신 속에 있을 때 당신은 나를 감싸고 지탱해주었죠. 가엾은 육체! 그들이 제 입 속에 처박은 마지막 벽돌 조각, 허리를 틀어쥔 쇠로 된 죔쇠, 숨막힘과 배고픔, 목마름!"

"벽 어디에 대고 말을 하는 거지?" 나는 눈물을 닦으며 조용히 물었다.

"제가 들어 있는 육체, 그 사람이 벽 속에 묻은 제 육체, 제 몸뚱이요!"

아이린은 내 곁으로 달려왔다. 그러나 사촌이 '어머니의 비명'을 질러 아이린의 깊숙한 의식과 기억을 방해하기 전에, 나는 모든 힘을 다해 아이린에게 고통을 '망각'하도록 명령했다. 아이린이 입술과 눈에 웃음을 담고 '벽에 대고 말하는' 순간 내 곁으로 돌아왔다는 사실은 최면 상태에서 암시를 통해 순식간에 감정의 변화를 겪어본 소수의 사람들만이 이해할 만한 일이다.

그 자그맣고 하얀 형체는 검은 머리칼을 폭포처럼 잠옷에 드리우고 내 품에 뛰어들었다.

"하지만 내가 널 구했어." 나는 소리쳤다. "너는 벽 속에 갇힌 적이 없어. 내가 너를 꺼냈고 그자의 손아귀에서 벗어나 바다 멀리 데려갔잖아. 그 후로 우리는 동화 속의 주인공처럼 언제나 행복했어." 내가 있는 힘껏 아이의 내부에 말을 주입하자, 아이린은 기다렸다는 듯이 내 말을 사실로 받아들였다. 웃음과 애정이 가득한 아이다운 신비한 얼굴로 아이린은 내게 매달렸으며, 공포는 희미해지고 고통은 말끔히 씻겨졌다. 주마등처럼 갑작스레 변화가 찾아왔다.

"그럼 그 사람들이 정말 손을 자르지 않은 거예요?" 아이린은 멈칫하며 말했다.

"봐! 녀석들이 감히 내 손을 잘랐다고? 봐, 이렇게 멀쩡하잖아!" 나는 손을 펼쳐 보인 후 그 손으로 아이의 작은 뺨을 어루만지며 뽀뽀를 해주기 위해 턱을 잡아당겼다. "너를 침대로 데려가서 곤히 잠들 때까지 토닥여줄 만큼 아직 이 손은 큼지막하고 강하단다. 그래서 네가 잠을 깼을 땐, 무서운 이야기도 필립도 헬렌 부인도 쇠 허리띠도 배고픔도 잔인하고 늙은 네 신랑도 모두 잊어버릴 거야. 다른 아이들처럼 행복하고 신나게 깨어날 걸."

"삼촌 말이니까 정말 그럴 거예요." 아이린은 눈웃음을 지으며 대꾸했다.

그런데 곧바로 내 시도를 실패로 돌려버릴 만한 증오의 감정이 찾아왔다. 그것은 사악한 힘과 함께 일순 내 모든 '암시'를 무시하고 무효로 만들 만큼 위협적이었다. 망각에 대한 지시는 아직 완전히 아이의 내부에 자리잡지 못한 상태였다. '이야기'를 만들어낸 깊숙한 의식의 잔흔이 아직 식역(識閾, 의식 단계의 생기와 소실의 단계 – 옮긴이주) 아래로 가라앉지 않았다. 그래서 지금까지의 고통스럽고 세부적인 묘사들은 여전히 강한 힘으로 아이린에게 돌아올 여지가 있었다. 그런 세부적인 묘사는 자체 속성상 저절로 강요하는 힘이 있기 때문이다. 그때의 증오심은 초인적인 힘에서 생겨난 것이다.

"들어봐요!" 아이린이 소리쳤다. 아이의 목소리는 완전한 공포만이 전할 수 있는 나지막한 비명이었다. "들어봐요! 발소리가 들려요! 그가 오고 있어요! 이런, 그가 온다니까요! 저기 복도에 있어요!" 아이린은 방 아래쪽을 가리켰다. 불에 덴 것처럼 내 팔에서 뛰쳐나간 아이린은 곧바로 다시 내게 돌아왔다. 그 짧은 순간 방 한복판까지 뛰어갔다가 손으로 귀를 막고 맞은편 벽면을 향하던 눈까지 가렸다. 아이가 노려본 곳은 지금은 사라진 익벽으로 난 복도가 있던 자리였다. 종조부께서 직접 벽에 만들었던 창문 자리가 예전에 복도가 시작되는 지점이었다.

처음으로 테레사가 바닥에 촛농을 떨어뜨리며 방 안으로 뛰어들었다. 그녀는 내 팔을 움켜잡았다. 우리 세 사람은 그 자리에 못 박혀 벽면을 휘도는 바닷바람의 한숨 외에는 아무것도 없어 보이는 곳에 귀를 기울였다. 아이린은 내 외투 자락으로 눈을 가리고 있었다. 나는 부질없이 다른 소리가 들려오지는 않는지 귀를 쫑긋 세웠다. 내 기억에는 촛불을 기우뚱거리던 사촌의 얼굴이 불안한 눈동자와 함께 하얗게 질려 있었다.

갑자기 사촌이 손을 들어 내 어깨 너머를 가리켰다. 그녀의 입이 쩍 벌어져 있었다. 그리고 그녀와 아이린은, 한밤의 적막한 방에서 우리를 향해 다가오는 사악한 힘의 절정을 알리듯 섬뜩한 두 개의 문장을 동시에 내뱉었다.

그 말은 발사된 두 개의 탄알 같았다.

"오 세상에! 저기 우리를 보는 얼굴이 있어⋯!" 심하게 억눌리고 메마른 사촌의 목소리가 들려왔다.

그와 동시에 아이린이 말했다. "오, 이런! 그가 우리를 봤어요!⋯. 그가 여기 있어요! 봐요⋯. 나를 잡으려고 해요⋯. 그 손을, 그 불쌍한 손을 빨리 숨겨요!"

사촌이 바라보는 곳으로 돌아섰을 때, 나는 분명히 살아 있는 사람의 얼굴을 보았다. 창문에 바짝 기대어 침침한 방 안을 살피기 위해 두 손을 차양처럼 이마에 갖다댄 얼굴. 촛불이 스치는 순간, 나는 빠르게 움직이는 두 개의 눈동자를, 잔디밭에서 안을 좀

더 자세히 살피느라 한껏 움츠린 어깨를 보았다. 그 형체는 곧바로 사라졌지만, 음침하고 사악한 집사의 얼굴이었음을 나는 의심치 않았다. 그가 토해낸 숨결이 여전히 창문에 남아 있었다.

그러나 무엇보다 기이한 일은 아이린이 빈약한 내 외투에 숨어들기 위해 버둥거리는 동안 처음부터 끝까지 창문과 정반대로 얼굴을 돌리고 있었으므로 우리처럼 그 얼굴을 봤을 확률이 없으며, 줄곧 그 상태로 내가 붙잡고 있었다는 점이다. 그 모든 일은 아이린의 등 뒤에서 벌어졌다···. 잠시 후 나는 여전히 눈을 가리고 있는 아이린을 재빨리 안아서 응접실을 지나 아이의 방으로 이어진 계단을 올랐다.

잠과 깨어남 사이를 배회하는 동안은 분명 아이린을 다루기 어려웠지만, 일단 침대에 누이고 또 한 번 깊은 몰입 상태로 유도한 뒤에는 손쉽게 아이의 생각이나 감정을 통제할 수 있었다. 십 분도 안 돼 아이린은 평화롭게 잠들었고, 작은 얼굴에 어렸던 불안이나 공포의 그림자도 모두 사라졌다. 그리고 나는 아이린의 의식 구석구석에 다음 날 눈을 뜨면 모든 것을 망각하리라 절절히 명령을 주입했다. 마침내 아이린은 완전히···, 모조리 잊게 되었다.

한편, 내가 증오와 분노를 느끼며 하인 숙소로 그를 찾아갔을 때는 충분히 일리 있는 설명이 기다리고 있었다. 막 잠을 자려던 그는 이상한 소리가 들려서 혹시 강도가 들었을까봐 집 주변을 둘러보았다고 말했다.

한 달치 월급을 받고 굉장히 놀란 얼굴로 (왜냐하면 그로서는 무심히 아이의 상상력을 악화시킨 죄밖에는 없었으므로) 그는 다음 날 런던으로 돌아갔다. 몇 시간 뒤 나는 아이린과 켐스터와 함께 북해의 푸른 파도를 바라보고 있었다. 아이린은 자신만의 상상력으로, 잔인한 남편에게 속박당한 헬렌 부인이고 내가 그녀의 연인 필립이었던 오래 전의 이야기 속에서 무사히 빠져나와 이상하리만큼 자유롭고 행복해 보였다.

이번만큼은 아이의 행복이 지속적이고 완벽했다. 최면 암시는 아이의 마음에서 끔찍한 기억의 마지막 흔적까지 없애버렸다. 아이는 환한 미소를 지었다. 나와 함께 한 여행과 안트웨르펜에서의 한 주는 더없이 유쾌했다. 꾸밈없는 유년의 빛으로 아이린은 뛰놀고 웃었으며, 상상력은 깨끗이 정화되고 치유되었다.

우리가 돌아갔을 때, 아이 엄마는 원래 살던 저택으로 다시 이주해 있었다. 그때부터 나는 아이의 건강을 돌보는 한편, 사촌과 함께 가문의 오랜 기록을 들추며 드 론의 이력을 확인해보았다. 그는 낡은 저택의 어두운 구석을 차지한 초상화의 주인공이자 사악한 인물로, 반쯤 날조된 조상으로 알려져 있었다. 그 사악한 삶에 대해 나는 어느 정도 알고는 있었으나, 그가 했던 두 번의 결혼 중에서 첫 번째 아내 헬렌 부인이 수수께끼처럼 실종됐으며 이웃의 기사이자 그녀의 연인으로 알려진 필립 랜싱 경이 곧이어 땅과 재산을 팽개치고 프랑스로 이주했다는 사실은 나도 사촌도 알지 못했다. (적어도 기억해내지 못했다.)

그러나 내가 또 발견한 것은 노픽의 낡은 저택에 있는 '공포의 방'과 관련이 있다. 내가 인부를 시켜 아이린이 손으로 두드리며 '벽에 대고 말하기'를 했던 지점에서 돌을 치우자, 눈앞에 한 여자의 유골이 나타났다. 유골은 허리 부분이 가느다란 철 실에 묶여 화강암 깊숙이 박혀 있었고, 불행히도 산 채로 벽 속에 매장된 유골의 주인공은 수백 년 전 굶주림과 목마름과 숨막힘의 고통 속에서 끔찍한 죽음을 맞았던 것이다.

캐터필러

Caterpillars by Edward Frederic Benson

내가 한동안 머물렀던 카스카나 별장이 헐리고, 그 자리에 공장이 들어선다는 소식을 한두 달 전 이탈리아 신문에서 읽었다. 그러므로 그곳의 방과 계단참에서 봤던 (혹은 봤다고 생각하는) 것에 대해 쓰고, 그때의 경험에 일말의 단서가 되거나 상당한 관련이 있을지 모르는(독자들의 의견에 따라서) 상황을 언급하는 데 더 이상 망설일 이유가 없다.

카스카나 별장은 한 가지 점을 제외하고 모든 면에서 지극히 쾌적한 곳이었다. 그러나 아직 헐리지 않았다고 해도, 그곳에는 극도로 섬뜩하고 실제적인 방식으로 유령이 출몰한다는 생각 때문에 세상에서 그 어떤 것도 나를 그곳에 다시 가도록 유혹하지 못할 것이다. 대부분의 유령들은 그리 해를 끼치지 않는다고들 말한다. 겁을 줄 수는 있지만 유령의 방문을 받은 사람들은 대개 그 후유증을 극복한다고 말이다. 어찌 보면 유령은 매우 친근하고 이로운 존재일지도 모른다. 그러나 카스카나 별장에 나타난 그것은 이롭지 않았고, 그들이 '방문'하는 방식도 다소 달랐으며, 내가 아서 잉글리스보다 그들의 방문을 더 잘 극복했다고 여기지도 않는다.

별장은 이탈리아 리비에라의 세스트리 디레반테에서 멀지 않은, 감탕나무로 뒤덮인 언덕에 있으며 고혹적인 바다의 영롱한 푸른 물결을 굽어보고 있었다. 그 뒤로 솟구친 연한 초록빛 감나무 숲이 산허리를 줄달음치다 정상에서 검은색 소나무 숲에 자리를 양보했다. 별장을 에워싼 정원은 완연한 봄꽃이 흐드러지게 피어 향긋했고, 바닷바람의 청량한 소금기에 스며든 목련과 장미꽃 향기는 차가운 지하수처럼 공기 속으로 흘렀다.

널찍한 기둥이 있는 일층의 로지아(한쪽이 트인 주랑—옮긴이 주)가 건물의 삼면을 에워쌌고, 그 꼭대기는 일층의 각 방마다 발코니 역할을 했다. 회색 대리석으로 된 널따란 중심 계단은 홀에서 일층 방 바깥쪽 계단참까지 이어졌다. 방은 모두 세 개로, 두 개의 커다란 응접실과 한 개의 침실이 연이어 있었다. 침실은 비어 있었지만, 응접실은 사용하고 있었다. 중심 계단은 계속해서 이층까지 이어졌고, 내가 묵은 곳도 이층 방 중 하나였다. 그 밖에 일층 계단참 반대쪽에서 이어진 여섯 개의 계단은 예술가 아서 잉글리스가 묵고 있는 방 쪽으로 연결되었다. 주인 짐 스탠리와 그의 아내는 건물의 익벽에 있는 방을 사용했는데 그곳은 하인의 숙소이기도 했다.

오월 중순의 눈부신 오후, 나는 점심 시간에 맞춰 그곳에 도착했다. 정원은 온갖 색채와 향기를 뿜냈고, 마리나에서부터 더위에 시달리며 걸어온 터라 한낮의 열기와 폭염에서 별장의 시원한 대리석으로 들어선 것이 내겐 더 없는 기쁨이었다. 다만(특별한 의미로 쓴 말이 아니다), 별장에 발을 들여놓는 순간 뭔가 이상한 느낌이 들었다. 말하자면 강렬하면서도 아주 막연한 감정인데, 홀의 탁자에서 내게 온 편지 몇 통을 발견하고 혹시 그 속에 답이 있지는 않을까 생각했다. 그러나 편지 어디에도 불길한 예감을 설명해줄 만한 내용은 없었다. 편지를 보낸 이들은 한결같이 행복에 겨워했다. 그러나 예감이 빗나갔다고 해서 꺼림칙한 마음이 사라진 건 아니었다. 시원하고 향긋한 건물 안에 뭔가 이상한 것이 있었다.

이런 말을 하기가 망설여진다. 평소 숙면을 취하는 편이라 불을 끄고 침대에 드는 것과 동시에 다음날 아침을 맞는다고 해도, 첫날밤 카스카나에서의 잠자리가 불편했을 거라고 설명할 수 있기 때문이다. 더욱이 내가 잠들었을 때(정말 잠이 들었다면 내가 본 것은 착각일 것이다), 너무도 생생하고 독특한 꿈을 꾸었다고 할수 있다. 여기서 독특하다는 말은, 내 개인적인 의견에 국한하자면, 꿈을 꾼 당시에는 전혀 느낄 수 없었다는 의미다. 그러나 불길한 예감에 이어 잠자리에 들 때까지 내가 접한 어떤 말과 사건들이 더해져 그날 밤에 벌어진 일을 암시함으로써 깊은 관련을 맺었는지 모른다.

나는 점심을 먹고 스탠리 부인과 함께 별장을 둘러보았는데, 솔직히 그 과정에서 그녀는 식당 바로 옆에 열려진 빈 침실에 대해 말해주었다.

"우리는 저 방을 비워둔답니다." 그녀는 말했다. "보셨겠지만, 짐과 저는 건물 옆에 멋진 침실과 화장실을 마련했으니까요. 그러다 보니 식당을 화장실로 바꾸고 식사를 아래층에서 하기로 했어요. 하지만 저쪽에 우리에게 어울리는 아담한 공간이 있고, 그 맞은편에는 아서 잉글리스가 묵고 있죠. 그리고 위층이 좋다고 말씀하셨던 게 기억나는데요. (그런 걸 기억한다고 유별난 건 아니겠죠?) 그래서 선생한테는 저 방 대신에 이층 방에 묵으라고 한 거죠."

불편한 예감처럼 막연한 의혹이 뇌리를 스친 것은 바로 그때였다. 스탠리 부인이 왜 그런 설명을 했는지 알 수 없었다. 그래서 일층의 빈 방과 관련해 뭔가 설명할 부분이 있다는 생각이 순간적으로 머릿속에 떠올랐던 것이다.

꿈을 꾸게 만들었을지 모르는 두 번째 일은 이랬다.

저녁 식사 후에 잠시 유령 이야기가 오갔다. 확신에 찬 잉글리스는 누구든 초자연적인 현상을 믿는 사람들은 멍청이와 다름없다고 말했다. 유령 이야기는 곧바로 끝이 났다. 내 기억에는 그다음에 별다른 일은 없었던 것 같다.

우리는 모두 일찍 잠자리에 들었고, 특히 나는 몹시 졸려서 이층으로 올라가는 동안 늘어지게 하품을 했다. 방 안이 약간 더워서 창문을 죄다 활짝 열어놓자, 희디흰 달빛과 나이팅게일의 사랑 노래가 가득했다. 나는 재빨리 옷을 벗고 침대에 누웠지만, 몹시 졸렸던 방금 전과는 달리 갑자기 정신이 말짱해졌다. 그러나 깨어 있는 것이 매우 흡족했다. 뒤척이지도 않았고, 새의 지저귐에 귀 기울이고 달빛을 보면서 더없이 유쾌했다. 그러다가 잠이 들고, 꿈을 꾸었을 것이다. 어쨌든 얼마쯤 지났을 때, 나이팅게일의 지저귐도 잦아들고 달빛도 사위었다는 생각이 들었다. 무슨 이유인지는 모르겠지만, 나는 밤을 샐 생각으로 책을 읽는 게 좋겠다고 생각한 것도 같다. 그런데 재미있게 읽던 책을 일층 식당에 두고 온 기억이 났다. 그래서 침대에서 일어나 촛불을 켜고 아래층으로 내려갔다. 식당에 들어갔을 때, 간이 탁자 위에서 책을 발견했고 그와 동시에 비어 있는 침실 문이 열려 있는 것이 보였다. 새벽의 여명도 달빛도 아닌, 희끄무레한 빛이 그곳에서 새어나오기에 나는 안을 들여다보았다. 커다란 사주식 침대가 문 맞은편에 놓여 있었고, 그 머리맡에 태피스트리가 걸려 있었다. 그리고 방 안의 희끄무레한 빛이 침대에서, 아니 좀더 정확하게는, 침대 위의 어떤 것에서 나온단 걸 깨달았다. 길이가 삼십 센티미터가 넘는 거대한 쐐기벌레들(소위 애벌레)이 침대를 뒤덮은 채 기어다니고 있었기 때문이다. 쐐기벌레들은 희미하게 빛을 발했으며 침실 쪽으로 내 시선을 끈 것도 그 빛이었다. 보통의 쐐기벌레의 배다리 대신에 게처럼 집게발이 달려서 그것으로 표면을 움켜잡으며 움직거리다 앞쪽으로 몸을 미끄러뜨렸다. 그 오싹한 곤충은 노르스름한 회색빛에, 울퉁불퉁한 혹과 종기로 뒤덮여 있었다. 간혹 한 마리씩 툭 하는 부드러운 소리와 함께 바닥으로 떨어졌는데, 단단한 콘크리트 바닥도 집게발 앞에서는 접착제 구실밖에는 못하는 것 같았다. 떨어진 쐐기벌레는 뒤로 기어가다가 다시 침대를 기어올라 소름 끼치는 동료들과 합류하는 것이었다. 얼굴은 없는 것 같고 한쪽 끝에 숨을 쉬느라 양쪽으로 벌려진 입이 하나 있을 뿐이었다.

그렇게 내가 지켜보는 동안, 쐐기벌레들은 문득 내 존재를 눈치챈 것 같았다. 좌우간 놈들의 입이 일제히 내 쪽으로 향하는가 싶더니 곧바로 툭 하는 부드러운 소리와 함께 바닥으로 떨어진 뒤 나를 향해 꿈틀꿈틀 기어오기 시작했다. 일순간 꿈에서처럼 온몸이 마비되는 느낌이었지만, 곧이어 나는 이층의 내 방으로 달려갔다. 맨발에 와 닿는 대리석 바닥이 차가웠다. 나는 방으로 뛰어들어가 문을 잠근 다음(나는 완전히 깨어 있었다) 식은땀을 쏟으며 침대 옆에 서 있는 자신을 발견했다. 쾅 하는 문소리가 여전히 귓가에 맴돌았다. 그러나 그것이 단순히 악몽이었다면 별일 아니겠지만, 그 메스꺼운 벌레들이 침대 주위를 기어다니고 슬그머니 바닥으로 떨어지는 모습에서 느꼈던 두려움은 그때까지도 여전했다. 그전까지 꿈이었다면 이번에는 말짱히 깨어 있는 상태로 나는 꿈의 공포에서 조금도 회복되지 못했다. 꿈을 꾼 것 같지가 않았다. 새벽녘까지 침대에 누울 엄두를 내지 못하고 앉았다 일어났다 하며 귓가에 전해지는 부스럭거림이나 움직임이 쐐기벌레가 다가오는 소리라고 생각했다. 집게발로 시멘트 바닥도 움켜쥘 정도이니 나무문이야 아이들 장난이나 다름없었다. 강철도 놈들을 막지는 못할 것이었다.

그러나 달콤하고 웅장한 하루가 시작되면서 공포는 사라졌다. 바람의 속삭임은 다시 상냥해졌으며 까닭 모를 공포는 그 정체가 무엇이든, 슬그머니 종적을 감추고 더 이상 나를 두렵게 만들지 않았다. 새벽은 무채색으로 다가왔다가 차츰 홍회색으로 바뀌었고, 이윽고 현란한 빛의 행렬이 창공에 펼쳐졌다.

별장에서 가장 마음에 드는 규칙은 누구든 원하는 시간과 장소에서 아침을 먹을 수 있다는 점이었다. 나는 발코니에서 아침을 먹고 점심 때까지 편지 따위를 썼으므로, 내가 집안 사람들을 만난 것은 점심 시간이었다. 사실은 조금 늦게 식당에 내려갔을 때 다른 세 사람은 이미 식사를 시작한 후였다. 내 자리의 칼과 포크 사이에 마분지로 만든 작은 상자가 놓여 있었고, 잉글리스는 자리에 앉는 내게 이렇게 말했다.

"그것 좀 보라고." 그는 말했다. "자네, 박물학에 관심 있잖아. 간밤에 내 침대 위를 기어다니던데 도대체 정체를 모르겠단 말씀이야."

나는 상자를 열기 전에 이미 그 안에 무엇이 들어있을지 짐작을 했던 것 같다. 어쨌든, 그 안에는 희끄무레한 노란빛에 이상한 혹과 종기가 뒤덮인 작은 쐐기벌레가 들어 있었다. 녀석은 아주 활달해서 상자 가장 자리를 여기저기 부산하게 돌아다녔다. 녀석의 다리는 이제까지 봐온 쐐기벌레의 그것과 달랐다. 게의 집게발과 비슷했다. 나는 들여다보다가 이내 상자 뚜껑을 다시 덮었다.

"글쎄, 나도 모르겠는걸." 나는 말했다. "좀 기분 나쁘게 생겼군. 이걸로 무얼 하려고?"

"음, 키워야지." 잉글리스가 말했다. "고치를 치기 시작했어.

어떤 종류의 나방이 되는지 보고 싶거든."

나는 다시 상자를 열고, 쐐기벌레가 부산히 움직이면서 실제로 누에고치를 치기 시작한 것을 확인했다. 그때 잉글리스가 말했다.

"다리도 재밌게 생겼잖아." 그는 말했다. "게의 집게발 같아. 게를 라틴어로 뭐라고 하지? 아, 맞아. 캔서(Cancer, 종양, 암이라는 뜻—옮긴이주). 그러고 보니 독특한데, 녀석한테 세례명이라도 붙여주자고. '캔서 잉글리센시스.'"

그때 뭔가 뇌리에 스쳤으며, 내가 봤거나 꿈을 꾼 모든 것이 불현듯 합쳐지는 느낌이었다. 잉글리스의 말이 내게 단서를 준 셈인데, 간밤의 강렬했던 공포가 방금 그가 한 말과 연결이 되는 것이었다. 그래서 나는 상자를 집어들어 창문 밖으로 던져버렸다. 창문 밖은 자갈길이었고, 그 너머 분수가 있었다. 상자는 분수 한복판에 떨어졌다.

잉글리스는 소리내어 웃었다.

"우리 신비학자께서는 분명한 사실을 싫어하신다니까." 그는 말했다. "내 불쌍한 쐐기벌레!"

이야기의 화제는 이내 다른 것으로 바뀌었다. 나는 신비적인 주제 혹은 쐐기벌레에 관한 이야기와 관련될 만한 모든 것을 기록했다고 스스로 확신하고자 이런 사소한 일들을 언급할 뿐이다. 그러나 분수 쪽으로 상자를 던진 순간, 나는 이성을 잃었다. 유일한 변명이 있다면, 당연한 얘기겠지만, 그 안의 작은 벌레와 빈 방의 침대에서 득시글거리던 것이 정확히 일치했기 때문이다. 그와 같은 환영(쐐기벌레들이 무엇으로 만들어졌든 간에)이 현실로 전이되는 과정은 간밤의 공포를 덜어줄지도 모르지만, 솔직히 내겐 아무 효력이 없었다. 기어다니는 피라미드처럼 빈 방의 침대를 뒤덮었던 그것들이 더욱 소름 끼칠 정도로 생생해졌을 뿐이다.

점심 식사 후, 우리는 정원 주변을 한두 시간 산책하다가 로지아에 앉아 쉬기도 했다. 스탠리와 내가 목욕을 할 생각으로, 내가 상자를 집어던진 분수를 향해 내려간 때가 오후 네 시경이었다. 물은 얕고 깨끗해서 흰색 바닥이 훤히 비쳤다. 물에 젖은 마분지는 찢겨져 상자의 모습을 잃고 그저 축축한 종잇조각으로 변해 있었다. 분수 한복판에는 큐피드 대리석상이 있었는데, 겨드랑이에 들려 있는 가죽 포대에서 물이 뿜어져 나왔다. 큐피드의 다리를 한참 기어오르고 있는 것은 쐐기벌레였다. 믿어지지 않을 만큼 기이한 일이었지만, 녀석은 산산이 부서진 감옥에서 살아남아 땅으로 가기 위해 여기저기 고치를 치며 움직이고 있었다.

그렇게 내가 지켜보는 동안, 간밤에 본 쐐기벌레처럼 녀석은 불현듯 나를 알아보고는 고치를 헤치고 큐피드의 대리석 다리를 내려온 뒤, 분수를 가로질러 나를 향해 뱀처럼 헤엄을 치기 시작했다. 기막히게 움직임이 빨랐고(쐐기벌레가 헤엄을 칠 수 있다는 걸 나는 처음 알았다), 어느새 녀석은 분수의 대리석 가장자리를 기어올랐다. 바로 그때 잉글리스가 나타났다.

"우와, 옛날의 '캔서 잉글리센시스'가 다시 납셨네." 그는 벌레를 바라보며 말했다. "뭐 그리 급한 일이 있다고!"

우리가 길에 나란히 서 있는 동안, 일 미터 남짓한 거리까지 다가온 쐐기벌레는 어디로 가야할지 갈피를 못 잡고 퍼덕거리기 시작했다. 그리고 마음을 정했는지 잉글리스의 구두에 기어올랐다.

"나를 제일 좋아하는군." 그는 말했다. "하지만 나는 마음에 안 들어. 이 녀석 떨어질 생각을 않잖아…" 그는 구두를 흔들어 쐐기벌레를 떨어뜨린 후 그대로 짓밟았다.

오후 내내 남쪽에서 올라오는 열풍과 함께 공기는 점점 무겁게 내려앉았고, 그날 밤 나는 몹시 졸린 기분으로 잠자리에 들었다. 그러나 잠 기운 속에서도, 말하자면 전보다 더 강렬한 의식이 있었는데, 집 안에 뭔가 이상이 있으며 위험스러운 뭔가가 임박한 것 같았다. 그러나 나는 이내 잠들었고 얼마쯤 지났을까 비몽사몽간에 깨어 곧장 일어서야 한다고, 안 그러면 때를 놓칠 거라는 느낌이 들었다. 비몽사몽간에 그대로 누운 채 그 두려움과 싸우는 동안, 열풍 때문에 신경이 곤두섰을 뿐이라고 타일러봤지만 그와 동시에 마음 한편에서는 매순간 지체함으로써 위험이 커지고 있다는 생각이 너무도 또렷하게 떠올랐다. 결국에는 위기감을 견딜 수 없어서 외투와 바지를 입고 계단참으로 나갔다. 너무 오래 꾸물거렸다는 생각이 들었고 실제로 이미 때가 늦어 있었다.

아래층 계단참 전체에서 쐐기벌레들이 득시글대며 기어다녔다. 어젯밤에 열려진 빈 방에서 응접실로 난 접이문이 지금은 닫혀 있었지만, 쐐기벌레들은 문틈으로 빠져나오거나 열쇠구멍을 통해 하나씩 떨어졌다. 줄처럼 늘어서서 지나가는 동안, 몸이 점점 커지고 혹이 다시 나타났다. 탐색을 하듯 몇 마리가 잉글리스의 방이 있는 맞은편 복도 쪽 계단에서 소리를 냈고, 또 어떤 것들은 내가 서 있는 계단을 기어오르고 있었다. 그러나 계단참은 쐐기벌레로 완전히 뒤덮인 상태였다. 나는 고립되었다. 내가 아무 말도 할 수 없다는 사실을 깨달았을 때는 싸늘한 공포가 엄습했다.

이윽고 대대적인 움직임이 시작되었는데, 쐐기벌레들은 잉글리스 방으로 향하는 계단에 점점 몰려들기 시작했다. 살덩어리의 오싹한 물결처럼 쐐기벌레는 조금씩 복도를 따라 나아갔고, 나는 맨 앞쪽의 희끄무레한 빛 덩어리가 잉글리스의 방문에 다다른 것을 보았다. 내 고함 소리를 듣고 방향을 돌려 내가 있는 계단을 오르지는 않을까 극도의 두려움이 일었지만, 나는 계속 소리를 질러 위험을 알리려고 애썼다. 그러나 있는 힘을 다해도 목구멍에서는 아무 소리도 나오지 않았다. 쐐기벌레들은 잉글리스 방문의 경첩 틈새를 따라 들어갔고, 나는 그 자리에 서서 그나마 기회가 있는 동안 그에게 도망가라고 소리치기 위해 부질없는 노력을 되풀이했다.

마침내 복도는 텅 비었다. 모두 사라져버렸고, 그 순간 맨발에 와 닿는 대리석 계단참의 냉기가 느껴졌다. 동쪽 하늘에서 막 먼동이 트기 시작했다.

그로부터 여섯 달 뒤에 나는 영국의 한 별장에서 스탠리 부인을 만났다. 서로 많은 이야기를 나누는 과정에서 마침내 그녀가 말했다.

"한 달 전 아서 잉글리스의 나쁜 소식을 접한 이후 당신을 못 본 것 같아요."

"저는 아무 소식도 못 들었는데요." 내가 말했다.

"그래요? 암에 걸렸대요. 회복될 희망이 없어서 수술도 못하나 봐요. 의사 말로는, 온몸에 암이 가득 찼대요."

그 여섯 달 동안, 나는 카스카나 별장에서 본 꿈(그것을 뭐라고 부르든)을 잊어본 날이 단 하루도 없었다.

"정말 안됐지 뭐예요?" 그녀는 계속 말했다. "자꾸 이런 생각이 들어요. 혹시…."

"별장에서 병에 걸렸나요?" 내가 물었다.

그녀는 깜짝 놀라 어리벙벙한 표정으로 나를 바라보았다.

"왜 그렇게 생각하죠?" 그녀가 물었다. "그걸 어떻게 알았어요?"

이윽고 그녀는 내게 말했다. 일 년 전에 그 빈 방에서 치명적인 종양이 발견되었다. 그녀는 물론 가장 좋은 충고를 받아들이고, 그 방에 누구도 들이지 않을 만큼 극도의 신중함을 발휘했을 뿐 아니라, 방을 철저히 소독하고 칠도 새로 했다. 그러나….

파리에서 오를레앙 거리를 따라가다 앙생트를 지나 오른쪽으로 들어서면 황량하고 매우 불쾌한 곳이 있다. 시간에 덧쌓인 거대한 먼지와 쓰레기 더미가 사방 곳곳에 쌓여 있다.

낮과 마찬가지로 밤에도 활력이 넘치는 파리에서 리볼리나 생토노레에 있는 호텔에 밤늦게 들어서거나 새벽에 나가는 여행객이라면, 몽루주에 가까워질수록 아직 가보지 않았다 하더라도 바퀴에 솥을 올려놓은 듯한 커다란 짐마차들이 어디에나 멈춰서 있는 이유를 짐작할 수 있다.

어느 도시든지 독특한 명물이 있기 마련이다. 파리에서 가장 유명한 명물 중 하나는 넝마주이다. 이른 아침이면 파리 토박이들은 아침 일찍 일과를 시작한다. 골목과 샛길 등 거의 모든 거리에서 몇 집 걸러 길 맞은편에, 뉴욕의 일부를 비롯해 미국의 몇몇 도시에서처럼 커다란 나무 상자가 놓여 있는데, 가정집이나 건물에서 전날 쌓인 쓰레기를 그 상자에 비운다. 상자를 순례하는 일과가 끝난 뒤, 추레하고 굶주린 표정의 남자와 여자들은 노동판과 목장이라는 새 목표지로 향한다. 그들은 조잡한 넝마나 바구니를 어깨에 짊어지고 작은 갈퀴로 쓰레기통을 꼼꼼히 뒤집어본다. 갈퀴를 써서 눈에 띄는 것은 무엇이든 바구니에 집어넣는데, 중국인이 젓가락을 능숙하게 사용하는 모습과 꼭 닮았다.

파리는 중앙 집중화된 도시이며, 집중화와 분류는 긴밀한 관련이 있다. 집중화가 기정 사실이 되기 전에 분류가 그 전조가 된다. 유사한 것들은 함께 묶이고, 묶인 것을 분류해서 묶음으로써 하나의 전체 혹은 구심점이 생긴다. 무수한 촉수가 달린 아주 기다란 팔이 사방으로 뻗어 있고, 그 한복판에 솟아 있는 거대한 머리는 높은 지능과 날카로운 눈으로 사방을 살피고, 민감한 귀를 쫑긋 세우며, 집어삼킬 듯 탐욕스러운 아가리를 벌리고 있다.

다른 도시들은, 식욕과 소화력이 보통 수준인 새와 짐승, 물고기를 닮았다. 파리만 유독 문어의 식욕과 소화력을 닮아 있다. 집중화의 결과는 귀납적이며, 아귀라고 말해도 될 정도다. 무엇보다 소화기관만큼은 아귀와 기막힐 정도로 닮아 있다.

파리에서 사흘 동안 요리사의 손맛을 경험해본, 지적인 관광

객들은 런던에서 육 실링 정도 하는 식사가 팔레루아얄의 카페에서는 삼 프랑이라는 사실에 당혹감을 느끼는 일이 잦다. 그러나 파리 시민이 분류에 있어서 이론적 전문가임을 감안하고, 넝마주이도 그들만의 독창성이 있다는 사실을 받아들인다면 더 이상 의구심은 들지 않을 것이다.

천팔백오십 년의 파리는 지금의 파리와는 달랐으며, 나폴레옹과 하우세망 남작 시절의 파리를 본 사람들은 사십오 년 전에 있던 것을 찾아내기 힘들 것이다.

그러나 쓰레기가 수거되는 지역들은 그나마 변화가 없는 편이다. 전 세계 어디서나 시대를 막론하고 쓰레기는 쓰레기이며, 쓰레기 더미의 종류도 역시 완벽할 정도로 비슷하다. 그러므로 몽루주 주변을 가본 여행객들은 힘들이지 않고 천팔백오십 년을 상상할 수 있다.

그해 나는 파리에서 장기 체류 중이었다. 나는 어느 아가씨와 열렬한 사랑에 빠져 있었다. 그녀도 내 열정을 받아들였지만, 부모의 요구에 못 이겨 결국에는 일 년 동안 나를 만나거나 편지를 않겠다고 맹세해야 했다. 나도 그녀 양친의 승낙이 있을지 모른다는 막연한 희망 속에서 그 조건을 받아들일 수밖에 없었다. 일 년의 유예 기간이 끝나기까지, 나는 마을에서 떠날 것이며 연인에게 결코 편지를 쓰지 않겠다고 약속했다.

정말 혹독한 시간이었다. 알리스의 소식을 전해줄 친지가 내게는 없었으며, 유감스럽게도 알리스 가족에게는 그녀가 건강하게 잘 지내고 있는지 내게 몇 마디 안부나마 전해줄 정도의 아량이 없었다. 나는 유럽을 떠돌며 여섯 달을 보냈지만 여행에서도 좀처럼 마음의 안정을 찾지 못한 채, 혹시 약조한 날이 오기 전에 운 좋게 부름이라도 받는다면, 런던에서 가까운 곳이 나을 것 같아 파리에 있기로 했다. '유예된 희망에 시름은 깊어간다'는 말이 내 경험에서만큼 극명하게 드러난 예도 없을 것이다. 사랑하는 연인을 보고픈 끝없는 갈망뿐 아니라, 알리스의 신뢰와 내 사랑으로 오랜 유예 기간을 견딘 후에도 행여 어떤 사고 때문에 그녀를 못 보는 것은 아닐까, 늘 노심초사해야 했다. 그래서 나의 모험에는 예측 불허의 가능성이 잠재해 있었고, 그 사실에서 나는 맹렬한 쾌락을 느꼈다.

여느 여행객처럼 처음 한 달 동안 파리에서 가장 흥미로운 장소들을 부지런히 섭렵했으며, 두 달째는 즐거움이 있는 곳이면 어디든 찾아다녔다. 잘 알려진 교외 지역을 숱하게 오가면서 적어도 여행 안내책자에 기록되지 않은, 미지의 땅들이 매혹적인 곳곳에 황무지로 남아 있음을 알게 되었다. 그래서 체계적으로 조사하기 시작했으며, 전날 들렀던 지점에서 다시 탐사를 이어가는 일이 나날이 거듭되었다.

그 과정에서 몽루주 인근에 다다랐는데, 그곳에서 탐험의 끝이자 백나일강(아프리카 북동부를 흐르는 나일강의 2대 지류 중 하나—옮긴이주) 인근처럼 거의 알려지지 않은 장소를 발견했다. 그때부터 넝마주이의 거주지와 그들의 삶, 생계 수단에 대해 깊숙이 파고들기로 마음먹었다.

그것은 고약한데다 쉽게 할 수 있는 일이 아니며, 적절한 보상을 기대하기도 어려웠다. 그러나 주변의 이성적이고 완고한 의견에도 불구하고, 나는 유용하고 가치 있는 어떤 연구에서보다 훨씬 더 집중력을 발휘하며 새로운 탐사에 몰입했다.

구월 말로 접어든 화창한 어느 오후, 나는 쓰레기 도시의 성지로 들어갔다. 길가에 쓰레기 더미 같은 것들이 늘어서 있는 걸로 봐서, 그곳은 무수한 넝마주이들의 거주지가 분명해 보였다. 보초병처럼 서 있는 쓰레기 더미 사이를 지나 좀더 깊숙이 들어서서, 쓰레기의 흔적을 좇아 막다른 지점까지 가보기로 했다.

그곳을 지나는 동안, 예기치 않은 이방인의 출현을 호기심 있게 지켜보며 무엇인가가 쓰레기 더미 뒤에서 이리저리 빠르게 움직이는 모습이 스쳤다. 그 지역은 작은 스위스 같았으며, 앞으로 걸어갈수록 지금까지 걸어온 길을 가늠할 수 없을 정도로 구불구불한 길이 이어졌다.

이윽고 넝마주이의 작은 도시 혹은 공동체 같은 곳으로 들어섰다. 판잣집과 오두막이 많았는데, 윗가지로 만든 벽에 진흙을 바르고, 마구간에도 쓰지 않는 거친 풀로 지붕을 얹은 조야한 마을, 예를 들어 앨런 습지처럼 외딴 곳에서나 접할 수 있는 광경이었다. 그런 곳에는 어떤 이유로든 들어갈 사람이 없을 것이며, 세심하게 그려진 수채화에서나 운치 있게 보일 만한 풍경이었다. 오두막 한가운데 아주 기묘하게 개조한 건물 하나가 눈에 띄었지만, 난생 처음 보는 것으로 사람이 사는 곳 같지 않았다. 거대한 옷장 아니면 찰스 7세나 헨리 2세의 내실 일부분이 주거용으로 개조된 것 같았다. 이중문이 열려져 있어서 내부가 훤히 비쳤다. 반쯤 열린 옷장 사이로 폭은 1미터 이상, 길이는 2미터 정도의 평범한 응접실이 보였고, 숯 화로를 둘러싸고 여섯 명 남짓의 늙은 병사들이 너덜너덜해진 제일공화국의 군복 차림으로 파이프 담배를 피우고 있었다. 그들은 분명 부랑자로, 흐릿한 눈과 힘없는 턱을 보면 틀림없이 압생트(아브신트쑥으로 만든 술의 일종으로 습관성 독성이 있다 - 옮긴이주)를 즐겨 먹는 것 같았다. 그들은 구제불능의 주정뱅이에게 전형적으로 나타나는 초췌하고 지친 눈빛과 술김에 격해질지 모르는 광포한 표정을 숨기고 있었다. 그들 맞은편에 낡은 선반 여섯 개가 중간까지 잘려나간 채 놓여 있는데, 넝마와 짚으로 만든 침대였다. 건물에서 여섯 명 정도의 사람들이 지나가는 나를 유심히 바라보았다.

내가 몇 발자국 걷다가 뒤돌아보자, 그들은 머리를 맞대고 뭔가 숙덕이고 있었다. 워낙 고즈넉한 곳인데다 그들의 모습이 몹시 험악하게 보였으므로 나는 기분이 좋지 않았다. 그러나 딱히 두려워할 이유가 없어 불모지 깊숙한 곳으로 계속 걸어갔다. 길은 반원형으로 아주 구불구불해져 점점 방향을 가늠하기가 어려워졌다.

쌓다만 쓰레기 더미에서 모퉁이를 돌았을 때, 누더기 옷을 입은 병사 한 명이 짚더미 위에 앉아 있었다.

"안녕하시오! 이곳이야말로 군대 분위기부터 일공화국의 모습 그대로군요."

내가 지나갈 때 늙은 남자는 고개를 들지 않았지만, 무신경하면서도 집요하게 땅바닥을 응시하고 있었다. 나는 또 말했다. "야만적인 전쟁이 어떤 결과를 가져왔는지 보십시오! 이곳의 노인들은 옛것에 관심이 많군요."

그러나 내가 몇 걸음 더 걷다가 불쑥 뒤돌아보았을 때, 늙은 군인이 고개를 들고 몹시 기묘한 표정으로 나를 바라보고 있었다. 그에게서도 호기심이 완전히 사라지지는 않은 모양이었다. 그 남자도 옷장 모양의 건물 안에 모여 있던 여섯 부랑자처럼 내게는 아주 이상하게 보였다. 내가 마주보자 그는 고개를 숙였다. 그 남자에 대해서는 곧 잊어버리고 길을 걷고 있는데 늙은 용사들은 묘하게 닮은 구석이 있다는 생각이 문득 떠올랐다.

곧이어 비슷한 차림을 한 노병이 또 나타났다. 그도 마찬가지로 내가 지나가는 동안은 나를 바라보지 않았다.

날이 점점 저물어 돌아가야겠단 생각이 들었다. 발길을 돌렸지만, 서로 다른 둔덕으로 이어진 무수한 길 중에서 어느 쪽으로 가야 할지 알 수 없었다. 당혹감을 느끼며 길을 묻기 위해 주변을 살폈지만 눈에 띄는 이가 없었다. 몇 개의 둔덕 사이를 더 지난 뒤 늙은 병사 말고 다른 사람이 있는지 알아보기로 했다.

이백 미터쯤 더 걸어갔을까, 마침 목표물을 찾을 수 있었다. 전에 본 것과 똑같은 판잣집 한 채가 나타났는데, 정면으로 휑하니 뚫려 있는 세 벽면 위에 지붕만 달랑 올려져 있어서 사람이 사는 곳이 아니라는 점이 달랐다. 주변을 둘러본 결과 집적소 같은 곳이라는 생각이 들었다. 그 안에 노령으로 주름지고 구부러진 노파 한 명이 있었다. 나는 길을 묻기 위해 노파에게 다가갔다. 그녀는 곧바로 내 말에 대꾸했다. 내가 보기엔 쓰레기 왕국 한복판인 그곳이야말로 파리 넝마주이의 역사가 모두 모여 있는 장소라는 생각이 들었다. 특히 그곳에서 가장 늙은 주민으로 보이는 그 노파 같은 이들에게서 얻어들을 수 있는 내용을 떠올리면 더욱 그랬다.

내가 이것저것 묻자, 노파는 매우 흥미로운 대답을 했다. 그녀는 혁명의 소용돌이에서 날마다 교수대를 지켜보았으며, 그 광폭함을 세상에 알린 여성 중에서도 특히 주도적인 역할을 한 인물이었다. 그녀가 불쑥 말했다. "이런, 신사분이 계속 서 있기 힘들 텐데." 그녀는 흔들거리는 낡은 의자의 먼지를 털어내고 내게 앉으라고 권했다. 여러 가지 이유에서 나는 그러고 싶지 않았다. 그러나 가엾은 노파가 퍽 친절하게 대해줘 청을 거절하면 마음이 상할까 걱정스러웠고, 무엇보다 그녀가 들려주는 바스티유 감옥 이야기가 하도 재미있어서 의자에 앉아 이야기를 계속 나눴다.

한참 이야기를 하는 동안, 늙은 남자(노파보다 더 구부러지고 주름이 많은)가 오두막 뒤에서 나타났다. "피에르라오." 노파가 말했다. "이제 신사분은 뭐든 원하는 얘기를 다 듣게 됐구려. 피에르는 바스티유에서 워털루까지 모르는 게 없으니까." 내 청으로 노인은 다른 의자에 앉았고, 우리는 그때부터 혁명의 추억담에 흠뻑 젖어들었다. 허수아비처럼 추레한 몰골이었지만, 노인도 여섯 명의 늙은 용사들과 다르지 않았다.

오두막 한복판에서 내 왼쪽에는 노파, 오른쪽에는 노인이 앉아 있었고, 그들 쪽에서 보면 약간 내 정면을 향하고 있었다. 그곳에는 온갖 기이한 잡동사니들이 가득했으며, 그 중 대부분은 내심 멀리 치워버리고 싶은 것들이었다. 한쪽 구석에 쌓여 있는 넝마 더미에는 숱한 병균들이 득시글대는 것 같았고, 다른 구석자리의 뼈 더미에서는 소름 끼치는 악취가 풍겼다. 여기저기 쌓여 있는 더미들을 흘깃거리며, 그곳에 가득한 쥐 떼의 번뜩이는 눈동자를 볼 수 있었다. 구역질나는 쥐 떼만으로도 기가 막혔지만, 놋쇠 손잡이가 달려 있고 군데군데 핏자국이 엉켜 있는 푸주한의 낡은 도끼가 오른쪽 벽면에 세워져 있는 모습은 더욱 섬뜩했다. 그러나 크게 걱정스럽지는 않았다. 두 노인의 이야기가 너무도 흥미진진한 터라 어스름이 깔리고 쓰레기 더미 사이에 짙은 그림자가 드리워질 때까지 나는 마냥 앉아서 귀를 기울였다.

얼마 후 조금씩 꺼림칙한 느낌이 들기 시작했는데, 딱히 이유를 설명할 수는 없어도 어딘지 마뜩하지 않았다. 꺼림칙함은 본능이었고, 경고를 의미했다. 사람의 심리적인 능력은 종종 지적인 능력의 파수꾼 역할을 하는 법이다. 의식적인 작용은 아닐지언정, 심리적인 경고가 있은 후에 이성이 움직이기 시작한다.

내게도 그런 과정이 일어났다. 내가 지금 어디에 있는지, 주변에 무엇이 있는지 신경이 쓰였고, 만약 공격을 받는다면 어찌될 것인지 가늠해보았다. 그리고 분명한 이유가 없음에도 불현듯 위험에 빠졌다는 생각이 들었다. 내 안에서 신중함이 이렇게 속살거렸다. '가만 있어. 아무런 내색도 하지 마.' 나는 네 개의 교활한 눈동자가 나를 살피고 있음을 알고 가만히 앉아 아무 내색도 하지 않았다. '네 개의 눈동자, 아니 더 많을지도 모르지.' 이런, 얼마나 오싹한 생각인가! 오두막의 세 벽면이 악한들로 에워싸여 있다니! 나는 오십 년간의 혁명이 만들어낸 무법자 무리 한복판에 들어와 있는지도 몰랐다.

위기감 때문에 두뇌 회전과 관찰력이 날카로워졌으며, 원치 않을 정도로 점점 더 주의를 경계하고 있었다. 노파의 눈이 계속해서 내 손을 흘깃거렸다. 나도 내 손을 바라보다 그 까닭을 알게 되었다. 반지였다. 나는 왼쪽 새끼손가락에 가락지를, 오른쪽에는 다이아몬드 반지를 끼고 있었다.

어떤 위험이 도사리고 있든, 가장 신경 써야 할 일은 내가 전혀 모르는 척하는 것이었다. 그래서 그곳에 쌓여 있는 잡동사니와 쓰레기를 수집하는 일로 화제를 옮겼고, 자연스럽게 보석 얘기도 꺼낼 수 있었다. 기회를 틈타 보석에 대해 아는 것이 있냐고 노파에게 물었다. 노파는 조금 안다고 대답했다. 나는 오른손을 내밀어 다이아몬드를 보여주면서 이것이 무엇인지 아느냐고 물었다. 그녀는 눈이 침침하다며 내 손을 향해 몸을 잔뜩 웅크렸다. 나는 짐짓 아무렇지 않게 말했다. "이런, 제가 실례를 했군요! 이렇게 하면 더 잘 볼 수 있겠지요!" 나는 반지를 빼서 그녀에게 건넸다. 반지를 만지작거리는 동안 주름진 노파의 얼굴에 사악한 빛이 스쳤다. 나를 재빨리 힐끔거리는 눈빛은 섬광처럼 날카로웠다.

그녀가 잠시 고개를 숙이고 반지를 살펴보느라 얼굴이 보이지 않았다. 노인은 오두막 정면을 똑바로 응시하면서 주머니를 뒤적이더니 담배 쌈지와 파이프를 꺼냈다. 나는 잠시나마 탐색하는 눈길에서 벗어나 땅거미에 어둠침침해진 오두막 안을 조심스레 살펴보았다. 온갖 악취를 풍기며 쓰레기 더미가 사방에 쌓여 있었다. 오싹한 핏자국과 함께 오른쪽 벽면에는 도끼가 기대져 있고, 어둠 속에서도 사방에서 불길하게 번뜩이는 쥐새끼들의 눈알이 여전했다. 땅에 가까운 뒤쪽 판자의 틈바구니에도 쥐들이 스쳤다. 아니 잠깐! 판자 틈새에서 나타난 눈동자는 특히 크고 빛이 났으며 불길했다!

순간 심장이 그대로 멈추고 정신이 마비되는 것처럼 극한 혼란에 빠져드는 것 같았다. 육체는 한 번 무너지면 다시는 회복될 수 없을 정도로 간신히 지탱되고 있는 상황이었다. 잠시 후 나는 침착해져 있었다. 사력을 다해 온전히 간직해온 통제력과 감각과 본능적인 경계심을 모두 동원한 끝에 싸늘할 정도로 침착해졌던 것이다.

이제 내가 처해 있는 위험을 완전히 꿰뚫을 수 있었다. 나는 탐욕스러운 사람들에 둘러싸여 감시를 당하고 있었던 것이다! 습격의 순간을 기다리며 오두막 뒤편 땅바닥에 얼마나 많은 무리가 모여 있는지 어림짐작조차 할 수 없었다. 내가 건장한 체구라는 것을 그들도 알고 있었다. 영국인이고 맞서 싸울 거라는 사실도 알고 있었다. 결국 우리는 서로를 기다리고 있는 셈이었다. 내가 위험을 감지하고 상황을 이해했으므로 마지막 승산은 내게 있었다. 지금은 용기와 인내를 시험받는 중이라고 생각됐다. 싸움 능력은 아마 나중에 시험받게 될 터이다!

노파는 고개를 들고 흡족한 표정으로 말했다.

"아주 근사한 반지구려. 정말 아름다운 반지야! 정말! 나도 한때는 그런 반지와 팔찌, 귀걸이가 많았지! 아! 그때는 나도 마을 무도회에서 날렸던 몸인데! 그런데 지금은 모두 나를 잊었겠지! 나를 기억 못하겠지! 그 사람들? 그럼, 내 소식을 전혀 모를 거라우! 어쩌면 할아버지 세대 중에서 나를 기억하는 사람이 있을지도 모르지!"

노파는 쉰 목소리로 낄낄거렸다. 그녀가 반지를 내게 돌려주는 태도에서 깊은 비애와 예스러운 우아함이 느껴져서 나는 뜻밖이라고 말할 뻔했다.

그런데 노인이 의자에서 반쯤 일어서며 갑자기 험악해진 눈빛으로 노파를 바라보다가 퉁명스럽게 내게 말했다.

"나도 좀 봅시다!"

그에게 반지를 건네주려는데 노파가 말했다.

"안 돼요! 안 돼, 피에르에게 주지 말아요! 피에르는 괴팍한 사람이라우. 물건들, 아름다운 반지까지 죄다 잃어버리거든!"

"못된 할망구 같으니!" 노인이 매정하게 말했다. 갑자기 노파는 필요 이상 큰 소리로 말했다.

"기다려요! 반지 얘기를 해주리다." 그녀의 목소리가 신경에 거슬렸다. 내가 흥분해서 신경이 극도로 예민한 탓도 있겠지만, 나한테 말하는 것 같이 안 느껴졌기 때문이다. 슬그머니 주변을 둘러보며 뼈 더미에서 쥐 떼의 눈빛을 보았지만, 뒤쪽 판자 틈새에 있던 눈빛은 사라지고 없었다. 그러나 그쪽을 바라보는 동안 눈빛이 다시 나타났다. 노파의 '기다려요!'라는 말이 공격을 중지시켰는지, 판자 벽 너머의 무리는 약간 편안한 상태로 물러나 있었다.

"일전에 반지를 잃어버렸지. 아름다운 다이아몬드 반지였는데… 한땐 왕비 거였는데 어느 소작농이 지세(地稅)를 대신해 내게 주었다우. 나중에 내가 그 소작농을 멀리 쫓아버려, 그 사람은 자살하고 말았어. 나는 그 반지를 훔친 것이라고 단정했고, 소작농들을 다그쳤다우. 하지만 단서가 나오지 않았어. 반지가 하수구에 있을지 모른다고 경찰이 말하더군. 내 아름다운 반지를 두고 경찰관이 하는 말을 믿지 않았지. 난 멋진 옷을 차려입고 그들과 함께 하수관까지 동행했다우. 그날 이후 하수구와 쥐 떼에 대해 더 많은 것을 알게 됐지! 그러나 횃불에 스치는 이글거리는 눈동자와 사방을 벽처럼 에워싸고 있는 놈들…. 그곳의 끔찍함은 죽어도 잊지 못하겠지. 그렇게 우리 집 지하로 들어갔다우. 하수관의 출구를 찾다가 오물 더미 속에서 내 반지를 발견한 뒤 밖으로 나왔지.

하지만 밖으로 나오기 전에 뭔가 다른 게 눈에 띄었다우! 쥐 떼가 우글거리는 하수관 입구 쪽으로 다가가는데, 몇몇이 우리를 향해 오더군. 사람들은 경찰에게 말하기를, 그들 중 한 명이 하수관에 내려갔다가 돌아오지 않았다는 거야. 그러니까 우리보다 바로 앞서 하수관에 들어왔으니까 길을 잃었다고 해도 그리 멀리 가지는 않았을 거라는 얘기였어. 그들은 동료를 함께 찾아보자고 부탁했고, 우리는 발길을 돌렸다우. 사람들은 더 이상 들어오지 말라고 극구 말렸지만, 나는 끝까지 함께 가겠다고 고집을 부렸지. 새로운 흥밋거리인데다, 이미 반지까지 찾았으니까. 멀리 가지 않아서 뭔가 나타났어. 물이 조금 고여 있는 하수관 바닥에 벽돌과 쓰레기 따위가 쌓여 있더군. 실종자는 횃불이 꺼진 뒤에도 방향을 잡느라 애쓴 흔적이 역력했다우. 하지만 헤치고 나가기엔 장애물이 너무 많았어! 놈들이 그 사람 주변에 오래 있지도 않았고! 뼈가 아직도 따뜻했거든. 하지만 아주 깨끗하게 발라먹었더군. 놈들은 죽은 동료까지 먹어치웠는지, 실종자의 뼈

외에도 쥐 뼈가 사방에 널려 있었어. 사람들은 동료를 구하기 위해 그곳에 들어왔는데도 동료의 시체와 쥐의 뼈를 태연히 바라보며 농담까지 했다우. 흥! 삶과 죽음, 그게 과연 중요한 문제일까?"

"그럼 할머니는 전혀 두렵지 않았단 말씀인가요?" 내가 물었다.

"무서웠지!" 그녀는 크게 웃으며 말했다. "내가 두려웠냐고? 피에르에게 물어보슈! 하지만 그때는 젊었고, 탐욕스러운 눈동자로 둘러싸인 오싹한 하수관을 빠져나올 때 나는 횃불의 불빛이 닿는 곳에서만 움직였지만 기분 좋을 리 없었지. 그래도 줄곧 앞장서서 갔지! 그게 내 식이었으니까! 내가 원한 건, 기회와 수단이었어! 놈들은 뼈만 남겨놓고 남자를 먹어치웠어. 누구도 예상치 못한 일이었고, 비명 소리조차 듣지 못했지!"

갑자기 노파는 섬뜩한 흥겨움에 빠져 발작적으로 낄낄거렸는데, 내 평생 그런 모습과 웃음소리는 처음이었다. 위대한 여류 시인이라면 아마 여장부의 노래를 제대로 묘사할 수 있으리라. "오! 그녀의 노래를 보고 들어라! 그것이 신성한 노래인지 나는 모르네."

신성함을 제외한다면 내가 그 쪼그랑할멈에게 느끼는 감정이 그와 비슷했다. 잔악하고 만족스러운 듯 비정한 웃음, 아니면 교활한 히죽거림, 마법의 가면처럼 헤벌려진 오싹한 입가, 물컹한 잇몸 속에서 누렇게 빛나는 몇 개의 치아, 솔직히 나는 무엇이 가장 끔찍한 것인지조차 분간하기 어려웠다. 웃음과 히죽거림, 흡족한 낄낄거림은 나를 죽일 준비가 이미 끝났으며, 살인자들은 적당한 시간을 기다리고 있을 뿐이라는 의미로 내게 전해졌다. 섬뜩한 이야기의 행간에서 동료들에게 전해지는 노파의 명령을 읽어낼 수 있었다.

"아직이야." 그녀는 그렇게 말하는 것 같았다. "때를 기다려. 내가 제일 먼저 일격을 가한다. 내가 쓸 만한 무기를 가져오라고. 기회를 엿보고 있으니까! 이자는 도망갈 수 없어! 가만히 놔두기만 하면 세상 모를 걸. 비명도 없을 거야. 쥐들이 알아서 제 일을 할 테니까!"

날이 점점 저물어 밤이 오고 있었다. 오두막 안을 슬며시 둘러보았지만, 여전히 달라진 것은 없었다! 구석 벽면에 세워진 피 묻은 도끼, 오물 더미, 뼈 더미와 바닥 틈새에서 번뜩이는 눈동자.

피에르는 무표정하게 파이프에 담배를 채우고 있었다. 그는 파이프에 불을 붙이고 한 모금 내뿜었다. 노파가 말했다.

"어머나, 벌써 날이 어두워졌네! 피에르, 젊은이 등잔에 불 좀 켜시지!"

피에르는 일어서서 오두막 입구 한쪽에 걸려 있는 등잔 심지에 성냥불을 붙였다. 집 안 전체에 불빛이 드리워졌다. 밤에 분류 작업을 할 때 등잔불을 사용하는 것이 분명했다.

"아냐, 이 멍청아! 그것 말고! 각등이라니까!"

노파는 그에게 소리를 질렀다.

그는 곧바로 등잔불을 끄면서 말했다.

"알았어요, 어머니. 찾아볼게요."

그가 왼쪽 구석자리로 서둘러 가는 동안, 노파의 목소리가 어둠을 갈랐다.

"각등! 각등 말이다! 오! 우리 같은 가난뱅이들에게 가장 유용한 게 그거 아니겠어. 각등은 혁명의 친구였어! 넝마주이의 친구였다고! 모든 게 부족해도 각등만은 우리를 도왔으니까." 온 집 안에 삐거덕거리는 소리와 함께 무엇인가 지붕 위에서 끊임없이 움직이는 소리가 들려오자, 그녀는 제대로 말을 잇지 못했다.

또 한 번 나는 그녀의 말에 숨겨진 의미를 눈치챘다. 각등의 교훈 말이다.

"우리가 집 안에서 실패할 경우, 지붕에서 올가미를 들고 대기하다가 놈이 빠져나갈 때 목 졸라 죽이도록."

밖을 내다보자, 으스스한 밤하늘에 검은 밧줄 올가미가 보였다. 이제 분명히 알 수 있었다. 나는 포위당했다!

피에르가 각등을 찾는 데는 시간이 많이 걸리지 않았다. 나는 어둠 속에서 노파를 예의주시하고 있었다. 피에르가 각등에 불을 붙이는 순간, 노파의 옆에서 기묘하게 생긴 물체가 솟구쳤다가 이내 그녀의 옷자락 속으로 사라지는 것이 보였다. 길고 예리한 칼 아니면 단도였다. 푸주한이 칼을 갈 때 사용하는 쇠막대 같았다.

각등에 불이 들어왔다.

"이리로 가져와, 피에르." 그녀는 말했다. "우리가 볼 수 있게 문간에 놔두거라. 어쩜, 정말 근사하구나! 어둠에서 벗어날 수 있으니, 딱이지!"

그녀와 그녀의 목적에 딱이었다! 불빛은 내 얼굴을 훤히 비추는 반면, 내게서 양쪽으로 약간 떨어져 앉은 피에르와 노파의 얼굴은 어둠 속에 남았다.

때가 임박했음이 느껴졌다. 일단 오른쪽 구석에 있는 푸주한의 도끼를 움켜잡고 밖으로 나가야 했다. 적어도 순순히 죽지는 않을 셈이다. 나는 도끼의 위치를 가늠하면서 단번에 움켜잡을 생각이었다. 시간과 정확성이 관건이다.

이럴 수가! 도끼가 사라졌다! 공포가 엄습했다. 내게 벌어진 끔찍한 일이 알려진다면, 알리스가 얼마나 괴로워할지, 그것이 무엇보다 가슴 아팠다. 그녀는 내게 배신을 당했다고 여기거나

(세상의 어떤 연인 혹은 한 번이라도 연인이었던 사람들은 그것이 얼마나 참담한 생각인지 상상이 갈 것이다), 나를 잃은 후에도 오랫동안 사랑을 간직함으로써 절망과 낙담에 찢기고 비탄에 젖을 것이다. 극단의 공포에 휩싸인 채, 나는 섬뜩한 음모자들의 위치를 간신히 살폈다.

내 생각은 틀리지 않았다. 고양이가 쥐를 대하듯 노파는 나를 바라보고 있었다. 그녀의 옷자락 속에 숨겨진 오른손에 무시무시한 단도가 움켜져 있음을 나는 알았다. 내가 낙담한 표정을 보인다면, 그 순간을 노려 그녀는 암호랑이처럼 무방비 상태인 나를 덮칠 것이다.

바깥의 어둠을 살피다가 나는 새로운 위협을 발견했다. 오두막 주변에 음침한 형체들이 있었다. 그들은 꼼짝 않고 있었지만 잔뜩 경계 태세를 취한 채 망을 보고 있음이 분명했다.

또 한 번 나는 주위를 은밀히 살폈다. 극도의 흥분과 위험의 순간에서 인간의 정신은 대단히 예민해지고, 그에 따라 감각도 날카로워지는 법이다. 나는 몸소 그것을 체험했다. 순식간에 나는 모든 상황을 간파했다. 도끼는 썩은 판자에 난 작은 구멍 속으로 치워져 있었다. 판자가 얼마나 삭았는지 도끼가 움직이는 소리조차 나지 않았다.

오두막 자체가 살인 올가미였으며, 사방에 보초가 서 있었다.

내가 노파의 단도를 피해 달아날 경우를 대비해 누군가 지붕 위에서 올가미를 들고 숨죽이고 있었다. 정면에는 수도 헤아릴 수 없는 감시자들이 포진한 상태였다. 그리고 뒤쪽에 웅크린 부랑자들의 눈빛이 여전히 판자 틈새로 번뜩였다. 내가 마지막으로 그들을 보았을 때, 그들은 신호를 기다리며 벌떡 일어설 채비를 하고 있었다. 그들이 기다려온 시간, 바로 지금이었다!

나는 최대한 태연하게 의자에서 약간 몸을 비틀면서 오른발의 보폭을 충분히 벌여놓았다. 그리고 두 손으로 머리를 방어한 자세로 옛 기사들의 호전성을 되살리며 의자에서 벌떡 뛰어올랐다. 연인의 이름을 지그시 억누르며 나는 오두막 뒷벽으로 몸을 날렸다. 줄곧 나를 지켜보던 피에르와 노파는 갑작스러운 내 움직임에 깜짝 놀랐다. 내가 썩은 목재를 향해 돌진하는 동안, 노파는 호랑이처럼 일어서서 격분의 숨결을 토하고 있었다. 발밑에 꿈틀거리는 것을 훌쩍 뛰어넘고 보니 그것은 오두막 밖에 웅크리고 있던 사람의 얼굴이었다. 못과 쪼개진 판자에 긁힌 것 외에 큰 상처는 입지 않았다. 나는 단숨에 정면의 둔덕으로 뛰어올랐고, 그동안 오두막이 무너지듯 둔중한 울림이 들려왔다.

악몽의 절정이었다. 둔덕은 낮았지만 몹시 가팔라서 발길을 옮길 때마다 오물과 쇠찌기에 살이 찢기고, 발은 자꾸만 미끄러졌다. 먼지가 일어 숨을 쉴 수 없었다. 역겹고 고약했다. 하지만 나는 목숨을 걸고 둔덕을 올랐다. 일 초가 한 시간 같았다. 젊은 혈기에서 사력을 다한 것이 내게 유리하게 작용했다. 소음보다 더 끔찍한 침묵 속에서 몇몇 형체가 내 뒤를 따라왔지만, 나는 이윽고 둔덕 정상에 올랐다. 그때부터 나는 베수비오 화산의 원뿔을 오른 셈이며, 유황 냄새 한복판에서 가파른 절벽과 사투를 벌인, 그 끔찍한 몽루주에서의 밤은 너무도 생생한 기억으로 지금도 나를 질식시킬 것만 같다.

그 쓰레기 둔덕은 인근에서도 가장 높은 것 중 하나였고, 숨을 헐떡이며 큰 쇠망치처럼 쿵쾅거리는 가슴으로 정상까지 버둥거리는 동안, 나는 왼쪽 멀리서 희미하게 일렁이는 붉은빛 하늘을 보았다. 가까워질수록 섬광이 일렁였다. 천운이었다! 나는 드디어 파리로 향하는 도로 위에 있음을 깨달았다!

이삼 초 정도 멈춰 서서 뒤를 돌아보았다. 추격자들은 꽤 멀리 떨어져 있었지만, 여전히 단호하고 끔찍한 침묵 속에서 다가오고 있었다. 그 너머에 부서진 오두막이 보였다. 목재 더미와 함께 움직이는 형체들이 있었다. 진작부터 타오른 불길 속에서 나는 똑똑히 볼 수 있었다. 넝마와 짚에 각등의 불이 옮겨붙은 게 분명했다. 여전히 그곳은 침묵뿐이었다! 소리가 없었다! 늙은 부랑자들은 어쨌든 장렬한 죽음을 맞고 있었다.

내려갈 준비를 하며 둔덕 주변을 둘러보니 사방에서 몇 개의 검은 그림자가 나를 앞지르기 위해 달려오고 있어서 더 이상 지켜볼 여유가 없었다. 목숨을 건 경주였다. 그들은 파리 방면 도로에 있는 내게 돌진해왔고, 나는 순간적인 본능에 따라 오른쪽으로 뛰어내려갔다. 그러나 몇 걸음 못 가서 급한 경사가 나타났고, 그와 동시에 경계심 가득히 나를 지켜보던 노인들이 돌아섰다. 내가 정면에 보이는 둔덕 사이의 공터를 향해 달려갈 때, 노인 중한 명이 소름 끼치는 푸주한의 도끼를 내게 휘둘렀다. 아마 그런 무기는 세상에 둘도 없으리라!

곧이어 숨막히는 추격이 시작되었다. 나는 노인들을 쉽게 따돌렸고, 나중에 젊은이와 여자 몇 명까지 합류했을 때에도 거리를 좁히지 않았다. 그러나 길을 몰랐다. 점점 멀어지는 별빛을 길잡이로 삼기도 어려웠다. 특별한 목적 때문인지는 몰라도, 사냥꾼들은 늘 왼쪽으로 방향을 잡는다는 말을 어디선가 들은 적이 있는데, 그때가 바로 그런 상황이었다. 그래서 추격자들이 사람이기보다는 동물에 가까우며, 교활함이나 본능을 통해 숨겨진 길을 찾아낸다는 생각이 들었다. 한 차례 전력 질주한 뒤 한숨을 돌리려는데, 갑자기 앞에 있는 오른쪽 둔덕 뒤쪽에서 두세 개의 형체가 기민하게 스쳤다.

나는 이제 거미줄에 걸린 셈이었다! 그러나 새로운 위기가 닥치자 나는 쫓기는 자의 기지를 발휘해 오른쪽으로 질주했다. 그쪽으로 몇백 미터를 달리다가 다시 왼쪽으로 방향을 틀었고, 어 쨌든 포위당할 위험에서는 벗어났다는 생각이 들었다.

그러나 집요하고 거침없이, 음산한 침묵 속에서 내 뒤를 쫓아 오는 한 떼의 추격자들에게서 벗어난 것은 아니었다.

밤이 깊어질수록 점점 형체들이 부풀어오르는 느낌이었지만, 짙어진 어둠 속에서 둔덕들은 오히려 전보다 작아 보였다. 추격 자들과의 거리를 상당히 벌려 놓은 상태에서 나는 앞에 있는 둔 덕을 오르기 시작했다.

기쁨, 기쁨이었다! 나는 쓰레기 더미로 이루어진 지옥의 끝자 락에 가까워지고 있었다. 뒤쪽의 아득한 창공에 파리의 붉은 빛 이 몽마르트 너머에 솟구쳐 있었다. 희미한 빛이었지만, 군데군 데 별처럼 눈부셨다.

잠시 기력을 되찾은 다음, 나는 점점 작아지는 나머지 몇 개의 둔덕으로 뛰어올랐다. 이윽고 둔덕 너머의 평지가 나타났다. 그 러나 그때까지도 낙관할 수 있는 상황은 아니었다. 앞에는 어둠 과 황량함만 펼쳐져 있었으며, 나는 거대 도시의 인근 곳곳에서 발견되는 저지대의 축축한 쓰레기 매립지 중 하나에 들어선 것 이 틀림없었다. 덩어리진 유해한 오물들만 자리를 차지하고 있 을 뿐, 그 황량한 땅은 가장 비속한 부랑자들마저 원치 않는 공간 이었다. 시야가 어둠에 익숙해지고 끔찍한 쓰레기 둔덕의 그림자에서 벗어나자, 방금 전보다 수월하게 사물을 분간할 수 있었다. 물론 수 킬로미터 떨어진 파리의 불빛이 그곳까지 드리워졌기 때문이기도 했다. 어쨌든 얼마쯤 떨어진 주변까지 정확히 알아볼 만큼은 되었다.

삭막하고 평평한 매립지 곳곳에서 검은 웅덩이가 음침하게 빛났다. 오른쪽으로 아득히 먼 곳, 흩어진 불빛 사이로 몽루주 요새가 검은 형체로 솟아 있었으며, 멀리 왼쪽에는 주택 창문에서 새어나온 불빛들이 점점이 창공으로 흩어져 그곳이 비세트르임을 말해주었다. 나는 잠깐 생각에 잠겼다가 오른쪽으로 방향을 잡고 몽루주로 가기로 마음먹었다. 그편이 안전할 것 같았고, 조금만 가면 익숙한 교차로가 나올 거라는 생각이 들었다. 그곳에서 멀지 않은 지점에 도시 외곽으로 연결된 도로가 있을 터였다.

그때 나는 뒤돌아보았다. 둔덕 너머, 검은 윤곽으로 이어진 파리의 지평선을 등지고, 몇 개의 형체가 움직였다. 게다가 오른쪽에서 더 많은 무리가 나와 내가 목표로 삼은 곳 사이로 이동하고 있었다. 중간에 나를 가로막을 의도가 분명했으므로 내가 취할수 있는 선택이 많지 않았다. 곧장 앞으로 갈 것인가, 아니면 왼쪽으로 돌아갈 것인가. 추격자의 시야에서 벗어나기 위해 최대한 몸을 낮추고 조심스레 앞쪽을 살폈지만 적의 움직임은 보이지 않았다. 그들이 그쪽에 보초를 세우지 않았는지, 아니면 그런

척 속이는 것인지 알 수 없었지만, 어차피 위험은 예정되어 있었다. 나는 정면으로 난 길을 선택했다.

처음부터 꺼림칙하기는 했으나, 길을 갈수록 실제로 좋지 않은 상황이 뚜렷해졌다. 땅은 물컹거리고 질척거렸으며, 이따금 발밑에 메스꺼운 느낌이 스쳐갔다. 주변의 지세가 내가 있는 곳보다 높은 것으로 봐서 내리막길이며, 뒤쪽 멀지 않은 곳에 음침한 평지가 있는 듯했다. 주위를 살폈지만 추격자의 모습은 보이지 않았다. 마치 환한 대낮처럼 어둠 속에서도 거침없이 나를 뒤쫓아온 것을 떠올리면 이상한 일이었다. 나는 밝은 색 트위드 양복을 입고 나온 것을 얼마나 후회했는지 모른다. 적을 볼 수 없는 침묵 속에서 그들은 여전히 나를 지켜보고 있다는 오싹함이 들면서, 그 끔찍한 추격자 외에 다른 사람이 들어주기를 바라며 몇 차례 소리를 질러 보았다. 아무 소리도 들려오지 않았다. 메아리마저 없었다. 한동안 멍하니 서서 한쪽 방향을 물끄러미 바라보았다. 주변의 곳곳에서 무엇인가 꼬리를 물고 움직이고 있었다. 왼쪽 방향에서 나를 향해 똑바로 다가오는 것 같았다.

나는 뜀박질로 또 한 번 적을 따돌릴 수 있다고 생각하고, 있는 힘껏 앞으로 달려나갔다.

철퍼덕!

끈적끈적한 오물 덩어리에 발이 걸리는 바람에 악취 나는 웅덩이에 곤두박질치고 말았다. 형용할 수 없을 정도로 더럽고 역겨운 진흙탕 속에 팔꿈치까지 잠겼고, 넘어지면서 불결한 것을 삼켰는지 숨이 막히고 답답했다. 허연 안개가 유령처럼 에워싸고, 역겨운 악취가 진동하는 웅덩이에서 일어서기 위해 숨가쁘게 발버둥쳤던 그 순간을 결코 잊을 수 없을 것이다. 쫓기는 동물이 점점 다가오는 추격의 무리 앞에서 뼈아픈 절망에 휩싸이듯, 내가 무력하게 서 있는 동안 검은 형체들이 기민하게 나를 에워싸는 최악의 상황이 벌어졌다.

오싹하고 절박한 요구에 생각이 집중된 상황에서도 인간의 정신은 얼마나 엉뚱해지는지 정말 기이한 노릇이다. 목숨이 경각에 달린 상황이었다. 내 행동과 앞으로 취하게 될 대안에 따라 생사가 걸려 있었다. 그런데도 노인들이 왜 그토록 집요하게 나를 뒤쫓아오는지 궁금해졌다. 말없는 단호함, 흔들림 없이 엄숙한 그들의 고집에 나는 대의명분과 두려움, 심지어 존경심까지 느끼고 있었다. 그들은 젊음의 혈기를 그대로 간직하고 있었다. 그제야 나는 아르콜라 다리를 휩쓴 소용돌이와 워털루에서 들려온 나폴레옹 친위대의 경멸에 찬 절규를 이해하게 되었다. 그런 위급한 순간에도 무의식적인 대뇌의 활동은 그 자체로 즐거움을 맛보고 있었다. 그러나 다행히도 대뇌의 쾌락은 행동을 취해야 한다는 절박한 생각과 마찰을 빚지는 않았다.

내가 목적을 포기하기 전까지는 상대방도 완전히 승리한 것은 아니었다. 그들은 삼면에서 나를 에워싸는 데 성공하고 왼쪽으로 나를 몰기 시작했다. 그곳에 지키고 선 자가 아무도 없는 것으로 봐서, 오히려 커다란 위험이 도사리고 있음이 분명해졌다. 나는 차선책을 택하고, 이 경우는 홉슨의 선택이었으므로 무조건 달리기 시작했다(17세기세기 영국에서 홉슨이라는 사람이 말을 빌려주는 일을 하면서 손님에게 선택권을 주지 않고 마구간에 있는 말을 차례대로 내준 것에서 비롯된 말로, 선택의 여지가 없는 경우를 이른다−옮긴이주).

추격자들은 나보다 높은 곳에 있었으므로 나는 최대한 몸을 낮추었다. 질척이고 험한 길에서 넘어지지 않으려고 애를 써야 했지만, 나는 대각선 방향으로 달리며 그들의 접근을 막았을 뿐 아니라 간격을 벌여놓기 시작했다. 그래서 더욱 힘이 났고, 땅바닥에 익숙해지면서 두 번째 질주가 예고되었다. 앞쪽의 지세가 약간 높았다. 비탈을 급히 오르자, 눈앞에 축축한 쓰레기 더미와 그 너머로 수로 혹은 둑처럼 생긴 검고 음침한 형체가 나타났다. 수로까지만 안전하게 갈 수 있다면, 땅바닥이 단단해지고 적당한 길이 나타나 지금보다는 수월하게 곤경에서 벗어날 수 있을 것 같았다. 좌우를 살펴 접근하는 이가 없음을 확인한 뒤, 진창을 제대로 건너갈 수 있을지 한동안 생각에 잠겼다. 힘겹고 고달픈 일이었지만, 고생스럽다는 것 외에 위험은 거의 없었다. 그리고 얼마 후 수로에 닿을 수 있었다. 나는 기운차게 비탈을 올라갔지만, 또다시 새로운 충격과 마주치고 말았다. 양쪽에 웅크린 형체들이 무수히 늘어서 있었다. 오른쪽과 왼쪽에서 그들은 나를 향해 돌진해왔다. 모두 밧줄을 들고 있었다.

포위선이 거의 완성되었다. 나는 어느 쪽으로도 빠져나갈 수 없었으며, 최후의 순간이 다가와 있었다.

유일하게 남은 방법, 나는 그것을 선택했다. 수로 위로 몸을 던짐으로써 적의 손아귀에서 벗어나 물 속으로 뛰어든 것이다.

여느 때 같았으면 물이 더럽고 역겹다고 생각했겠지만, 지금은 목마른 여행객을 환영해주는 가장 맑은 물이었다. 안전한 고속도로였다!

추격자들은 나를 따라 물 속으로 뛰어들었다. 한 명만 밧줄을 들고 있었다면, 내가 물살을 가르기 전에 나를 옭아맸을 것이다. 그러나 많은 사람이 밧줄을 들고 있어서 서로 망설이고 멈칫했으며, 밧줄이 첨벙 물 위로 던져졌을 때는 이미 내가 멀리 달아난 후였다. 몇 분 동안 힘껏 헤엄치며 수로를 건넜다. 탈출에 성공했다는 자신감과 집중력을 회복한 뒤, 나는 꽤 유쾌한 기분으로 수로의 둑을 기어올랐다.

둑 위에서 뒤돌아보았다. 어둠을 뚫고 수로에서 오르락내리

락하는 적들이 보였다. 추적은 아직 끝나지 않았으며, 나는 또 한 번 선택의 기로에 서야 했다. 내가 서 있는 둑 너머는 방금 지나온 쓰레기 매립지처럼 황량한 늪지대였다. 나는 그곳을 피하고 싶었으므로, 둑을 따라 올라갈지 내려갈지 잠시 골몰했다. 문득 소리가 들려온 것 같았다. 나지막이 노 젓는 소리, 나는 귀 기울이다가 소리쳤다.

아무 대답 없이 노 젓는 소리가 그쳤다. 어쩌면 추격자들이 배까지 동원한 것인지 몰랐다. 그들이 둑 위쪽으로 올라서는 모습을 보고 둑 아래로 달리기 시작했다. 내가 물 속에 뛰어들었던 지점을 왼쪽으로 지나치는 순간, 몇 차례에 걸쳐 첨벙거리는 소리가 들려왔다. 마치 쥐 한 마리가 물 속에 뛰어들 듯 부드럽고 은밀하면서도 아주 요란한 소리였다. 내가 지켜보는 동안 몇 개의 머리가 앞장서서 물살을 가르며 음산하게 번뜩였다. 이미 적들 중 상당수가 수로를 헤엄쳐 오고 있었다.

뒤쪽, 상류에서 노 젓는 소리가 침묵을 깨뜨렸다. 적들은 한창 추적에 열이 오른 상태였다. 나는 필사적으로 달렸다. 일이 분쯤 지나 뒤를 돌아보자, 흩어진 구름 사이로 비친 달빛 아래 몇몇 형체가 둑을 오르고 있었다. 바람이 일었고, 옆쪽 수로의 물결이 작은 파도로 둑에 부딪혔다. 자칫 넘어지기라도 하면 곧장 저승행이라 앞을 똑바로 주시해야 했다. 둑 위에 올라선 형체는 몇 안 되었지만, 매립지의 질척이는 땅을 건너오는 자들은 상당히 많았다.

또 어떤 위험이 도사리고 있을지 짐작조차 할 수 없었다. 달리는 동안, 길이 조금씩 오른쪽으로 비스듬히 이어지는 것 같았다. 고개를 들어 멀리 앞쪽을 살펴보니, 전에 비해 강이 훨씬 넓어져 있었는데, 꽤 멀리까지 펼쳐져 있는 둑길 너머 또 다른 물결이 일렁였고 몇 개의 형체가 지금 그 늪지를 건너오고 있었다. 나는 섬에 갇힌 꼴이었다.

적들이 양쪽에서 점점 좁혀왔으므로 상황은 정말 나빴다. 내가 막다른 길에 들어섰음을 눈치챘는지, 뒤쪽에서 노 젓는 소리가 급해졌다. 주위는 황량함만 가득했다. 시선이 미치는 곳에는 지붕도 불빛도 보이지 않았다. 오른쪽 멀리 검은 형체가 솟아 있었지만, 그것이 무엇인지 알 길이 없었다. 추격자가 점점 다가오는 형편이었으므로, 나는 어찌해야 할지 잠시 생각에 잠겼다. 결정했다. 나는 둑을 내려가 물 속으로 뛰어들었다. 내가 섬이라고 생각한 지점에서 역류를 헤치고 나간다면, 조류에 몸을 맡길 수 있다는 계산이었다. 구름이 달을 가리고 사위가 어둠에 빠지기를 기다렸다. 이윽고 나는 모자를 벗어 조심스럽게 물에 띄운 뒤, 곧바로 오른쪽으로 물 속 깊숙이 잠수했다. 삼십 초 정도 잠수했다가 슬며시 물 위로 머리를 내밀고 뒤를 돌아보았다. 연한 갈색

모자는 유유히 멀어져 있었다. 모자 바로 뒤에서 삐거덕거리는 낡은 배 한 척이 맹렬히 노를 저으며 다가왔다. 구름은 아직 달을 완전히 지나가지 않았지만, 살짝 드러난 달빛 아래 누군가 뱃머리에서 금방이라도 내려칠 듯 눈에 익은 끔찍한 도끼 자루를 높이 치켜들고 있었다. 배는 점점 가까이 다가왔고, 남자는 포악스럽게 도끼를 휘둘렀다. 모자가 사라졌다. 남자는 배에서 떨어질 듯 앞으로 몸을 쭉 뺐다. 동료들이 그를 부축하는 동안, 나는 온 힘을 다해 둑 멀리까지 헤엄쳤다. "죽일 놈!" 살기 어린 중얼거림과 함께 어리둥절한 추격자들의 분노가 전해졌다.

그것은 섬뜩한 추격 과정에서 처음으로 들려온 사람의 목소리로 위협과 위험이 가득했지만, 덕분에 줄곧 숨막히고 소름 끼치던 침묵이 깨졌으므로 내게는 오히려 환영 인사나 다름없었다. 적들이 유령이 아니라 인간이라는 분명한 증거이자, 혼자서 다수를 상대하고는 있지만 적어도 인간으로서 운수를 시험해볼 여지는 있을 것 같았다.

그러나 일단 침묵의 마법이 깨진 것을 계기로 갑자기 요란한 소리들이 들려오기 시작했다. 배에서 강둑으로, 다시 강둑에서 배로 질문과 답이 빠르게 오갔으며, 한결같이 사나운 속삭임들이었다. 나는 그때 뒤를 돌아봄으로써 돌이킬 수 없는 실수를 저지른 셈이다. 그 순간 누군가 검은 물 위에 허옇게 드러난 내 얼굴을 발견하고 소리를 질렀던 것이다. 몇 개의 손이 나를 가리켰고, 잠시 뒤 항해중인 배 한 척이 나를 맹렬히 뒤쫓기 시작했다. 내가 간신히 앞으로 나아가는 동안, 배는 점점 더 속력을 내며 거리를 좁혀왔다. 몇 번만 힘껏 물살을 가르면 뭍에 닿을 것 같았지만, 시시각각 다가오는 배의 노 혹은 다른 무기에 부딪혀 머리가 박살날지 모른다는 생각이 들었다. 좀 전에 무시무시한 도끼 자루가 물 속으로 날아드는 모습을 보지 않았다면, 아마 뭍으로 올라가지 못했을 것이다. 나는 목숨과 자유를 위해 초인적인 힘을 발휘하여 간신히 둑으로 뛰어오를 수 있었다. 곧바로 뭍에 도착한 배에서 몇 개의 검은 형체가 나를 따라 뛰어올라 일 초도 허비할 여유가 없었다. 나는 둑 위에 올라 또다시 왼쪽으로 달리기 시작했다. 배는 하류를 따라 추격을 재개했다. 배가 움직이는 방향을 보다가 위기감을 느낀 나는 재빨리 몸을 돌려 반대편 강둑으로 내려갔다. 늪지대를 지나자 이내 황량하고 탁 트인 평지로 접어들었고, 나는 속력을 높였다.

여전히 냉혹한 추격자들이 등 뒤에 있었다. 멀리 앞쪽에 시커먼 형체가 서 있었지만, 전에 비해 가까운 거리였고 크기도 훨씬 컸다. 비세트르 요새가 분명하다는 생각에 나는 짜릿한 희열을 느끼고, 다시 용기를 내어 질주를 계속했다. 파리의 방어 요새마다 전략 도로가 연결되어 있다는 말을 어디선가 들은 적이 있는

데, 깊숙이 파놓은 도로를 따라 군인들이 적들의 눈을 피해 진군한다고 했다. 그 길에 접어들면 안전할 것이므로, 나는 어둠 속에서 그 길을 찾겠다는 맹목적인 희망으로 무조건 달리고 있었다.

얼마 후 움푹 파인 가장자리에 다다랐는데, 발밑에 양쪽으로 높은 수벽이 쌓여진 도랑이 곧장 펼쳐져 있었다.

점점 숨이 차고 현기증이 났지만 계속 달렸다. 도랑 길은 갈수록 험악해서 비틀거리다 넘어지고 다시 일어나기를 수없이 되풀이하면서도 쫓기고 있다는 두려움 속에서 무작정 달려야 했다. 알리스가 떠오르자 다시 괴로워졌다. 주저앉아 그녀의 삶을 비참하게 만들고 싶지 않았다. 살기 위해 최후까지 처절하게 싸울 생각이었다. 나는 모진 노력으로 방호벽 위로 올라섰다. 퓨마처럼 벽을 기어오르는 동안, 손과 발이 구분이 안 될 정도로 사력을 다했다. 올라선 곳은 인도처럼 보이는 길이었고, 앞에 희미한 불빛이 아른거렸다. 눈앞이 캄캄하고 어지러워서 여전히 비틀거리며 쓰러졌고, 먼지와 피범벅이 된 몸을 일으켜 세웠다.

"어이, 정지!"

천국에서처럼 목소리가 들려왔다. 환한 불빛이 내 온몸을 휘감자, 나는 기쁨에 겨워 소리쳤다.

"거기 누구요?" 눈앞에서 소총이 번쩍였다. 뒤에서 맹렬한 추격자 무리가 다가오고 있었지만, 나는 본능적으로 멈춰 섰다.

출입문 쪽에서 나를 향해 몇 마디 말이 튀어나왔고, 보초병이 모습을 나타냈을 때 불그스름한 푸른빛이 쏟아졌다. 사방이 눈부셨고, 쇠의 번뜩임과 무기들이 철그렁거리는 소리와 함께 거칠고 요란한 명령이 이어졌다. 완전히 녹초가 된 내가 앞으로 쓰러지려는 순간 군인이 붙잡았다. 나는 두려운 마음에 뒤를 돌아보았는데, 검은 형체들은 보이지 않았다. 그 순간 나는 기절했던 것 같다. 정신을 차리고 보니 초소였다. 군인들이 주는 브랜디를 마시고 나서야 지금까지 벌어진 일을 겨우 말할 수 있었다. 그때 파리 경찰국 총경이 불쑥 안으로 들어왔다. 그는 내 이야기에 귀를 기울인 뒤, 잠깐 장교와 뭔가를 의논했다. 모두 의논에 동의했는지, 그들은 함께 가겠냐고 물었다.

"어디로 말입니까?" 나는 자리에서 일어서며 물었다.

"쓰레기 더미로 다시 갑시다. 이번엔 꼭 놈들을 잡아야겠소!"

"해보죠!" 나는 말했다.

총경은 잠시 매서운 눈초리로 나를 바라보다 불쑥 말했다.

"영국 젊은이, 잠시, 아니면 내일까지 기다리고 싶소?" 그 말은 어딘지 의도적으로 느껴져서 나는 펄쩍 뛰어올랐다.

"지금 당장 갑시다! 당장! 당장 말입니다! 영국인은 늘 의무를 다할 준비가 되어 있으니까요!"

총경은 영리하면서도 선량한 인물이었다. 그는 친근하게 내 어깨를 두드렸다.

"용감한 분이군요! 결례를 용서하시오. 하지만 댁이 진심으로 원하는 것이 무엇인지 알고 싶었소. 출동 준비는 끝났으니 갑시다!"

곧장 초소를 통과한 우리는 둥근 천장으로 길게 늘어진 복도를 따라 바깥의 어둠 속으로 나왔다. 몇몇 군인이 고성능 랜턴을 들고 대기하고 있었다. 공터를 지나 야트막하게 경사진 통로를 빠져나가자, 도망쳐왔던 도랑길이 나타났다. 구보 명령에 따라 군인들은 빠른 걸음으로 신속하게 진군하기 시작했다. 쫓기는 자에서 쫓는 자로 바뀐 상황에서 새로운 힘이 솟구침을 느꼈다. 얼마 후 강을 가로질러 낮게 드리워진 부교가 나타났는데, 내가 봤을 때보다 위치가 약간 높아져 있었다. 밧줄이 전부 끊어지고 체인 중 하나가 부서진 것으로 봐서, 누군가 부교를 망가뜨리려고 한 것이 분명했다.

"제때에 왔군! 조그만 늦었어도 다리를 끊어놓았을 거야. 소리 없이 신속하게, 앞으로 전진!" 우리는 계속 진군했다. 구불구불한 물줄기 위로 놓여 있는 부교 하나가 또 나타났다. 우리가 다리 위에 올라섰을 때, 다리를 파괴하려는 공작이 다시 시작되었는지 공허한 금속성의 소리가 들려왔다. 명령이 떨어지자 군인 몇몇이 소총을 겨누었다.

"발사!" 일제히 사격이 시작되었다. 억눌린 비명 소리에 이어 검은 형체들이 흩어졌다. 그러나 한발 늦은 셈이어서 부교의 끝 자락이 물 속에서 흔들리고 있었다. 진군을 지체할 만큼 심각한 상황이었고, 밧줄을 다시 매고 다리를 복구하는 데 한 시간 가까 이 걸렸다.

우리는 다시 추격을 시작했다. 점점 빠르게 쓰레기 더미에 다 가갔다.

얼마쯤 지났을까. 눈에 익은 장소가 나타났다. 불을 지핀 흔적 이 남아 있었다. 타다 남은 몇 개의 숯에서 아직까지 붉은 불꽃이 보였지만, 잿더미는 차가웠다. 내가 그 오두막 너머 언덕을 질주 하는 동안, 쥐 떼의 눈동자들이 인광처럼 빛을 발했던 기억이 떠 올랐다. 총경이 장교에게 몇 마디 건넨 뒤 소리쳤다.

"정지!"

군인들에게 주변에 흩어져 경계 태세를 갖추라는 명령이 떨 어졌고, 우리는 주변의 잔해를 조사했다. 총경은 그을린 판자와 쓰레기를 치우기 시작했다. 군인들이 그것을 한쪽으로 쌓아놓았 다. 갑자기 그가 움찔하며 뒤로 물러서더니 다시 상체를 수그리 며 내게 손짓했다.

"여길 보시오!" 그가 말했다.

소름 돋는 광경이었다. 여자로 보이는 해골 하나가 엎어진 자세로 널브러져 있었다. 거친 뼈마디를 보아 노파인 듯했다. 푸주한의 날카로운 칼로 만든 기다란 대못 같은 단도가 해골의 갈비뼈 사이를 관통해 등뼈까지 박혀 있었다.

"봐서 아시겠지만," 총경은 장교와 내게 말하면서 수첩을 꺼내들었다. "저 여자는 자신이 들고 있는 칼 위로 넘어진 겁니다. 주변에 쥐 떼가 우글거리고 있소. 뼈 무덤마다 놈들의 눈알이 번뜩이고 있잖소." 그가 해골에 손을 대자 나는 몸서리쳤다. "보이는 것처럼, 순식간에 해치운 것 같소. 해골에 아직 온기가 남아 있어요!"

살았든 죽었든 주변에는 더 이상 인기척이 없었다. 군인들은 다시 대오를 갖추고 진군을 시작했다. 얼마 후 우리는 낡은 옷장으로 만든 오두막에 다다랐다. 그곳으로 다가갔다. 대여섯 개의 칸막이마다 노인들이 잠들어 있었다. 그들은 랜턴 불빛에도 깨지 않을 만큼 곤히 잠든 상태였다. 흉흉하게 늙은 잿빛의 머리칼, 깡마르고 쭈글쭈글한 구릿빛 얼굴, 허연 콧수염이 불빛에 드러났다.

장교가 엄하고 우렁찬 목소리로 명령을 내리자, 순식간에 자리에서 일어난 노인들이 앞으로 나와 '차려' 자세를 취했다.

"여기서 뭘 하는 거요?"

"잠자고 있습니다." 누군가 대답했다.

"다른 넝마주이는 어디에 있소?" 총경이 물었다.

"일하러 갔습니다."

"그럼 당신들은?"

"우리는 보초를 서는 중입니다."

"골칫거리들!" 장교는 노인들의 얼굴을 하나씩 바라보며 험악하게 웃었다. 그는 의도적으로 차갑고 잔인한 말투로 덧붙였다. "보초를 서면서 잠을 잔다고! 늙은 보초병은 다 그런 식인가? 그러니 워털루가 그 꼴이 났지!"

나는 랜턴 불빛에서 노인들의 굳은 얼굴이 오싹할 만큼 창백해지는 모습을 보며 몸서리쳤다. 그동안 장교의 냉소를 닮은 병사들의 비웃음 소리가 메아리치고 있었다.

나는 순간적으로 복수를 당할지 모른다고 생각했다.

잠시 동안 노인들이 비웃음을 참지 못하고 덤빌 듯한 기세였지만, 오랜 삶에서 배운 대로 그들은 침착함을 유지했다.

"다섯뿐이잖소." 총경이 말했다. "나머지 한 명은 어딨소?"

누군가 킬킬대며 대답했다.

"저기 있습니다!" 노인이 옷장 바닥을 가리키며 말했다. "어젯밤에 죽었습니다. 자세히 들여다보지 않는 편이 나을 겁니다. 원래 쥐들은 시체를 빨리 해치우니까요!"

총경은 몸을 수그리고 바닥을 살폈다. 그는 장교를 향해 덤덤하게 말했다.

"돌아가는 게 좋겠소. 지금은 아무 단서도 찾을 수 없소. 당신 부하들이 이 남자에게 총상을 입혔다는 것밖에는! 흔적을 없애기 위해 이자들이 죽였을 거요. 보시오!" 그는 다시 상체를 구부리고 해골에 손을 갖다댔다. "쥐 떼가 일을 빨리 끝냈어요. 수도 아주 많은 것 같소. 뼈가 아직 따뜻하니까!"

나는 몸서리쳤다. 주변의 군인들도 마찬가지였다.

"군대 정렬!" 장교가 소리쳤다. 결박한 노인들을 중간에 에워싸고 흔들리는 랜턴을 앞세운 채, 우리는 쓰레기 더미를 벗어나 비세트리 요새로 돌아왔다.

오래 전에 유예기간은 끝났고, 알리스는 나의 아내가 되어 있다. 그러나 그 일 년 중에서 가장 생생한 사건이 벌어졌던 시간을 떠올릴 때마다 '쓰레기 도시'를 방문했던 기억이 되살아나곤 한다.

오를라

Le Horla by Guy de Maupassant

오월 팔일. 얼마나 아름다운 날인가! 나는 커다란 질경이 나무가 그늘을 드리운, 집 앞 잔디밭에 누워 아침나절을 보냈다. 나는 그 마을을 좋아했다. 조상이 대대로 태어나고 죽은 대지에서 그들의 전통, 관습과 음식, 토속적인 표현과 농부들 특유의 언어, 흙 내음과 마을의 분위기까지 사랑하며 깊은 뿌리에 얽혀 살아갈 수 있는 삶이 흡족했다.

내가 자란 집도 마음에 들었다. 창가에서 보이는 센강은 정원 옆을 흘러 길 맞은편에서 내 땅을 거의 가로지르듯 지나갔다. 넓어진 강줄기가 루앙과 르아르로 흘러드는 센강 여기저기에 보트가 가득하다.

멀리 아래편 왼쪽으로, 인파로 붐비는 루앙에는 뾰족한 고딕풍 첨탑 아래 옹기종기 푸른 지붕들이 놓여 있다. 대성당의 첨탑 아래 운집한 섬세하고 널찍한 지붕들은 그 수를 헤아릴 수 없으며, 화창한 아침이면 푸른 공기 가득히 달콤하고 아늑한 종소리가 전해오는데, 바람이 거세졌다가 잦아지듯 금속성의 뎅그렁거림은 시시각각 강해졌다가 약해졌다.

얼마나 화창한 아침인가! 열한 시경 비행기처럼 커다란 증기 예인선에 이끌려 보트들이 길게 늘어섰다. 예인선은 자욱한 연기를 내뿜을 동안은 뱃고동 소리를 참으며 우리 집 대문 앞을 지나갔다.

붉은 깃발이 휘날리는 두 척의 영국 스쿠너를 따라 브라질의 웅장한 삼대선(돛대를 세 개 세운 배 - 옮긴이주)이 나타났다. 완벽할 정도로 희고 기막힐 정도로 깨끗하고 눈부셨다. 그 모습에서 큰 즐거움을 느꼈다는 것 외에 까닭 없이 나는 그 배를 향해 경의를 표했다.

오월 십이일. 며칠 동안 미열에 시달렸지만, 몸이 안 좋다는 느낌보다 우울증이 더 했다.

우리의 행복을 좌절시키고 자신감을 빼앗는 미지의 힘은 어디서 오는 걸까? 혹자는 보이지 않는 공기 속에 우리가 견뎌야 할 미지의 신비한 힘들이 가득하다고 말할지도 모르겠다. 나는 진심으로 노래하고픈 최고의 기분으로 깨어났다. 왜일까? 물가로 내려가 잠시 걷다가 돌연 마음이 비참해져 집에 돌아왔다. 마치 집에서 불행이 기다리고 있기나 한 것처럼. 왜일까? 살갗을 스치는 차가운 전율에 불쾌해지고 발작적인 우울증에 사로잡힌 걸까? 구름의 모양 혹은 하늘의 색조, 또는 주변 사물의 색깔들이 너무도 변화무쌍하게 눈앞을 스쳐가서 마음이 심란해진 걸까? 그걸 누가 알까? 우리를 둘러싼 모든 것, 보지 않을 수 없는 것, 무심결에 만지는 것, 느낌 없이 다루는 것, 특별한 혐오 없이 접하는 것, 그 모든 것이 돌연하고 놀랍도록 우리와 우리의 신체 장기에 불가해한 영향을 미치고, 그 과정을 거쳐 우리의 생각과 존재 자체에도 영향을 주는 것이다.

보이지 않는 신비는 얼마나 심오한가! 우리의 초라한 감각으로는 그 깊이를 측정할 수 없다. 그것이 아주 작든 거대하든, 가까이 있든 멀리 있든 우리의 눈으로는 볼 수 없다. 우리는 어느 별에 누가 사는지, 한 방울의 물 속에 무엇이 들었는지도 볼 수 없다. 공기의 진동으로 소리가 전해지지만 귀는 늘 우리를 기만한다. 요정처럼 감각은 움직임을 소음으로 바꾸는 기적을 행하며, 그 변성은 음악의 동인이 되어 자연의 소리 없는 동요를 화음으로 만든다. 개보다 못한 우리의 후각도 마찬가지며, 포도주의 숙성 기간마저 분간하기 어려운 우리의 미각도 그렇다.

아! 기적을 행하는 다른 기관만 우리에게 있었던들, 주변에서 얼마나 숱한 새로움이 발견될 것인가!

오월 십육일. 나는 분명 병들었다! 지난달에는 얼마나 행복했던가! 지금 지독한 고열에 시달리고 있는데, 몸뚱이처럼 마음을 괴롭히는 지독한 쇠약 상태에 더 가까운 듯하다. 끊임없이 나를 위협하는 끔찍한 위기감과 재앙 혹은 죽음이 다가오고 있다는 불안감, 살과 피 속에 숨어든 정체불명의 질병이 언제라도 공격해올 거라는 필연적인 예감에 사로잡혀 있다.

오월 십칠일. 도무지 잠을 잘 수 없어 방금 의사의 진찰을 받고 돌아왔다. 맥박이 빠르고 동공이 팽창해 있으며 신경이 극도로 긴장된 상태지만 특별히 위험한 증상은 없단다. 샤워를 하고 진정제를 먹어야 했다.

오월 이십오일. 차도가 없다! 내 상태는 매우 독특하다. 저녁이 가까워질수록 까닭 모를 불안감이 엄습한다. 나를 향한 섬뜩한 위협은 밤에 숨겨져 있는 듯하다. 나는 서둘러 저녁 식사를 마치고 책을 읽으려고 애쓰지만 의미를 놓치고 글자마저 분간하기 어렵다. 결국 잠들기가 두렵고 침대가 두려운, 거부할 수 없는 혼돈의 두려움에 사로잡혀 응접실 안에서 왔다갔다하고 있었다.

열 시쯤, 방으로 올라갔다. 방에 들어서자마자 문을 잠그고 빗장을 질렀다. 나는 두려웠다…. 무엇을 두려워하는 거지? 지금까지 나는 대상 없는 공포에 사로잡혀 있다. 찬장을 열어보고 침대

밑도 살펴보았다. 귀 기울였다…. 무엇을 듣고자 하는가? 불안, 방해받거나 고양된 감정, 신경계의 동요, 약간의 과잉, 우리 육체의 불완전하면서도 섬세한 기능을 가로막는 사소한 장애에도 지극히 명랑했던 사람이 우울해지고, 용감한 사람이 비겁해지는가? 침대로 돌아간 나는 처형을 기다리는 사형수처럼 잠이 오기를 기다린다. 소름 끼치는 기분으로 잠이 오기를 기다리며 심장과 사지를 벌벌 떨다가, 자살하기 위해 더러운 웅덩이에 몸을 던진 사람처럼 부지불식간에 잠들 때까지 나는 따뜻한 이불 속에서 온몸을 떤다. 여느 때처럼 배반의 잠은 순식간에 나를 뒤덮지만, 잠은 가까이서 나를 지켜보며 머리를 사로잡고 눈을 감기어 나를 굴복시킨다.

오랫동안, 아마 두세 시간 정도 잠에 빠져 있으면 꿈, 아니 악몽이 나를 사로잡는다. 나는 침대에서 잠들어 있음을 느낀다. 그것을 느끼고 그것을 알고 있다. 그리고 누군가 다가와 나를 바라보고 만지다가 침대에 올라서서 내 가슴을 무릎으로 짓누르고 두 손으로 내 목을…. 나를 죽이려고 온 힘을 다해 내 목을 조른다.

꿈속에서 옴짝달싹 못하게 만드는 끔찍한 무력감에 사로잡혀 나는 몸부림친다. 비명을 지르고 싶지만 그럴 수 없다. 움직이고 싶지만 그럴 수 없다. 사력을 다해 나를 짓누르고 목을 조르는 그 존재를 물리치고 싶지만…. 그럴 수 없다!

그리고 땀에 흥건히 젖은 몸을 떨며 불현듯 잠에서 깨어난다. 촛불을 켜고 혼자임을 확인한다. 매일 밤 벌어지는 그 위기의 순간을 넘기면 이윽고 잠에 빠져 아침까지 푹 잔다.

유월 이일. 상태가 악화되었다. 내게 무슨 문제가 생긴 걸까? 진정제는 아무 도움이 되지 못하고 목욕도 전혀 효과가 없다. 이따금씩 충분히 지쳐 있음에도 일부러 몸을 피곤하게 만드느라 루마르 숲으로 산책을 나간다. 처음에는 청량한 햇빛과 부드러운 공기, 허브와 나뭇잎의 깨끗한 냄새가 혈관에 새 생명을 주입하고 심장에 활력을 나누어주는 느낌이 든다. 어느 날 나는 숲에서 큰길 쪽으로 접어든 다음, 비좁은 샛길을 따라 라부유를 향해 갔다. 샛길은 두 줄로 늘어선 거목들이 거무스름한 초록빛 지붕처럼 하늘을 뒤덮고 있었다.

차가운 전율이 아닌 격한 고통의 전율이 돌연 나를 훑고 지나자, 숲속에 나 혼자뿐이라는 사실에 불편해졌고 깊은 고독감에 까닭 없이 엉뚱한 두려움을 느껴 걸음을 재촉했다. 갑자기 누군가 닿을 정도로 아주 가까이에서 뒤쫓고 있다는 생각이 들었다.

불시에 휙 돌아봤지만 아무도 없었다. 거목이 줄지어선 큰길의 오싹하리만큼 텅 빈 공간 외에 뒤에는 아무것도 보이지 않았다. 곧게 펼쳐진 길이 멀리 사라지는 끝자락도 역시 섬뜩했다. 나는 눈을 감았다. 왜일까? 곧이어 다시 돌아서기 위해 한쪽 발을 재빨리 옮겼다. 거의 넘어질 뻔하다가 눈을 떴다. 나무가 빙빙 돌고 땅이 솟구쳤다. 저절로 주저앉혀졌다. 그때 '아!' 하는 생각이 들었다. 내가 어쩌다 이곳에 온 거지! 얼마나 기이한 일인가! 얼마나 기이하고 기이한 일인가! 조금도 생각이 나지 않았다. 나는 오른쪽으로 방향을 꺾고, 숲 한복판으로 펼쳐진 길로 다시 들어섰다.

유월 삼일. 끔찍한 밤을 보냈다. 여행을 하면 분명 나아질 테니 몇 주 동안 다녀와야겠다.

칠월 이일. 완쾌되어 돌아왔을 뿐 아니라, 여행은 정말 즐거웠다. 난생 처음으로 몽생미셸에 다녀왔다.

나처럼 해질 무렵 아브랑슈에 도착한 사람들이라면 그 광경을 잊을 수 없을 것이다. 마을은 언덕 위에 있었으며, 마을 끝에 있는 평원까지 갔다. 탄성을 질렀다. 눈앞에 펼쳐진 아주 거대한 만(灣)은 시야가 닿는 곳까지 언덕 사이를 줄달음치다 안개 속에서 사라졌다. 그리고 그 거대한 황색의 만 한복판에 깨끗한 황금빛 하늘을 이고 독특한 언덕 하나가 솟구쳐 있었다. 모래 한가운데 있는 음침한 언덕은 꼭대기가 날카로웠다. 어느새 해가 지고, 여전히 붉게 물든 하늘 아래 아름다운 기념탑처럼 기암괴석의 윤곽이 드러났다.

다음 날 새벽, 그곳에 갔다. 전날 밤처럼 물결이 잠잠했고, 가까이 다가갈수록 우뚝 솟구쳐 있는 대성당의 아름다운 자태가 또렷해졌다. 몇 시간을 걸은 끝에, 나는 대성당 아래에 있는 작은 마을을 지탱하고 있는 거대한 암석에 다다랐다. 가파르고 비좁은 길을 올라간 뒤, 지구상에서 가장 아름다우며 마을만큼이나 커다란 고딕풍 건물에 들어섰다. 돔형 지붕에 파묻히듯 낮게 웅크린 방들이 가득했고, 섬세한 기둥으로 받쳐진 장엄한 회랑들이 즐비했다.

나는 거대한 화강암 장식이 레이스 조각처럼 밝게 빛나는 곳으로 들어갔다. 그곳을 뒤덮듯 탑과 나선형 계단이 있는 섬세한 종루가 많았다. 키메라, 악마, 환상의 동물, 기괴한 꽃과 한데 어우러져 기묘하게 솟아 있는 부벽은, 하나같이 정교한 아치로 새겨져 낮이면 푸른 하늘, 밤이면 검은 하늘과 조화를 이루었다.

정상에 이르렀을 때, 나는 동행한 수도사에게 말했다.

"이런 곳에 계시니 얼마나 행복하십니까!"

수도사가 대답했다.

"바람이 몹시 거셉니다, 선생."

높아진 물결이 모래 위를 달리며 철갑 무늬를 새겨 넣는 동안 우리는 담소를 나누었다.

그때 수도사는 그곳에 얽힌 오랜 이야기를 전부 말해주었다.

전설, 그것은 전설일 뿐이다.

그 중 하나가 강렬한 인상을 주었다. 산간 마을 사람들은 밤마다 사막에서 이야기 소리가 끝없이 들려온다고 주장했단다. 또한 염소 두 마리의 울음소리도 들리는데, 한 마리는 강하게, 다른 한 마리는 약하게 운다고 했다. 의심 많은 마을 사람들이 주장하기를, 그것은 간혹 염소 울음소리를 닮고 간혹 인간의 한숨 소리를 닮은 바닷새의 울음일 뿐이라고 했다. 그러나 인근의 어부들은, 항상 망토로 머리를 감싼 늙은 양치기 하나가 썰물과 밀물 사이에 모래 위를 거닐며 세상 끝에 있는 그 작은 마을을 한바퀴 돌곤 한다고 단언했다. 그들의 말에 따르면, 양치기는 남자 얼굴을 한 숫염소와 여자 얼굴을 한 암염소(머리칼은 둘 다 흰색)를 이끌며 기이한 말로 끝없이 지껄이는데, 그들이 한목소리로 울 때는 갑자기 말을 멈춘다는 것이다.

"그 말을 믿으세요?"

나는 수도사에게 물었다.

"글쎄요, 잘 모르겠어요."

그는 대답했다. 나는 계속 말했다.

"지구에 우리 말고 다른 존재가 있다면, 오랫동안 우리가 모르리 있겠습니까? 수사께서는 왜 그들을 보지 못했을까요? 저는 또 왜 그들을 보지 못했을까요?"

그는 이렇게 대답했다.

"우리는 존재하는 것들을 얼마만큼 보고 있습니까? 자, 보십시오. 저기 바람은 자연에서 가장 힘이 강합니다. 사람을 쓰러뜨리고 건물을 넘어뜨리며, 나무를 뽑고 산더미 같은 파도를 부르며, 절벽을 부수고 거대한 선박을 파도에 던져버리지요. 바람은 죽음을 부르고 휘파람을 불며, 탄식하고 으르렁댑니다. 하지만 선생은 바람을 보신 적이 있나요? 볼 수가 없죠? 그럼에도 바람은 존재합니다."

나는 그 명쾌한 논법을 듣고 아무 말도 하지 않았다. 수도사는 철학자이거나 아니면 바보였을 것이다. 어느 쪽인지 정확히 알 수 없었기에 말을 아꼈다. 그가 한 말은 가끔씩 머릿속을 떠돌았다.

칠월 삼일. 잠자리가 사나웠다. 이곳에 열병이 유행인지, 마차꾼도 나와 비슷한 증세를 보였다. 어제 집에 돌아왔을 때, 마차꾼의 안색이 유독 창백해서 물었다.

"장, 어디 안 좋은가?"

"잠을 잘 수 없는 게 문제입니다. 밤이 괴로우니 낮에도 그 여파가 미치네요. 선생님이 여행을 떠나시고 제게 마법이 걸린 모양입니다."

다른 하인들은 모두 건강했다. 그러나 나는 다른 문제 때문에 극도로 겁에 질렸다.

칠월 사일. 오랜 악몽이 되살아났으니, 병이 또 도진 게 분명하다. 간밤에 누군가 내게 기대어 내 입술에서 생명을 빨아들이는 것 같았다. 그렇다, 그는 거머리처럼 내 목구멍에서 생명을 빨고 있었다. 이윽고 그는 포만감에 일어섰고, 나는 너무도 지치고 힘없이 깨어나 꼼짝도 할 수 없었다. 이런 상태가 며칠만 더 계속되면 또 떠나야 할 것 같다.

칠월 오일. 이성을 잃은 걸까? 무슨 일이 벌어진 거지? 간밤에 본 것이 너무도 이상해서 생각을 떠올려도 머릿속이 어지럽다.

매일 밤 그렇듯이 어제도 나는 방문을 잠갔다. 갈증이 나서 물반 잔을 들이켰고 무심히 바라본 물병에는 마개 부분까지 물이 채워져 있었다.

나는 침대로 돌아가 끔찍한 잠 속으로 빠져들었고, 두 시간만에 훨씬 섬뜩한 충격으로 깨어나고 말았다.

꿈에서 살해당하다가 가슴에 칼이 찔린 채 그르렁거리며 깨어난 사람을 상상해보라. 피범벅이 되어 숨이 막혀 죽어가면서도 그 까닭을 모르는 사람 말이다. 그럼 이해가 될 것이다.

정신을 차렸을 때 다시 갈증이 나 촛불을 켜고 물병이 놓인 탁자로 갔다. 물병을 들고 컵에 기울였지만 아무것도 나오지 않았다. 비어 있었다! 완전히 비어 있었다! 처음에는 전혀 이해가 되지 않았다. 그런데 문득 내가 앉아 있다는, 아니 의자에 쓰러져 있다는 섬뜩한 생각이 드는 게 아닌가! 벌떡 일어나 주변을 둘러보았다. 그러고는 투명한 크리스털 물병 앞에서 놀람과 공포를 느끼고 다시 주저앉고 말았다! 수수께끼를 풀기 위해 물병을 뚫어지게 바라보았다. 두 손이 부들부들 떨렸다! 누군가 물을 마셨다면, 누굴까? 나? 분명히 나일 것이다. 나라고 확신할 수 있을까? 그렇다면 내 안에 두 개의 존재가 있지는 않은가 의심케 하는 기묘한 이중의 삶을 살면서도 정작 그 사실을 모르는 몽유병자인 셈이다. 정신과 육체가 휴면에 빠져 있는 동안, 보이지 않는 정체불명의 기이한 존재가 잠든 육체를 불러내 우리 자신에게보다 더 기꺼이 복종하도록 강요하는.

아! 이 끔찍한 고통을 누가 이해하겠는가? 잠자는 동안 물병에서 사라진 물을 보고 겁에 질리고 극도로 예민해져서 잠 못 드는 이의 감정을 누가 이해할까! 나는 다시 침대로 돌아갈 생각을 감히 하지 못하고 날이 밝을 때까지 의자에 앉아 있었다.

칠월 육일. 나는 미쳐가고 있다. 물병에 든 물이 밤새 또 없어졌다. 아니, 내가 마신 거겠지!

그러나 정말 나였을까? 내가 마셨나? 그걸 누가 알지? 누가? 아! 신이여! 저는 미쳐가고 있습니까? 누가 저를 구원해줄까요?

칠월 십일. 놀랄 만한 시련을 겪고 있다. 나는 미친 게 분명하다! 아니, 아직은 아니다!

칠월 육일. 잠자리에 들기 전, 포도주와 우유, 물과 빵, 딸기를 탁자에 놓아두었다. 누군가(내가) 물을 전부 마셔버리고 우유도 조금 먹었지만, 포도주와 빵, 딸기에는 손을 대지 않았다.

칠월 칠일에도 똑같은 실험을 해보았고, 결과는 마찬가지였다. 칠월 팔일에는 물과 우유를 제외한 다른 것만 놓아두었는데 손도 안 댄 채 남겨져 있었다.

최근 칠월 구일, 물과 우유만 탁자에 올려놓고 하얀 천으로 병을 잘 감싼 후 뚜껑을 꼭 닫았다. 입술과 턱수염을 문질러 닦은 뒤 손에 연필을 들고 잠자리에 들었다.

깊은 잠에 빠졌다가 이내 오싹해져서 깨어났다. 나는 그대로 누워 있었고, 침대 시트도 흐트러짐이 없었다. 탁자로 달려갔다. 병을 감싼 흰색 천은 그대로 있었다. 나는 천을 풀다가 몸서리쳤다. 물병도 우윳병도 전부 비어 있었다! 아! 이럴 수가! 나는 지체 없이 파리로 떠나리라.

칠월 십이일. 파리. 지난 며칠 동안 완전히 미쳐 있었나 보다. 내가 몽유병자가 아니라면, 혹은 현재 알려져 있지만 규명되지는 않은 최면상태에 빠진 게 아니라면, 쇠약해진 상상력의 희롱이 틀림없다. 어떤 경우든, 내 정신은 미치기 직전이며 파리에서의 하루는 평정을 되찾는 데 충분한 시간이었다.

어제 사무적인 일을 처리하고 몇 사람을 만난 것이 정신적으로 신선한 활력을 주었다. 그 후 저녁에는 프랑시스 극장에서 시간을 보냈다. 알렉상드르 뒤마의 〈젊은이〉가 상연되었으며, 그 명석하고 훌륭한 연극은 나에게는 완벽한 치료약이었다. 고독은 예민한 정신에 분명 위험하다. 우리는 주변에 함께 생각하고 말할 사람이 필요하다. 장시간 혼자가 될 경우, 사람은 환영에 빠지게 된다.

나는 몹시 기분이 좋아진 상태에서 큰길을 따라 호텔로 돌아왔다. 북적이는 인파 속에서 내가 느낀 공포와 지난주의 일을 떠올렸다. 우리집 안에 보이지 않는 존재가 나와 함께 있다고 믿었기 때문에 생긴 일이었다.

정말 그렇다. 우리의 정신이 얼마나 허약한가. 불가해하고 사소한 일에도 우리는 얼마나 쉽게 두려움을 느끼고 이성을 잃는가 말이다. '이유를 모르기 때문에 이해하지 못한다'는 생각으로 문제를 잊기보다는 곧바로 소름 끼치는 미스터리와 초자연적인 힘을 상상하는 게 바로 우리다.

칠월 십사일, 국경일. 거리를 걷는 동안 폭죽과 깃발을 보며 아이처럼 즐거웠다. 그러나 법정 공휴일에 즐거워하는 것은 매우 어리석다. 사람들은 때로는 온순하고 때로는 사나운 양떼 같다. 말하자면, '즐겨라' 하니까 즐기는 셈이다. 다시 말해, '어서

이웃과 한판 싸워라' 하니까 싸움을 하고, '황제에게 투표하라'
하니까 황제에게 투표를 하며 '공화국을 지지하라'고 하니까 공
화국을 지지하는 것이다.

시키는 대로 하는 사람들도 어리석다. 그들은 사람이 아니라
원칙을 따르는데, (그것은) 우둔하고 무능하며 그릇된 짓이다.
원칙은 분명하고 불변하는 이상이라는 논리 때문이지만, 빛은
환영이고 소리는 속임수인 세상에서 분명한 것은 단 한 가지도
없다.

칠월 십육일. 어제 무척 괴로운 것을 보았다. 사촌 사블레의
집에서 식사를 할 때였다. 그녀의 남편은 리모주에 주둔하는 칠
십육 보병대의 대령이었다. 그녀의 두 딸도 함께 있었는데, 그 중
한 명은 파랭 박사와 결혼했다. 그는 신경병 연구에 힘써 왔고 최
면 암시와 관련된 최근의 실험 결과에 매우 정통한 인물이었다.

그는 낭시의 의대 교수와 영국 과학자들이 얻은 방대한 실험
결과를 다소 장황하게 말했다. 그가 언급한 사례들이 내게는 너
무도 기이해서 하나도 믿을 수 없다고 단언했다.

"우리는," 그는 말했다. "가장 중대한 자연의 비밀 중 하나를
발견하기 직전에 있습니다. 다시 말해, 지구상에서 가장 중요한
비밀이지요. 저 너머 또 다른 별에서 무슨 일인가 벌어지고 있으
니까요. 인간이 생각을 하고 그것을 표현하고 기록하기 시작하

면서 우리의 조잡하고 천한 감각으로 알 수 없는 미스터리에 가까워졌다고 믿었지요. 그래서 인간은 지적인 노력을 통해 신체 기관의 저급한 통찰력을 보완하고자 노력해왔습니다. 지성이 기본적인 단계에 있을 때는 보이지 않는 영혼과의 교감은 두려우면서도 흔한 형태로 나타납니다. 그때부터 초자연적인 것에 대한 믿음, 그러니까 배회하는 영혼, 요정, 땅의 정령, 유령 이야기들이 보편화된 겁니다. '장인과 창조자'라는 우리의 생각에 비추어볼 때, 우리에게 전해온 신의 개념까지도 겁에 질린 인간의 정신에서 비롯된, 가장 흔하고 우둔하며 받아들이기 어려운 발명이라고 생각합니다. "신은 자신의 모습을 본떠 인간을 창조했지만, 인간은 분명 자신의 돈으로 그 값을 치렀다"라는 볼테르의 말보다 진리에 가까운 것은 없지요. 그러나 백 년이 넘게 인간은 무엇인가 새로운 예감을 느껴왔습니다. 최면술 등으로 우리는 뜻밖의 길을 열었으며, 특히 최근 이삼 년 동안 대단히 괄목할 만한 결과에 도달했지요."

나처럼 믿기 어렵다는 표정으로 사촌이 웃음 짓자, 파랭 박사가 그녀에게 말했다.

"제가 직접 최면을 걸어봐도 될까요?"

"그럼, 좋지."

그녀가 안락의자에 앉자 그녀를 똑바로 응시했다. 나는 갑자기 심한 동요를 느꼈다. 심장이 두근거리고 숨이 막혔다. 사블레의 눈꺼풀은 점점 무겁게 내려앉았고, 입은 일그러졌으며, 가슴이 부풀더니 십분 만에 잠이 들었다.

"뒤쪽으로 가세요." 박사는 내게 말했다. 나는 사촌의 뒤에 앉았다. 그는 사촌의 손에 명함을 쥐어주고 말했다. "그것은 거울입니다. 뭐가 보입니까?"

그녀는 대답했다.

"사촌이 보여."

"무얼 하고 있습니까?"

"콧수염을 만지고 있어."

"지금은 무얼 하고 있습니까?"

"호주머니에서 사진을 꺼내고 있어."

"누구의 사진입니까?"

"사촌의 사진."

그 말은 사실이었다. 그날 저녁 나는 호텔에서 사진을 찍었기 때문이다.

"사촌은 사진 속에서 어떤 포즈를 취하고 있습니까?"

"손에 모자를 들고 서 있어."

그녀는 마치 거울을 보듯 흰 명함에서 그 모든 것을 보고 있었다.

그녀의 딸들은 겁에 질려 소리쳤다.

"그만해요! 그 정도면 됐어요!"

그러나 박사는 사촌에게 위엄 있게 말했다.

"당신은 내일 아침 여덟 시 정각에 일어날 겁니다. 그리고 호텔에 있는 사촌을 찾아가 오천 프랑을 빌려달라고 부탁할 겁니다. 당신의 부군께서 곧 있을 여행에 필요하다고 당신한테 부탁한 돈이지요."

그리고 그는 그녀를 깨웠다.

호텔로 돌아오는 길에 나는 기이했던 강신회를 떠올리며 온갖 의구심을 떨칠 수 없었다. 어렸을 때부터 친형제처럼 지낸 사촌을 잘 알기 때문에 그녀의 순수하고 분명한 선의를 의심하기보다는 박사가 속임수를 썼을 거라는 쪽이었다. 그가 거울을 감추고 있다가 잠든 사촌에게 명함을 줄 때 거울을 보여준 것은 아니었을까? 전문적인 마술사가 하듯이 말이다.

그러나 잠자리에 들었던 나는 오늘 아침 여덟 시 삼십 분에 마차꾼이 깨우는 소리를 들었다.

"사블레 부인이 급하게 뵙자고 합니다."

서둘러 옷을 입고 그녀를 맞았다.

몹시 불안한 기색의 그녀는 바닥을 응시한 채, 모자의 차양도 들어올리지 않은 채 말했다.

"정말 어려운 부탁이 있어서 왔어."

"무슨 부탁이지?"

"이런 부탁은 하기 싫지만 어쩔 수 없어서. 급히 오천 프랑이 필요해."

"뭐, 네가 쓸 돈이야?"

"으응, 내가, 아니 사실은 남편이 내게 부탁한 거야."

나는 어리둥절해서 대꾸를 하지 못했다. 처음부터 잘 짜여진 익살극일 뿐 아니라, 사촌과 파랭 박사가 나를 두고 장난을 치는 것은 아닌지 반문해보았다. 그러나 그녀의 태도를 보면서 나의 의혹은 사라졌다. 그녀는 비통하게 몸을 떨었고, 매우 고통스러워 보였다. 금방이라도 울음을 터뜨릴 것 같았다.

그녀가 매우 부유하다는 사실을 알기 때문에 나는 이렇게 말했다.

"허허! 네 남편이 오천 프랑도 구하지 못한다고? 생각해봐. 정말 남편이 너한테 돈을 빌려달라고 했단 말이야?"

그녀는 다시 멈칫거리더니 생각에 골몰했다. 괴로운 기색이 역력했다. 그녀는 영문을 알지 못했다. 아는 것이라고는 남편을 위해 오천 프랑을 빌려야 한다는 사실뿐이었다. 그래서 그녀는 거짓말을 했다.

"응, 남편에게 편지를 받았어."

"언제 말이야? 어제는 그런 말 안 했잖아?"

"오늘 아침에."

"편지를 볼 수 있을까?"

"아니, 안 돼. 개인적인 문제, 우리 부부만의 문제가 적혀 있거든. 불태워버렸어."

"그러니까, 남편이 빚을 졌단 말이지?"

그녀는 또 한 번 주저하더니 중얼거렸다.

"모르겠어."

그 말을 듣고 나는 퉁명스럽게 말했다.

"지금 당장은 나도 오천 프랑을 구할 수 없는데 어떡하지?"

그녀는 울먹이면서 말했다.

"오! 이런! 제발 부탁이야. 좀 빌려줘."

그녀는 흥분한 상태에서 내게 기도를 하듯 두 손을 모았다! 나는 사촌의 목소리가 바뀐 것을 알아챘다. 울먹이다 흐느끼고, 피할 수 없는 지시에 짓눌려 초조해했다.

"오! 이런! 제발 부탁이야. 내가 얼마나 괴로운지 알 거야. 오늘 안으로 돈을 구해줘."

나는 그녀가 가여웠다.

"곧 해결될 거야. 걱정 마."

"오! 고마워! 고마워! 넌 정말 좋은 사람이야."

나는 말했다.

"어젯밤에 너희 집에서 무슨 일이 있었는지 기억하니?"

"응."

"파랭이 너한테 최면을 건 일도?"

"응."

"아! 그럼 됐어. 파랭이 너한테 오늘 아침 오천 프랑을 빌려오라는 지시를 내렸거든. 그래서 지금 그 암시를 따르고 있는 거야."

그녀는 잠시 생각에 잠기더니 이렇게 말했다. "하지만 돈이 필요한 사람은 남편인데…."

나는 한 시간 동안 그녀에게 자초지종을 설명했지만 소용이 없었다. 그녀가 돌아간 뒤 나는 박사를 찾아갔다. 그는 막 외출을 하려다가 내 말을 듣고 웃으며 말했다.

"이제는 믿겠죠?"

"응, 할 수 없지."

"만나러 가보죠."

그녀는 이미 지칠 대로 지쳐 소파에서 쉬고 있었다. 파랭이 맥박을 짚어보고, 한 손을 잠시 그녀의 눈앞에 들어올린 채 응시하자, 그녀는 피할 수 없는 마법의 힘에 따라 조금씩 잠에 빠져 들었다. 그녀가 잠들자, 그가 말했다.

"이제 당신의 남편은 오천 프랑이 필요없습니다! 그러니 사촌에게 돈을 빌려달라고 한 부탁은 잊으세요. 사촌이 돈 얘기를 꺼내도 당신은 무슨 말인지 모를 겁니다."

그는 사촌을 깨웠고, 나는 지갑을 꺼내들고 말했다.

"오늘 아침 네가 부탁한 돈, 여기 있어."

그녀가 너무 깜짝 놀란 표정을 지어 더 이상 계속할 수 없었다. 그래도 아침의 상황을 떠올리게 하려고 애썼는데, 그녀는 극구 부인하다가 내가 자신을 놀린다고 생각하고는 결국 화까지 냈다.

자! 나는 방금 돌아왔다. 그 일로 마음이 심란해서 점심도 먹을 수 없었다.

칠월 십구일. 그 일을 말하자 많은 사람이 소리 내서 웃었다. 어찌 생각해야 할지 나 자신도 더 이상 모르겠다. 현명한 사람이라면 "혹시?"라고 말하겠지.

칠월 이십일일. 부지발에서 식사를 하고 무도회에서 저녁 시간을 보냈다. 분명히 모든 것은 장소와 환경에 달려 있다. 개구리섬의 신비를 믿는 것은 참으로 어리석다. 그러나 몽생미셸의 정상 혹은 인도에서 우리는 환경의 영향을 섬뜩하게 경험하곤 한다. 다음 주에 집으로 돌아갈 생각이다.

칠월 삼십일. 어제 집으로 돌아왔다. 만사가 순조로웠다.

팔월 이일. 별다른 일은 없다. 눈부신 날씨 속에서 흘러가는 센강을 바라보며 며칠을 보내고 있다.

팔월 사일. 하인들 사이에 불화가 생겼다. 밤에 찬장 유리잔들이 깨진 모양이다. 마차꾼은 요리사를 책망했고, 요리사는 침모를, 침모는 또 다른 하인에게 책임을 전가했다. 누가 유리잔을 깼을까? 그 답을 알려면 좀 똑똑한 사람이 있어야 할 것 같다.

팔월 육일. 이번에는 미치지 않았다. 나는 보았다. 보았다! 더 이상 의심할 바 없이 똑똑히 보았다!

햇빛 가득한 오후 두 시, 나는 장미나무 사이, 꽃잎이 떨어지기 시작한 가을 장미나무 산책로를 걷고 있었다. 장미 세 송이가 앞다투어 활짝 피어 있는 모습을 보기 위해 발길을 멈추었을 때였다. 보이지 않는 손이 장미를 꺾으려는 듯, 장미 줄기 하나가 내 쪽으로 구부려졌다가 급히 잘려나갔다! 마치 손에서 입가로 움직이듯, 장미꽃이 곡선을 그리며 위로 올라가더니 꼼짝도 없이 투명한 허공에 떠 있었다. 내게서 삼 미터 남짓한 거리였다. 나는 절박하게 꽃을 잡으려고 뛰어갔다! 아무것도 없었다. 꽃은 사라지고 없었다. 곧바로 제정신에 사리분별이 정확한 사람이라면 그런 환영을 보지 않을 거라며 나 자신에게 격분을 느꼈다.

그러나 환영이었을까? 장미 줄기를 찾아 돌아서자, 풀숲 장미

가지 사이에 방금 꺾인 줄기 하나가 떨어져 있었다. 나는 몹시 심란한 마음으로 집에 돌아왔다. 이제 분명해졌다. 나는 낮과 밤이 뒤섞인 채 생활하고 있으며, 우유와 물을 마시고 물건을 만지며 위치를 바꿔놓는, 보이지 않는 존재와 함께 살고 있다. 감각으로는 알 수 없지만 그 존재는 분명 물리적 형태로 이루어져 있으며, 내 집 지붕 아래 나처럼 살아가고 있는 것이다.

팔월 칠일. 평온하게 잠들었다. 그는 내 물병에서 물을 따라 마셨지만 잠든 나를 방해하지는 않았다.

내가 미쳤는지 자문했다. 햇빛 속에서 강가를 걸으면서 내 정신의 온전함에 의혹을 보냈다. 지금까지의 모호한 의혹이 아니라, 정확하고 분명한 의혹 말이다. 나는 미친 사람들을 본 적 있는데 몇몇은 한 가지 점만 제외한다면 일상의 문제를 제대로 파악했고, 명석하기까지 했다. 그들은 모든 것에 대해 명쾌하고 거리낌 없이 심오하게 말했다. 망상의 파쇄기에 갇혀 산산이 찢겨진 그들의 생각이, 광기라 불리는 안개와 돌풍으로 격노한 바다에서 흩어지고 침전할 때까지는.

내가 어떤 상태인지 알 수 없고, 가장 명쾌하게 상태를 가늠하고 분석할 수 없다면, 분명 나는 미쳤다고 생각할 수밖에 없다. 나는 망상에 괴로워하는 보통 사람이 분명하다. 정체불명의 장애 요소가 내 머릿속을 자극하고 있으며, 현재 생리학자들이 주목하고 정확히 규명하려는 그 장애의 일부는 내 정신과 이성적이고 논리적인 사고 체계에 깊은 균열을 가져온 것이다. 비슷한 현상이 꿈속에서 일어나는데, 신체 기관과 통제력이 잠든 사이 상상력은 깨어 활동하기 때문에 아무런 놀라움 없이 우리는 주마등과는 전혀 다른 체험 속으로 이끌린다. 피아노처럼 두뇌 활동을 관장하는 건반 중에서 미세한 키 하나가 내 안에서 마비됐다고 볼 수는 없을까? 사고를 당한 뒤 적당한 이름이나 동사 혹은 숫자를 기억 못하고, 날짜를 깜박하는 사람들이 있다. 인간의 사유가 어떻게 일어나는지는 이미 모든 경로가 밝혀진 상태다. 그렇다면 환영의 비현실성을 통제하는 내 능력이 한동안 손상됐다는 사실이 그리 놀랄 만한 일인가?

물가를 걸으며 그런 상념에 빠져 있었다. 태양은 강물 위에 밝게 빛나며 대지에 유쾌한 분위기를 드리웠다. 나는 살아 있음에, 언제나 즐거움을 주는 제비의 기민한 움직임에, 강가에서 기분 좋게 살랑거리는 초목에 깊은 애정을 느꼈다.

그러나 서서히 까닭 모를 불안감에 사로잡혔다. 미지의 힘이 서서히 내 감각을 빼앗고 앞을 막아서며, 발길을 불러 세우는 것 같았다. 집에 사랑하는 병자를 남겨놓고 온 것처럼, 그 사람이 잘못됐을지도 모른다는 예감에 사로잡힌 것처럼 집으로 돌아가야 한다는 고통과 절박감을 느꼈다.

그래서 나는 막연히 나쁜 소식이나 편지 혹은 전보가 와 있으리라 확신했다. 그러나 아무 소식도 없어서 다른 망상에 빠졌을 때보다도 더 놀라고 불편했다.

　팔월 팔일. 어제는 끔찍한 밤을 보냈다. 그는 자신의 존재를 더 이상 드러내지 않고 있지만 그가 가까운 곳에서 나를 지켜보고 내 안을 파고들어 지배하고 있음이 느껴진다. 보이지 않는 자신의 존재를 초자연적인 현상을 통해 끊임없이 드러냈을 때보다 더 소름이 끼친다. 그럼에도, 나는 잠들었다.

　팔월 구일. 아무 일도 없다. 그러나 두렵다.

　팔월 십일. 아무 일도 없다. 그러나 내일은 무슨 일이 벌어질까?

　팔월 십일일. 여전히 아무 일도 없다. 내게 드리워진 공포와 이런저런 생각 때문에 집에 머물 수 없다. 떠나야겠다.

　팔월 십이일. 밤 열 시. 온종일 집을 떠나려고 애썼지만 그러지 못했다. 그저 루앙으로 가는 마차에 오르면 되는, 얼마든지 간단하고 쉬운 일임에도 나는 할 수 없었다. 왜일까?

　팔월 십삼일. 질병에 걸리면 육체의 활력이 없어지고 기력이 쇠하며, 근육은 풀리고 뼈는 살처럼 물렁해지며 피는 물과 같아진다. 나는 똑같은 증상을 정신적인 측면에서, 그것도 기이하고 비참한 방식으로 경험하고 있다. 내게는 어떤 활력도, 용기도, 자제력도, 의지를 실천할 만한 힘도 남아 있지 않다. 의지력을 완전히 상실한 상태지만, 누군가 나를 대신하고 있으며 나는 그 의지에 따르고 있다.

팔월 십사일. 나는 혼을 잃었다! 누군가 내 영혼을 소유하고 조정하고 있다. 내 모든 행동과 움직임, 생각을 지시하고 있다. 나는 더 이상 나의 주인이 아니며, 내가 행하는 일의 노예이자 비참한 방관자에 불과하다. 밖으로 나가고 싶다. 그럴 수 없다. 그가 원치 않는다. 그래서 그가 앉혀 놓은 안락의자에서 나는 부들부들 떨며 고통스러워한다. 나는 그저 자리에서 일어서서 나라는 존재의 주인이 아직은 나 자신이라고 생각하고 싶을 뿐이다. 그럴 수 없다! 나는 의자에 못 박혀 있고, 의자는 바닥에 못 박혀 있어서 우리를 한데 움직이게 할 만한 힘이 내게는 없는 것이다.

갑자기 정원에서 딸기를 따먹어야겠다고, 꼭 그래야만 할 것 같다는 생각이 들었다. 바로 나가 딸기를 따먹었다! 아, 이럴 수가! 이럴 수가! 신이 존재하는가? 신이 있다면, 나를 구원하소서! 나를 구하소서! 구하소서! 제발, 연민을! 자비를! 나를 구하소서! 아, 이 처참한 고통이여! 고뇌여! 공포여!

팔월 십오일. 가엾은 사촌이 제정신을 빼앗기고 오천 프랑을 빌리러 왔을 때와 똑같은 상황이다. 그녀는 영혼에 기생하며 조정하는 다른 영혼처럼 그녀 속에 들어간 낯선 힘의 통제를 받았다. 세상에 종말이 온 것인가?

그러나 나를 지배하는 이 보이지 않는 존재, 정체불명의 존재, 초자연적인 침탈자는 대체 누구인가?

어쨌든 보이지 않는 존재들이 있다! 그렇다면 그 존재들은 태초 이후 내게 나타난 것과는 달리 자신을 전혀 드러낸 적이 없단 말인가? 우리집에서 벌어지는 것과 유사한 일에 대해 나는 한 번도 접한 적이 없다. 아! 그 존재를 떠날 수만 있다면, 그저 멀리 도망쳐 다시는 돌아오지 않는다면, 나는 구원받을 것이다. 그러나 그렇게 할 수 없다.

팔월 십육일. 오늘, 우연히 열려 있는 문을 발견한 지하 감옥의 죄수처럼 나는 두 시간 동안 겨우 벗어날 수 있었다. 갑작스러운 자유로움과 그가 멀리 있는 느낌에, 나는 최대한 빨리 말을 준비하라 이르고 루앙으로 갔다. 아! "루앙으로 가게!" 마부에게 그리 말할 수 있다니 얼마나 기뻤던지!

도서관에서 마차를 세우고, 고대와 현대에 존재한 미지의 거주자들을 주제로 한 허먼 헤레스타우스 박사의 논문을 빌려오라고 마부에게 말했다.

그런 다음, 나는 마차에서 이렇게 말하려고 했다. "기차역으로!" 그러나 내가 행인들이 돌아볼 정도로 우렁찬 목소리로 말한 것은 "집으로!"였다. 나는 정신적 고통에 짓눌린 채 마차의 의자에 기대 있었다. 그가 나를 찾아내서 다시 소유한 것이다.

팔월 십칠일. 아! 밤이구나! 밤이야! 그럼에도 나는 기뻐해야 할 것 같다. 새벽 한 시까지 책을 읽었다! 철학과 계보학 분야의 박사인 헤레스타우스는 인간의 주변을 배회하거나 그들의 꿈속에 나타난, 보이지 않는 존재들의 역사와 증거에 대해 밝혀놓았다. 박사는 그들 존재의 근원과 영역, 그 힘을 설명했지만 그 중에서 나를 괴롭히는 존재와 닮은 것은 없었다. 혹자는 말할지 모른다. 인간이 생각할 수 있게 된 후 이 세상의 계승자인 인간 자신보다 강하고 새로운 존재의 출현을 억압하거나 두려워해왔다고. 가까이 있음이 느껴지지만 보이지 않는 존재의 근원을 말할 수 없으므로 인간은 두려움에 사로잡혀 공포에서 잉태된 모호한 환영과 비밀의 존재를 만들어냈다고.

새벽 한 시까지 논문을 읽은 후, 창문이 열려 있는 창가에 앉아 잔잔한 밤 공기에 이마를 식히고 생각을 정리하고 싶었다. 얼마나 유쾌하고 포근한 밤인가! 전에도 이 밤을 얼마나 즐겼던가!

달은 없었지만 별이 어두운 창공에서 빛을 발하고 있었다. 저 별에는 누가 살고 있을까? 저 너머에는 어떤 생물과 동물이, 어떤 모습으로 살고 있을까? 머나먼 세계의 사색가들은 인간보다 더 많은 것을 알고 있을까? 우리보다 더 많은 일을 할 수 있을까? 우리가 볼 수 없는 것을 볼 수 있을까? 언젠가 그들 중 일부가 우주를 건너 이곳을 정복하기 위해 나타나지는 않을까? 약소 민족을 정복하기 위해 고대 스칸디나비아인이 바다를 건넌 것처럼 말이다.

우리는 지극히 미약하고 무지하며 초라한 존재다. 불안정한 대기에서 자전하는 진흙의 일부에서 살아가는 우리는.

나는 그렇게 시원한 밤 공기 속에서 사십오 분쯤 잠들었다가 형용할 수 없는 혼란과 기이한 느낌에 이끌려 눈을 떴다. 처음에는 아무것도 보이지 않았지만, 느닷없이 탁자에 펼쳐진 책장이 저절로 넘겨지는 것 같았다. 창가에서 들어오는 바람은 없었기에 놀란 채 지켜봤다. 사 분쯤 시간이 흘렀을까, 두 눈으로 똑똑히 손가락이 하듯 또 한 페이지가 넘겨지는 모습을 보았다. 안락의자는 비어 있었지만(그렇게 보였지만), 그가 내 자리에 앉아 책을 읽고 있음을 알 수 있었다. 그자의 창자를 파내고 싶다는, 짐승처럼 격하고 살기 어린 분노를 느끼며, 그를 잡아 목 졸라 죽이기 위해 의자로 향했다. 그러나 미처 내가 닿기도 전에, 누군가 급히 도망치듯 의자가 뒤집혔다. 탁자가 흔들렸고 램프가 떨어져 불이 꺼졌다. 깜짝 놀란 도둑이 밤의 장막 속으로 줄행랑을 치듯 창문이 닫혔다.

그렇게 그는 도망쳤다. 그는 두려워했다. 나를 두려워했다! 그렇다면 내일, 아니면 언젠가는 내 손으로 그를 붙잡아 바닥에 내

다꽂을 수 있으리라! 개들도 종종 주인을 물어뜯지 않는가?

팔월 십팔일. 하루 종일 생각했다. 아! 그래, 그에게 순종하고, 그의 충동에 따르고, 그의 바람을 들어줌으로써 내가 겸손하고 순종적이며 비겁하다는 걸 보여줘야 해. 그가 더 강한 존재임을. 그리고 때가 오겠지.

팔월 십구일. 알았다. 모든 것을 알았다! 방금《세계 과학 저널》에서 다음과 같은 글을 읽었다. "리우데자네이루에서 독특한 소식이 전해졌다. 중세 유럽에서 발생했던 전염성 광증과 유사한 증상이 현재 상파울루 지역에서 급속히 번지고 있다. 겁에 질린 주민들은 집과 땅을 등진 채 마을을 떠나고 있는데, 보이지는 않지만 실체가 있는 뭔가가 인간을 가축처럼 쫓고 소유하며 부린다고 말하고 있다. 그들의 말에 따르면, 정체불명의 존재는 흡혈귀처럼 사람들이 잠든 동안 생명을 해할 뿐 아니라, 다른 음식에는 손을 대지 않고 물과 우유만 탐한다는 것이다. 돈 페드로 엔리케스 교수는 돌연한 광기의 원인과 증상을 확인하고 광증에 걸린 사람들을 치료하는 데 가장 적절한 방법을 황제에게 건의코자, 의학자들과 함께 상파울루에 다녀왔다."

아! 아! 지난 오월 팔일, 센강을 거슬러 내 창가를 지나던 브라질의 멋진 삼대선이 기억난다! 얼마나 아름답고 희며 눈부시다고 생각했던가! 그 존재는 그 배를 타고 있다가 뛰어내린 것이다. 나를 본 것이다! 역시 하얀 내 집을 보고 배에서 뛰어내려 뭍에 오른 것이다. 아! 이럴 수가!

이제 알겠다. 인간의 지배는 끝나고, 그가 온 것이다. 그는 불안에 빠진 목사에게 쫓겨갔다가 어두운 밤을 틈타 마법사에게 슬그머니 불려나왔으며, 이 세계를 일시적으로 통치 중인 인간의 상상력을 빌려 땅의 정령, 요정, 마귀, 영혼 따위의 흉포하거나 우아한 모습을 띠고 있으리라. 원시적 공포라는 조악한 개념 이후, 보다 개화된 인간들은 그에게 보다 참된 형태를 주었다. 최면술이 그의 존재를 감지했으며, 십 년 전 그가 직접 행동에 나서기 전에 이미 의사들은 그 존재의 힘이 어디에 있는지 근원을 정확히 발견한 것이다. 그들은 신비한 힘으로 인간의 영혼을 지배함으로써 인간을 노예로 만드는, 새로운 제왕의 무기를 사용했다. 그것이 최면술, 최면상태, 암시라고 불리는 것은 아닐까? 나는 그들이 엄청난 힘을 지닌 경솔한 아이처럼 변해버렸음을 알고 있다! 얼마나 애석한 일이냐! 인간에게 얼마나 비통한 일이냐! 그가 왔다. 그 자신의 이름을 내게 소리쳐 말했지만 내가 듣지 못한, 그래, 그는 소리쳐 말했으며 나는 들었다. 그 이름, 오를라, 그것을 나는 되뇔 수 없으나, 오를라, 내가 들은 그 이름, 오를라, 그가 왔다….

아! 독수리는 비둘기를 먹어치우고 늑대는 양을 먹었다. 사자는 뿔 달린 버펄로를 게걸스레 먹어치웠다. 인간은 활과 검과 총으로 사자를 죽였다. 그러나 오를라는 인간이 말과 소에게 행한 것과 똑같이 인간을 부릴 것이다. 그러고만 싶다면 인간을 자신의 소유물이자 노예, 먹이로 만들 것이다. 너무나도 애통하다!

그러나 종종 동물은 인간인 주인에게 대들고, 심지어 죽이기도 한다. 나도 그렇게 해야겠지만, 우선 그를 알고 만지고 봐야 한다! 배운 사람들이 말하기를, 동물의 눈은 인간과는 달라서 인간처럼 사물을 식별하지 않는다고 했다. 나도, 나를 짓누르는 새로운 존재를 알아볼 수 없다.

왜일까? 아! 몽생미셸에서 수도사가 한 말이 떠오른다. "우리는 존재하는 것들을 얼마만큼 보고 있습니까? 자, 보십시오. 저기 바람은 자연에서 가장 힘이 강합니다. 사람을 쓰러뜨리고 건물을 넘어뜨리며, 나무를 뽑고 산더미 같은 파도를 부르며, 절벽을 부수고 거대한 선박을 파도에 던져버리지요. 바람은 죽음을 부르고 휘파람을 불며, 탄식하고 으르렁댑니다. 하지만 선생은 바람을 보신 적이 있나요? 볼 수가 없죠? 그럼에도 바람은 존재합니다."

나는 계속 생각했다. 내 시력은 너무도 약하고 불완전하기 때문에 분명한 형체라도 유리처럼 투명한 건 볼 수 없다! 유리 뒤에 수은이 붙어 있지 않다면, 창문에 날아들어 머리를 찧는 새처럼 유리에 부딪히고 말 것이다. 게다가 숱한 것들이 인간을 속이고 잘못된 길로 이끌고 있다. 그렇다면 빛을 통해 침투하고 퍼져 있는 새로운 형태를 우리가 알아채지 못한다고 그리 놀랄 만한 일인가?

새로운 존재! 그렇고 말고? 분명히 오고 있다! 왜 인간이 마지막이라고 생각하는가? 우리보다 앞서 창조된 존재들처럼 우리는 그것을 알아보지 못하는 걸까? 그 이유는, 새로운 존재가 우리보다 본질에 있어 섬세하고 형태에 있어 세련되고 정밀하기 때문이다. 우리는 너무도 약하고 서툴게 만들어졌다. 우리의 신체는 복잡한 자물쇠처럼 뻣뻣하고 늘 지쳐 있는 장기들로 거추장스레 들어차 있다. 공기와 풀과 고기에서 어렵사리 영양분을 취하는 식물과 동물처럼, 인간은 살고 있다. 질병과 기형, 부패에 노출된 야만적인 기계에 불과하다. 숨을 몰아쉬고, 통제가 어려우며, 독창적이지만 서툴게 만들어졌고, 조악하면서도 섬세한 메커니즘으로, 간단히 말하자면 지적이고 위대한 존재의 외형을 취하고 있을 뿐이다.

살점에서 인간이 되기까지, 이 세계에서 진화의 단계는 극도로 단순하다. 왜 다른 단계가 없으며, 일단 한 주기가 완성된 뒤 그것과 차별화되는 생산물이 없는가?

왜 더 없을까? 수없이 멋진 꽃을 피우고 전 지역에서 향기를 내뿜는 다른 종류의 나무는 왜 없는 걸까? 불, 공기, 흙, 물 외에 다른 요소는 왜 없는가? 숱한 존재의 조상에게 영양분을 공급한 것이 겨우 네 개뿐이라니! 얼마나 가엾은 일인가! 왜 사십, 사백, 사천 개가 아닌가! 만물이 얼마나 불쌍하고, 비천하며 가련한가 말이다. 마지못해 조잡하게 만들어진 존재의 삶이여! 아! 코끼리와 하마는 얼마나 강한가! 낙타는 얼마나 유연한가!

그러나 누군가는 말할 것이다. 나비는 날아다니는 꽃이라고! 백 배는 크고, 도저히 표현할 수 없는 형태와 아름다움, 색깔과 움직임을 지닌 나비를 꿈에서 보았다. 행성 사이를 펄럭이며, 빛과 날갯짓의 아름다운 숨결로 별마다 활력과 향기로 채우는 나비를 나는 보았다! 그곳에 있는 사람들은 환희의 절정에서 날아가는 나비를 바라보았다!

내게 무슨 문제가 있는 걸까? 나를 괴롭히며 이처럼 우둔한 생각에 빠뜨린 것은 오를라다! 그는 내 안에서 내 영혼이 되고 있다. 그를 죽여야 한다!

팔월 이십구일. 그를 죽여야 한다. 그를 보았다! 어제 탁자 앞에 앉아 부지런히 뭔가를 쓰는 시늉을 했다. 내 주위를 어슬렁거리던 그가, 내가 만지고 붙잡을 수 있을 만큼 점점 가까이 다가옴을 분명하게 알 수 있었다. 그리고 때가 오면 필사의 힘을 다할 생각이었다. 그를 조르고 때리고 물어뜯어 갈가리 찢어버리기 위해 나는 손과 무릎, 가슴과 이마, 치아까지 모두 동원할 생각이 었다. 그래서 온 신경을 깨워 그를 주시했다.

램프 두 개를 켜고, 벽난로 위에 양초 여덟 개를 밝혀 놓았다. 그 정도면 볼 수 있으리라.

늙은 오크로 만든 사주식 침대는 정면에 있었다. 오른쪽에는 벽난로, 왼쪽에는 그를 유인하기 위해 한동안 열어놓았다가 꼼꼼히 잠가놓은 출입문이 있었다. 뒤쪽에는 내게 매일 옷을 제공하며, 매번 지나칠 때마다 머리에서 발끝까지 비춰보는 거울이 달린 아주 높은 옷장이 놓여 있었다.

지켜보고 있을 그를 속이기 위해 계속 쓰는 척했다. 그리고 갑자기, 귀에 닿을 듯 가까운 거리에서 그가 어깨너머로 내 글을 읽고 있음이 느껴졌다.

손을 뻗치며 급히 일어서다가 휘청거렸다. 오싹했다! 한낮처럼 밝았지만 거울 속엔 내가 없었다! 빛으로 가득한 거울은 깨끗하고 깊었으며, 텅 비어 있었다! 내 모습은 거울에 비치지 않았다. 정면으로 서 있는데도 말이다! 천장에서 바닥까지 채우는 크고 깨끗한 거울을, 나는 불안한 눈빛으로 바라보았다. 움직일 수조차 없었다. 꼼짝도 할 수 없었다. 그럼에도 그는 또 한 번 내 손길에서 벗어난 채, 거울에 있을 내 모습을 빨아들인 뒤 보이지 않는 육체로 서 있었다.

너무 무서웠다! 안개나 물의 장막을 통해 보듯, 깊은 거울 안에 희미하게 내 모습이 보이기 시작했다. 물이 왼쪽에서 오른쪽으로 천천히 흘러서 시시각각 내 모습을 또렷하게 만드는 것 같았다. 일식의 끝이었다. 무엇이 나를 숨겨놓았는지 정확한 윤곽은 없는 듯했지만, 불투명한 무엇인가가 조금씩 또렷해지고 있었다.

이윽고 거울 앞에 섰던 여느 때처럼 내 모습을 완전히 알아볼 수 있었다.

그를 보았다! 그때의 공포는 여전히 남아서 지금 이 순간에도 전율하게 만든다.

팔월 삼십일. 그것을 붙잡을 수 없는데, 어떻게 죽일 수 있을까? 독살? 그러나 물에 독을 타는 모습을 지켜볼 것이다. 게다가 보이지 않는 육체에 인간의 독이 어떤 영향을 끼칠 수 있을까? 아니다, 아니야, 분명 그건 아니다. 그렇다면, 어떻게?

팔월 삽십일일. 루앙에서 대장장이를 불러서 방에 철창을 만들어 달라고 주문했다. 파리의 몇몇 호텔이 도둑을 막기 위해 일층에 설치해둔 철창과 비슷하게 내가 드나들 수 있는 문도 달릴 것이다. 내가 겁쟁이로 비춰졌을 테지만, 그런 건 상관없다!

구월 십일. 루앙의 콩티낭탈 호텔. 끝났다. 끝이 났지만 그는 죽었을까? 내가 본 것 때문에 마음이 무척 괴롭다.

어제 대장장이가 철창과 문을 설치한 후로, 나는 점점 쌀쌀해지는 날씨에도 자정까지 모든 출입구를 열어두었다.

갑자기 그가 나를 점령한 광희에 겨워 나타난 것이 느껴졌다. 나는 천천히 일어서서 한동안 이리저리 방 안을 오갔다. 그는 아무것도 짐작 못했을 것이다. 곧이어 나는 부츠를 벗고 조심스럽게 슬리퍼로 갈아 신었다. 그리고 철창을 고정시키고 재빨리 문으로 달려가 이중 자물쇠를 채우고 열쇠를 호주머니에 넣었다.

갑자기 그가 불안하게 내 주변을 움직이기 시작했다. 이번에는 그가 겁에 질려서 나가게 해달라고 내게 사정해야 할 차례였다. 마음이 약간은 흔들렸지만, 나는 문에 등을 대고 빠져나갈 수 있게 문을 살짝 열어두었다. 나는 키가 매우 큰 편이어서 문틀에 머리가 닿았다. 그가 빠져나갈 수 없음을 자신했고, 그를 홀로 가두어 둘 생각이었다. 그 기쁨이란! 그를 꼼짝 못하게 가두었다. 그리고 침대 바로 아래, 일층 응접실로 뛰어 내려갔다. 나는 램프 두 개를 집어들고, 카펫과 가구를 가리지 않고 기름을 부었다. 불을 붙이고, 출입문을 이중으로 잠근 뒤 집에서 탈출했다.

정원 아래쪽, 월계수 덤불 속에 몸을 숨겼다. 얼마나 시간이 더디게 가던지! 너무나도 너무나도 길고 긴 시간이었다! 모든 것이 어두운 침묵 속에 정지해 있었고 바람 한 점, 별빛 한 점 없었다. 눈에 보이지는 않으나 육중한 구름만이 아! 내 영혼을 무겁게 짓누르고 있었다.

나는 집을 지켜보며 기다렸다. 참으로 긴 시간이었다! 혹시 불이 저절로 꺼졌거나 그가 꺼버렸다는 생각이 들었을 때, 일층 창문 중 하나에서 격렬한 화염이 뿜어졌고, 흐늘거리는 기다란 붉은 불길이 흰 벽을 따라 올라가더니 지붕에 입을 맞추는 것이었다. 불꽃은 나뭇가지로, 잎사귀로 옮겨 붙었고, 공포의 전율이 일렁였다! 새들이 잠에서 깨고, 개들이 짖기 시작했다. 벌써 새벽이 오는 것 같았다! 그와 동시에 두 개의 창문도 산산이 부서져 내렸고, 나는 일층 전체가 끔찍한 용광로로 변하는 과정을 지켜보았다. 그런데, 가슴을 후벼 파는 무시무시한 비명, 여자의 비명소리가 밤하늘에 울려 퍼졌고, 제일 위층의 다락방 창문 두 개가 열리는 것 아닌가! 하인들을 잊고 있었다! 공포에 찬 얼굴과 미친 듯이 휘젓는 손을, 나는 보았다!

나는 겁에 질려 소리치며 마을로 달려갔다. "도와주세요! 도와주세요! 불이야! 불!" 모여든 사람들과 집으로 돌아왔다!

그때, 집은 섬뜩하고 거대한 화장용 장작더미에 불과했고 마을 전체를 환하게 밝히는 무시무시한 빛이었으며, 사람들이 불타고, 그가, 내 죄수이자 새로운 존재, 새로운 주인 오를라가 불타는 장작이었다.

순식간에 지붕이 내려앉았고, 불꽃 화산이 하늘로 솟구쳤다. 열려 있는 창문마다 불길이 치솟았고, 나는 맹렬한 화마와 그 속에서 죽어 있는 그를 보았다.

죽었다고? 혹시? 육체? 인간을 죽이는 초라한 방법으로는 파괴할 수 없고, 투명한 것이 그의 육체가 아니던가?

만약 그가 죽지 않았다면? 어쩌면 보이지 않는 무소불위의 그 존재를 압도할 수 있는 것은 시간 자체일지 모른다. 만약 눈에 띄지 않는 투명한 그 존재도 질병과 약함, 때이른 죽음을 두려워했다면, 왜 굳이 인간의 정신에 육체를 투영한 것일까?

때이른 죽음? 인간의 모든 공포는 그것에서 비롯된다! 인간 이후는 오를라다. 매일, 매시간, 매순간, 예기치 못한 사고로도 쉬이 죽는 인간 이후에는 그가 온다. 그는 자신의 한계를 알기에 자신에게 합당한 순간에만 죽는다!

아니, 의심의 여지가 없다. 그는 죽지 않았다. 그렇다면, 그렇다면 나는 나를 죽일 수밖에 없다!

사냥개

The Hound by Howard Phillips Lovecraft

I

귓가에 끊임없이 섬뜩한 윙윙거림과 퍼덕임, 아주 커다란 사냥개의 울부짖음처럼 어렴풋한 소리가 고통스럽게 들려온다. 자비로운 의문을 품기에는 너무 많은 일이 이미 벌어졌으므로 그것은 꿈이 아니며, 두렵게도 광기라고 할 수도 없다.

세인트 존은 난자당한 시체가 되었다. 나만이 그 이유를 알고 있으며, 나도 똑같은 방법으로 찢겨 죽을 거라는 두려움 때문에 머리가 터질 듯하다. 소름 끼치는 환영의 컴컴하고 음침한 복도 밑에서 나를 자멸로 이끄는, 사악하고 형체 없는 네메시스(그리스 신화에 나오는 복수의 여신 ─ 옮긴이주)가 있다.

우리 두 사람을 그토록 기괴한 운명으로 이끈 우둔함과 병적인 성향이 부디 용서되기를! 사랑과 모험의 즐거움도 쉬이 식상해지는 단조로운 세상사에 지친 존과 나는 우리의 지독한 권태를 덜어줄 만한 것이라면 가리지 않고 미학적이고 지적인 조류를 열렬히 파고들었다. 당시 우리는 상징주의자의 수수께끼와 라파엘 전서의 환희에 탐닉했으나, 새로운 경향들도 머잖아 하나같이 그 신선함과 호소력을 잃어갔다.

음침한 퇴폐주의 철학만이 우리를 위로했으며, 점점 그것의 깊이를 더하고 악마주의에 심취함으로써만 그 장점을 발견할 수 있었다. 보들레르와 위스망스에서 느낀 전율도 곧 사라지고 마침내 우리에게는 비정상적인 경험과 모험에 대한 좀더 직접적인 자극만이 남게 되었다. 지금의 공포 속에서도 수치와 비굴함으로 언급해야 하는, 인간 범죄의 극단이자 소름 돋는 도굴 행위로 우리를 이끈 것도 바로 그 끔찍한 감정적 욕구였다.

나는 우리의 충격적인 탐험에 대해 세세히 밝히거나 하인도 없이 우리가 머물렀던 거대한 석조 건물이자 이름 없는 박물관에 장식된 최악의 전리품들이 무엇인지 일부나마 목록을 열거할 수도 없다. 우리의 박물관은 불경하고 상상할 수도 없는 곳으로, 편집증의 악마적 취향으로 우리의 권태로운 감성을 자극하기 위해 공포와 부패의 세계를 준비했던 곳이다. 그곳은 지하 깊숙이 자리한 비밀의 방이며, 현무암과 마노로 조각된 날개 달린 거대한 악마들이 히죽이는 입가에서 기이한 초록빛과 오렌지 광채를 발산하고, 검은색 대형 휘장에 짜여진 붉은빛의 오싹한 형체들이 추는 변화무쌍한 죽음의 춤사위와 숨겨진 통풍관의 부스럭거림이 어우러지는 곳이다. 통풍관을 통해서 전해지는 악취야말로 우리가 가장 갈망하는 분위기였다. 때로는 옅은 조화(弔花)의 향기였으며, 때로는 동양의 위엄 있는 성소를 떠올리게 하는 야릇한 향내음이며, 이따금씩 (그것을 떠올릴 때의 전율이란!) 소름 끼치도록 영혼을 뒤흔드는, 파헤쳐진 무덤의 악취였다.

그 역겨운 방의 사면을 따라 박제사의 솜씨로 완벽하게 채워지고 보존되어 살아 있는 듯 아름다운 육신들이 고대의 미라를 대신했으며, 세상에서 가장 오래된 교회 묘지에서 훔쳐온 묘비들이 둘러싸고 있었다. 곳곳의 벽감에는 부패의 정도가 다른 온갖 종류의 해골과 두개골이 담겨 있었다. 그 중에는 머리가 벗겨진 채 썩어가는 어느 유명한 귀족의 두개골과 방금 매장된 어린 아이들의 신선하고 눈부신 금발의 머리통도 있었으리라.

그곳에 있는 조각상과 그림들은 전부 악마를 주제로 했으며, 존과 내가 만든 작품도 포함된다. 무두질한 인간의 피부에 감싸이고 고정된 작품들에는 고야가 무심코 시도했지만 감히 깨닫지 못했다는 미지의 정체 모를 그림들도 있었다. 그곳에는 현악기와 금관 악기, 목관 악기 등의 기분 나쁜 것들도 있어서 종종 몹시 병적이고 지독한 악귀의 불협화음을 만들어내기도 했다. 한편 상감 세공한 여러 개의 흑단 진열장 속에는 지금까지 인간의 광기와 기행으로는 수집할 수 없었던 무덤의 전리품들이 보관되어 있었다. 특히 입에 올려서는 안 되는 전리품이 있는데, 내가 자살을 결심하기 오래 전에 용기를 내어 그것을 없애버린 것은 천운이라고 할밖에!

기묘한 보물들을 수집하던 우리의 약탈 여행은 언제나 기막힐 정도로 인상적인 사건들이었다. 우리는 상스럽게 시체를 먹는 귀신이 아니었으며, 분위기와 풍경, 환경, 날씨, 계절과 달빛 등이 특별한 조건에 놓일 경우에만 일을 진행했다. 이런 도락 행위는 우리에게 있어 미학적 표현의 가장 진기한 형태였으며, 우리는 매번 심혈을 기울여 그 세부적인 면면에 특별히 주의를 기울였다. 적당하지 않은 시간, 어긋난 빛의 효과, 땅이 축축해 움직임이 서툴러도 불길하게 웃음 짓는 땅속의 비밀을 파낸 후에 맛볼 미학적 감흥을 완전히 파괴할지 모를 일이었다. 새로운 장면과 흥미로운 상황을 쫓는 우리의 욕구는 광적이면서도 만족을 몰랐다. 언제나 존이 주도적이었으며, 마침내 조롱과 저주의 그곳까지 이르러 우리가 돌이킬 수 없는 끔찍한 운명에 맞닥뜨리게 한 이도 그 친구였다.

무슨 사악한 숙명이었기에, 우리는 그 오싹한 네덜란드의 교회 묘지로 이끌렸던가? 그것은 오백 년 전 그 자신이 구울로서

권력자의 무덤에서 중요한 물건을 훔쳤다는 어느 인물의 이야기와 관련된 음산한 풍문이며 전설이었다고, 나는 생각한다. 나는 그때의 마지막 순간들, 묘지를 비추며 길고 무시무시한 그림자를 드리우던 달빛, 버려진 수풀과 부서진 석판에 닿을 정도로 음침하게 늘어진 괴괴한 나무들, 달빛을 등지고 날아다니는 생경할 정도로 거대한 박쥐 떼, 납빛 하늘을 향해 유령처럼 거대한 손가락을 치켜든 담쟁이 무성한 낡은 교회, 멀리 한쪽 구석에 있는 주목 나무 밑에서 도깨비불처럼 춤추며 인광을 발하던 곤충들, 썩은 식물의 냄새와 함께 멀리 습지와 바다에서 부는 밤바람에 어렴풋이 섞인 야릇한 그 무엇뿐 아니라, 보이지도 않으며 어디인지도 모르는 곳에서 깊은 저음으로 들려오는 거대한 사냥개의 짖음이 가장 끔찍했음을 기억할 수 있다. 그때의 개 짖음 같은 소리를 들었을 때 우리는 몸서리치며 농부들의 이야기를 떠올렸다. 우리가 찾던 인물이 수백 년 전 바로 그곳에서 정체 모를 짐승의 발톱과 이빨에 난자당한 채 발견됐다고 했기 때문이었다.

우리가 어떻게 그 구울의 무덤을 삽으로 파들어 갔는지, 우리 자신과 무덤의 형체에, 창백히 지켜보는 달과 섬뜩한 그림자들에, 괴괴한 나무와 거대한 박쥐 떼에, 낡은 교회와 춤추는 도깨비불에, 메스꺼운 악취와 나지막이 탄식하는 밤바람에, 그리고 어딘지 모를 곳에서 들려오는 기이하고 아득한 정체불명의 짖음에 우리가 얼마나 전율했는지 나는 기억한다. 얼마 후, 삽 끝에 축축한 흙보다 단단한 물체가 부딪쳤고 오랜 세월 침범당한 적 없는 토양의 무기질이 더께로 내려앉은 타원형 상자가 나타났다. 상자는 대단히 단단하고 두꺼웠지만, 우리는 그 낡은 뚜껑을 열고 그 속에 든 것을 탐욕스레 바라보았다.

오백 년이라는 세월이 흘렀음에도 그 유골은 놀라울 정도로 많은 부분이 남아 있었다. 군데군데 동물에게 물린 자리가 으깨져 있었지만, 해골은 전체적으로 놀랄 만큼 견고한 구조를 유지하고 있었으며, 말끔한 흰 두개골과 길고 단단한 치아, 한때는 우리처럼 섬뜩한 열기로 번뜩였을 눈동자가 이제는 사라진, 휑한 눈구멍을 바라보며 우리는 쾌재를 불렀다. 관 속에는 기묘하고 이국적인 부적이 놓여 있었는데, 원래는 시신의 목 주변을 둘러쌌던 것으로 보였다. 부적은 날개 달린 사냥개가 웅크리고 있으나 이상하리만큼 전통적으로 느껴지는 그림이었으며, 녹색의 작은 비취 조각으로 고대 동양의 기법에 따라 절묘하게 새겨져 있었다. 극도로 혐오스러운 부적의 문양을 보자마자 죽음과 잔혹함, 사악한 기운이 확 끼쳤다. 문양의 아랫부분에 새겨진 문자에 대해서는 존도 나도 그 의미를 알 수 없었고, 부적의 밑에는 기괴하고 오싹한 두개골이 만든 이의 인장처럼 새겨져 있었다.

그 부적을 보는 순간, 우리는 그것을 꼭 가져가야 하며, 그 자체만으로 수백 년 된 무덤에서 얻을 수 있는 필연적인 전리품임을 직감했다. 생김새가 아무리 기이했던들 부적을 갖고자 하는 우리의 욕망은 변함이 없었을 터지만, 찬찬히 들여다볼수록 그것이 그리 낯설다는 생각이 들지 않았다. 물론 그 문양은 상식적이고 건전한 독자들이 접하는 문학과 예술 작품들과는 매우 이질적이었지만, 우리는 그것이 아랍의 광인(狂人) 압둘 알하즈레드가 쓴 금서 《네크로노미콘》(러브크래프트 작품에 자주 등장하는 가상의 책이자 마법의 책 – 옮긴이주)에서 암시된 형태임을 깨달았다. 아무도 접근할 수 없다는 중앙아시아의 렝 고원에서 거행되는 시체 먹는 의식을 뜻하는 오싹한 상징이었다. 아랍의 늙은 악마연구가에 의해 묘사된 그 불길한 형태를 잘 알고 있었던 바, 그가 묘사하기를, 시체를 괴롭히고 뜯어먹는 자들의 영혼을 대변하는 모호하고 초자연적인 것에서 그 형태를 따왔다고 했다.

녹색 비취로 된 물체를 움켜잡은 채, 우리는 그것의 주인이었을 유골의 희고 퀭한 눈구멍에 마지막 시선을 던진 후 원래대로 무덤을 다시 덮었다. 훔친 부적을 존의 호주머니에 넣고 그 끔찍한 장소에서 서둘러 발길을 재촉할 즈음, 박쥐 떼가 저주스럽고 불경한 먹이를 찾듯 우리가 샅샅이 파헤친 무덤 위로 내려앉는 모습이 보였다. 그러나 가을의 달빛이 희미하고 창백했으므로 과연 그랬는지는 자신할 수 없었다. 네덜란드에서 배를 타고 집으로 돌아오는 동안, 나는 아득히 멀리서 거대한 사냥개가 짖는 소리를 들은 것 같았다. 그러나 그 역시 가을바람의 애잔하고 힘없는 탄식이었거니, 우리는 아무것도 확신할 수 없었다.

II

영국으로 돌아온 지 일주일이 되지 않아, 기이한 일들이 벌어지기 시작했다. 그때까지 우리는 은둔자처럼 살아왔다. 황량하고 인적 없는 황무지, 그곳의 낡은 저택에서 친구도 하인도 없이 동떨어져 살았으므로 방문자의 노크 소리를 듣는 일은 거의 없었다. 그러나 이제 우리는 저택의 문과 창문, 위층과 아래층을 막론하고 밤마다 부스럭거리는 소리에 신경이 곤두섰다. 한번은 거대하고 모호한 형체가 달빛을 등지고 서재 창가를 뒤덮는 것 같았고, 그리 멀지 않은 곳에서 윙윙거림 혹은 퍼덕거림 같은 소리를 듣기도 했다. 그때마다 주변을 살폈지만 이상한 점은 없었기에 네덜란드 묘지에서 들려왔던 희미한 개 짖는 소리가 여전히 귓가에 맴돈다는 착각 때문이라고 생각했다. 당시 비취 부적은 우리의 박물관 벽감에 보관되어 있었으며, 종종 우리는 그 앞에서 기묘한 냄새의 향초를 피우곤 했다. 우리는 부적의 특징뿐 아니라 그것이 상징하는 내용과 관련된 구울의 영혼을 설명하는

《네크로노미콘》을 자주 읽었고, 그 때문에 몹시 마음이 심란했다. 그렇게 공포가 찾아왔다.

천구백 년 구월 이십사일 밤, 나는 침실에서 노크 소리를 들었다. 존이라고 생각하고 들어오라 말했지만, 문 뒤에서는 날카로운 웃음만 들려왔다. 복도에는 아무도 없었다. 잠든 존을 깨우자 무슨 일이냐며 이내 나처럼 불안해했다. 황무지 너머 희미하고 아득한 개 짖음이 우리에게 분명하고도 끔찍한 현실이 된 것은 그날 밤이었다. 나흘 후, 우리가 비밀의 박물관에 있는 동안 은밀한 서재 계단으로 향하는 하나뿐인 출입구에서 소리 죽여 조심스럽게 긁어대는 소리가 들려왔다. 그 정체 모를 대상뿐 아니라 우리의 오싹한 수집품들이 발각될지 모른다는 두려움을 늘 품고 있었으므로 우리의 경계심도 두 갈래로 분산되었다. 불을 모두 끄고 출입문 쪽으로 다가가 문을 확 열어젖히자, 공기가 한꺼번에 밀려들며 살랑거림과 웃음소리, 사람의 재잘거림이 기묘하게 섞여선 멀리 사라졌다. 우리가 미쳤는지, 꿈을 꾸었는지 아니면 제정신이었는지 굳이 분간할 생각조차 하지 못했다. 가장 음산한 불안감 속에서 깨달은 것이 있다면, 알아들을 수 없는 재잘거림이 분명 네덜란드어였다는 사실뿐이었다.

그날 이후 공포와 미혹은 점점 강렬해졌다. 비정상적인 흥분을 탐하던 생활로 인해 조금씩 미쳐가고 있다는 생각이 들면서도 이따금씩 우리 스스로를 은밀하고 무시무시한 운명의 희생자라 여기며 더욱 즐거워했다. 기이한 일들은 이제 셀 수 없을 정도로 빈번해졌다. 상상할 수 없을 만큼 사악한 존재와 함께 외딴 저택마저 살아 움직이는 느낌이 들었으며, 매일 밤 황무지를 몰아치는 바람에 실려 사악한 개 짖음은 더욱더 커졌다. 시월 이십구일, 서재 창문 아래 부드러운 땅에서 도저히 납득할 수 없는 발자국들이 발견되었다. 전에 없이 엄청난 무리를 이루어 낡은 저택을 서성이는 거대한 박쥐 떼의 발자국처럼 어지러웠다.

십일월 십팔일, 땅거미가 진 후 음산한 기차역에서 집으로 걸어오던 존이 끔찍한 육식 동물에게 갈가리 찢겨졌을 때, 공포는 절정에 달했다. 저택까지 들려온 그의 비명 소리에 황급히 소름 끼치는 현장으로 달려가자, 때마침 날개의 퍼덕임 소리가 들렸으며 형체를 가늠할 수 없는 거대한 형체가 이제 막 떠오른 달에 음영을 드리우는 모습을 보았다. 나는 죽어가는 친구에게 말을 건넸지만, 그는 제대로 대꾸하지 못했다. 그가 속삭인 말이라고는 "부적, 그 염병할 것"이 전부였다. 곧이어 숨을 거두고 난자당한 살덩어리로 남겨졌다.

나는 다음 날 자정 무렵 버려진 뜰에 그를 묻었으며, 그가 살아생전 그토록 좋아했던 악마 의식을 치르며 그의 시신 너머로 제문을 웅얼거렸다. 내가 사악한 제문의 마지막 구절을 입에 올렸을 때, 황무지 너머에서 거대한 사냥개의 울부짖음이 들려왔다. 달빛이 밝았지만 나는 감히 바라볼 수 없었다. 내가 간신히 회뿌연 황무지를 바라보았을 때, 거대한 어둠의 그림자가 둔덕과 둔덕을 뒤덮었고 나는 눈을 감고 땅바닥에 얼굴을 묻었다. 얼마쯤 지났을까, 온몸을 떨며 일어선 나는 비틀거리며 집으로 들어가 녹색 비취로 만든 부적 앞에 넋이 나간 모습으로 머리를 숙였다.

나는 황야의 낡은 저택에 홀로 남겨진 것이 두려웠으므로 다음 날 박물관의 불경한 수집품들을 불태워 묻어버린 뒤 부적을 지니고 런던으로 떠났다. 그러나 사흘이 지난 밤 또다시 사냥개가 짖는 소리를 들었으며, 일주일이 채 안 되어 어둠이 깔린 후면 나를 주시하는 기이한 눈동자가 있음을 느꼈다. 어느 날 저녁, 바람을 쐴 겸 빅토리아 제방을 산책하다가 강물에 비친 램프 불빛 하나가 검은 형체로 뒤덮이는 광경을 보았다. 평소의 밤바람보다 거센 돌풍이 몰아쳤으며, 존과 똑같은 운명이 곧 내게 닥쳐오리라 깨달았다.

다음 날, 조심스럽게 녹색의 비취 부적을 싸서 네덜란드로 향했다. 그 물건을 말없이 잠든 주인에게 다시 돌려준다면 내게 어떤 자비가 베풀어질지는 알 수 없었으나, 그럴듯한 방법이라면 무엇이든 시도할 수밖에 없는 심정이었다. 사냥개의 정체가 무엇이고, 무슨 연유로 집요히 나를 쫓는 것인지 여전히 그 까닭은 베일에 가려져 있었다. 그러나 그 소리를 처음 들은 곳이 그 낡은 교회 묘지였고 절명의 순간에 존이 속삭인 말을 비롯해 일련의 사건들은 전부 부적을 훔친 저주와 관련이 있을 터였다. 그러했기에 로테르담의 한 여인숙에서 그 유일한 구원의 수단을 도둑맞았다는 사실을 알았을 때, 나는 가장 극한 절망의 나락으로 곤두박질치고 말았던 것이다.

개 짖는 소리가 그날 밤 더욱 요란했고, 아침에는 시내 우범지역에서 기묘한 일이 벌어졌다는 신문 기사를 읽었다. 지금까지 인근에서 자행된 가장 악랄한 범죄를 무색케 하는 사건으로, 어느 음침한 저택 하나가 큰 재앙에 빠져 주민들은 공포에 휩싸여 있었다(여기서 '재앙'으로 옮긴 원문은 'red death'인데, 에드거 앨런 포의 《적사병의 가면》에서 착안한 것으로 보이며, 'black death' 즉 '역병, 페스트'의 의미에 가까운 것 같다 – 옮긴이주). 부적을 훔친 비열한 도둑들의 은거지에서 가족 전원이 흔적 없는 미지의 존재에 의해 갈가리 찢겨 죽었는데, 인근 주민들은 밤새 희미하면서도 집요한 사냥개의 짖음을 들었다고 했다.

마침내 겨울의 창백한 달빛이 오싹한 그림자를 드리우고, 헐벗은 나무들이 시들어 얼어붙은 수풀과 깨진 석벽에 닿을 듯 늘어져 있으며, 담쟁이 무성한 교회가 싸늘하게 하늘을 향해 조롱의 손가락을 치켜들고 늪지와 차가운 바다에서 밤바람이 미친 듯이 울부짖는, 불경한 교회 묘지에 나는 서 있었다. 이제 사냥개가 짖는 소리는 아주 희미해졌는데, 언젠가 파헤쳐졌다가 거대한 박쥐 떼가 괴이하게 내려앉던 고대의 무덤을 향해 다가서자, 그 소리도 일순 멈추었다.

무덤 속에 담담히 누워 있는 허연 유골을 향해 용서를 빌기 위해, 아니면 말도 안 되는 탄원과 사과의 말을 지껄이기 위해, 그도 아니면 다른 이유로 그곳까지 갔는지는 나도 모르겠다. 이유가 무엇이든, 나는 절박함과 외부의 강압적인 의지에 이끌려 반쯤 얼어붙은 뗏장을 파헤치고 있었다. 한 차례 기이한 방해(앙상한 독수리 한 마리가 차가운 하늘에서 쏜살처럼 내려와 미친 듯이 무덤을 쪼아대기에 나는 삽으로 놈을 후려쳐 죽여야 했다)를 제외하고는 생각보다 무덤 파는 일은 어렵지 않았다. 이윽고 나는 썩어가는 타원형의 관까지 닿았으며 축축한 질소로 덮인 뚜껑을 열었다. 그것이 내가 행한 마지막 이성적인 행동이었다.

악몽의 수행원처럼 당당하고 말없이 모여든 커다란 박쥐 떼의 호위를 받으며 수백 년 된 관 속에 웅크리고 있던 유골, 그것은 언젠가 나와 친구가 도굴한 대상이었다. 그러나 그때처럼 깨끗하고 평온한 모습이 아니라, 응고된 피와 낯선 살점과 머리칼 따위로 뒤덮인 채, 인광을 발하는 눈구멍으로, 핏빛으로 물든 날카로운 치아를 드러내며 피할 수 없는 숙명을 비웃듯 의뭉스레 나를 힐끔거렸다. 그리고 히죽 벌어진 턱뼈에서 거대한 사냥개의 굵은 짖음이 토해졌을 때, 잃어버린 초록빛 비취의 불길한 부적이 유혈로 얼룩진 유골의 손아귀에 쥐어져 있음을 보고 나는 비명을 지르며 무작정 달렸지만 비명은 이내 발작적인 웃음소리에 묻혀버렸다.

광기는 별바람(恒星風)에 실려 치닫고…. 발톱과 이빨은 수백 년 된 송장을 빌려 날카로워졌으니…. 축축한 죽음은 칠흑 같은 폐허로 남은 악마의 신전에서 박쥐 떼가 벌이는 주신제와 어우러졌다…. 섬뜩한 뼈다귀 괴물이 우짖는 소리가 점점 커지고, 저주받은 갈퀴 날개의 은밀한 퍼덕임과 윙윙거림이 바투 다가오는 지금, 나는 권총을 들어 죽기를 결심했으니 그것만이 이름이 없되 이름 지을 수도 없는 것으로부터 벗어날 수 있는 유일한 피난처이리라.

도도하게 흘러온 공포의 자취

초자연적인 공포는 언제부터 시작되었을까? 그리고 그것에 매력을 느낀다면 현실의 이해와 관련이 있을까, 아니면 그저 미혹과 착각에 불과한 엉뚱함일까? 팝콘을 먹으며 연인과 다정하게 (혹은 홀로 진지하게) 들여다본 공포의 섬뜩함은 극장 밖에서 쉽게 잊혀지는 것일까, 아니면 일상의 틈에 잠재해 있다가 어떤 통찰을 불러내는 것일까? 이 책이 그런 질문에 해답을 줄지 모른다. 물론 초자연적인 공포를 형이상학의 범주에 넣는다고 해도 철학이나 미학적 물음에 상응하는 답변을 할 수 있을지는 미지수다. 하지만 작심하고 그 해답을 구하려고 한 하워드 필립스 러브크래프트에게서 유용한 단서를 찾을 수 있다.

가장 오래되고 강렬한 인간의 감정은 공포이며, 그 중에서 미지의 것에 대한 공포가 가장 오래되고 강렬하다…. 그러나 온갖 [이론적] 반론에도 불구하고 기이한 이야기는 끝까지 살아남아 발전했으며 완성도에서도 괄목할 만한 수준에 이르렀다. 그 바탕을 이루는 심오하고 기본적인 원칙은, 항상 보편적이지는 않아도 민감한 정신의 소유자들에게 통렬하고 영원한 매력으로 비쳐짐이 분명하다.

공포문학을 말할 때 자주 인용되는 《문학에서의 초자연적인 공포Supernatural Horror in Literature》(1925~1927)에서 러브크래프트는 초자연적인 공포가 인류의 출현과 함께 시작됐으며, 뛰어난 문학 형식으로 발전했음을 알린다. '초자연적인 것'은 자연적인 것을 초월하는 어떤 힘이나 존재다. 이것은 물리적 구조와 자연의 과정을 초월하는 존재이며 질서를 의미한다. 초자연적인 공포는 미신, 미스터리, 초자연적이지는 않지만 과학적으로 설명할 수 없는 것들과 혼용되면서 그에 상응하는 발전과 변모를 겪어왔다. 그래서 상징적 우화에 머물기도 하고 과학소설의 범주를 풍요롭게 하는 근원이 되기도 하는 등, 문학의 출발과 함께 가장 광범위하게 문학 형식에 스며들어 다른 요소들이 발전하는 토양이 되었으며 그 자체로 문학이 되었다.

물론 불가사의한 것에 대한 반응은 개인의 취향과 문화적 조건에 따라 각각 다르다. 가장 원초적이고 기본적인 반응은 공포, 불안, 외부로부터 다가오는 위기감, 안정감을 해치는 위협 따위일 것이다. 우리가 이런 경험들을 두렵고 불쾌한 것으로 여기면서도 이것에 은근히 매력을 느낀다고 한다면 지나친 독단일까?

'가장 오래되고 강렬한 감정'임에도 초자연적인 공포가 본격적인 토양으로 자리잡게 된 것은 18세기 고딕소설의 발흥에서였다. 당시 고딕소설가들은 외부적 개연성(그럴듯함)을 유지하려고 애쓰는 한편, 작품이 반드시 허구일 필요는 없다는 전제 하에 공포의 힘을 보여주려고 했다. 이런 전통이 19세기까지 이어지는데 에드거 앨런 포의 《M. 발데마르 사건의 진실 *The Facts in the Case of M. Valdemar*》은 의학 보고서를 가장해 더 깊은 공포의 울림을 전한다. 그러나 초기 고딕소설은 소재를 개연성 있게 묘사하는 것 외에도 사실로 증명하고자 애썼다.

이런 노력이 최초로 결실을 맺고, 초자연적인 현상을 통해 공포를 불러일으킨 고딕소설은 호레이스 월폴 Horace Walpole의 《오트란토 성 *The Castle of Otranto*》(1764)일 것이다. 13세기 고딕 성을 배경으로 동상이 피를 흘리고 투구가 날아다니는 등 《오트란토 성》에 나타난 초자연적인 공포는 이후 '고딕 로망스'라는 이름으로 많은 작품을 양산하는 데 밑거름이 되었다. 그로부터 십사 년 뒤《오트란토 성》의 연장선에 있지만, 상대적으로 전통적인 클라라 리브Clara Reeve의《늙은 영국인 남작*The Old English Baron*》(1777)이 나온다. 그러나 월폴의 가장 뛰어난 계승자는《유돌포 성의 미스터리*The Mysteries of Udolpho*》(1794)를 쓴 앤 래드클리프Ann Radcliffe였다. 하지만 래드클리프의 소설은 초자연적인 요소를 미학적 효과로 활용했지만 엄밀한 의미의 초자연적인 공포라고 하기는 어렵다. 그녀의 작품들은 모호한 현상을 경험하고 그것을 합리화하는 과정에서 뛰어난 긴장감을 조성했다.

《유돌포 성의 미스터리》가 출간된 직후 고딕소설의 공식이 생겨났다. 오래된 고딕풍의 고성, 폐허, 기다란 회랑, 무수한 문, 방금 죽은 듯한 시체, 가능한 한 많은 해골, 온갖 소음과 속삭임, 신음…, 이것을 잘 버무려 세 권으로 만들고 독자는 이 책을 잠자리에 들기 전 물소리가 나는 곳에서 읽는다. 물론 이런 공식은 다양한 실험을 통해서 독특한 양식으로 다듬어지고, 프랑스 혁명으로 고조된 기운 속에서 고딕소설에 추진력을 제공한다. 초자연적인 공포가 좀더 정교한 소설 형식으로 자리잡게 된 것은 매슈 루이스Matthew Lewis의《수도승*The Monk*》(1796)과 찰스 매튜린 Charles Maturin의《방랑자 멜모스*Melmoth the Wanderer*》(1820)에서다. 이들은 보다 섬뜩한 고딕 계보를 형성하면서, 억압된 감정과 회의주의를 극단까지 밀고 나감으로써 인간의 어두운 내면을 탐색했다.

고딕소설과 초자연적인 공포는 낭만주의라는 시대정신에서 또 한 번 변화를 겪었다. 새뮤얼 테일러 콜리지Samuel Taylor Coleridge와 윌리엄 워즈워스William Wordsworth는《서정 민요집 Lyrical Ballards》(1798)을 발표하며 영국 낭만주의의 물꼬를 텄다. 《서정 민요집》에 실려 있는 콜리지의 시 〈늙은 선원의 노래The Rime of the Ancient Mariner〉는 초자연적인 주제를 다룬 가장 뛰어난 시로 알려져 있다. 콜리지는 "초자연적인 (적어도 낭만적인) 인물과 특징을 묘사하기 위해" 노력해야 하며, 뛰어난 예술가라면 "당장은 의혹을 접고 독자를 사로잡을 만한 상상력의 그림자"를 불러내야 한다고 말했다. 이는 시뿐만 아니라 산문에도 적용될 수 있는 초자연적인 공포의 중요성을 설명하는 말이다.

메리 셸리Merry Shelley는《프랑켄슈타인Frankenstein》(1818)으로 콜리지의 말을 산문에 적용하는데, 어느 날 바이런과 남편 퍼시 비시 셸리Percy Bysshe Shelley의 이야기를 듣다가《프랑켄슈타인》을 구상했다. 서문에서 "인간 본성의 불가사의한 공포를 말하고 오싹한 공포를 깨우기" 위해서라고 집필 의도를 밝혔지만, 《프랑켄슈타인》은 당대의 과학 기술을 묘사함으로써 동시대의 고딕소설과 차별화된다. 그러나 빅토리아 시대의 주요 소설가들은 사회 개혁 문제와 중산층의 안정에 보다 초점을 맞춤으로써 고딕소설은 문학적 상상력의 주변부로 물러나게 되었다.

이런 상황에서도 샬럿 리들Charlotte M. Riddle, 아멜리아 에드워즈Amelia B. Edwards, 메리 엘리자베스 브래든Mary Elizabeth Braddon으로 대표되는 일군의 작가들이 《템플 바Temple Bar》,《아거시The Argosy》 같은 대중 잡지에 유령과 공포 이야기를 발표한다. 이들의 이야기는 과거 지향적인 낭만주의와 맥을 같이하며, 초자연적인 공포에 뿌리를 둔 것이었다.

빅토리아 시대의 공포를 대변하는 작가는 조셉 셰리든 레퍼뉴Joseph Sheridan Le Fanu였다. 고딕소설의 갈래에서 선정소설을 창시하고 미스터리소설의 대부로 군림한 윌키 콜린스Wilkie Collins와 영국 유령 이야기 중에서 가장 유명한《크리스마스 캐럴A Christmas Carol》(1843)의 작가이자 초자연적인 요소를 자유자재로 구사했던 대문호 찰스 디킨스Charles Dickens보다, 레퍼뉴는 오히려 오싹한 풍경을 묘사하는 데 탁월한 능력을 보여준다. 그는 흡혈귀 이야기를 다룬《카밀라Carmilla》(1872)와 유령 원숭이 때문에 자살에 이르는 목사 이야기를 다룬《녹차Green Tea》(1872) 등 뛰어난 작품을 선보였다.

19세기 고딕소설의 대미를 가장 화려하게 장식한 작품은 브램 스토커의 《드라큘라Dracula》(1897)일 것이다. 흡혈귀 이야기는 레퍼뉴의 《카밀라》를 거쳐 브램 스토커에 이르면서 당대의 이해뿐 아니라 심령술과 오컬트에 대한 관심을 낙관주의와 버무려 놓게 되었다. 하지만 19세기 말은 초자연적인 공포소설이 다양한 분화를 보이는 시기였다. 허버트 조지 웰스Herbert George Wells의 《투명인간The Invisible Man》(1897)을 비롯하여, 많은 단편소설들은 과학소설의 영역으로 흡수되었다. 헨리 라이더 해거드Henry Rider Haggard는 《솔로몬 왕의 동굴King Solomon's Mines》(1885)과 《동굴의 여왕She》(1887)을 통해 사실주의와 판타지를 혼합하고 경이로움의 전통을 약간 희석시켰다. 셜록 홈스를 창조한 코난 도일Conan Doyle도 '챌린저 교수' 시리즈로 비슷한 역할을 했다.

초자연적인 공포는 유령 이야기에서 가장 확실한 문학적 통로를 발견하게 되었다. 이 통로를 걸어온 올리버 어니언스Oliver Onions, 베넌 리Vernon Lee, 이디스 네스빗Edith Nesbit의 전통은 몬터규 로즈 제임스의 첫 번째 작품집 《어느 골동품상의 유령 이야기Ghost Stories of an Antiquary》(1904)에서 확고해졌다.

제임스에게 영향을 받은 유령 이야기는 지금까지도 가장 매혹적인 이야기 중 하나이며, 숱한 모방자가 뒤따랐다. 이들 모방자 중에서 에드워드 프레더릭 벤슨은 오싹한 이미지를 효과적으로 형상화함으로써 고딕소설의 전통 중에서도 가장 인기 있는 이야기를 들려준다.

초자연적인 공포는 아서 메이첸Arthur Machen이라는 걸출한 작가를 통해 이교도적 오컬트를 분출하게 된다. 메이첸은《위대한 목신The Great God Pan》(1895)과《꿈의 언덕The Hill of Dreams》(1907)을 비롯한 일련의 작품에서 오컬트 과학과 연결된 거칠지만 가장 효과적인 초자연적인 공포를 선보였다. 메이첸의 오컬트적 공포가 가장 생생한 울림을 전할 수 있었던 것은 빅토리아 후기의 런던 '분위기'를 묘사하는 작가의 탁월한 능력 때문이었다.

메이첸의 자유분방한 초자연적인 열정은 앨저넌 블랙우드라는 또 다른 거장과 대비된다. 블랙우드는 자신의 실제 경험과 심령 치료사라는 독특한 등장인물을 결합시키며《빈집The Empty House》(1906),《버드나무Willows》(1907),《웬디고Wendigo》(1910) 등을 발표했다. 기이한 이야기의 대표적인 전달자였던 그는 만년에 기이하게 실종돼 또 다른 명성을 얻었다.

초자연적인 공포는 에드거 앨런 포의 출현으로 미국 토양에서 확고한 공포 장르로 발아하게 되었다. 미국 문학의 초자연적인 공포에서 빼놓을 수 없는 작가로는, 앨저넌 블랙우드의 저널리즘과 기이한 실종을 연상시키는 앰브로즈 비어스다. 그는《악마의 사전The Devil's Dictionary》(1906)으로 신랄한 풍자와 재치를 선보이며, 남북 전쟁의 암울한 그림자와 공포라는 주제에서 촌철살인의 필력을 과시했다. 헨리 제임스Henry James가《나사못의 회전The Turn of the Screw》(1898)에서 고전적 유령 이야기에 심리적 공포와 악의 문제를 다룬 이후, 풍속소설로 미국 문학을 살찌운 이디스 워튼이 유령 이야기를 통해 고딕 전통을 이어가는 동안《위어드 테일즈Weird Tales》라는 펄프 잡지를 중심으로 일군의 작가들이 또 다른 공포를 준비했다.

톨킨 이전의 판타지 지형도를 대변하는 로드 던세이니Lord Dunsany는 후배 작가들에게 강한 영향력을 끼치지만, 자기 자신보다도 더 던세이니다운 소설을 습작한 러브크래프트라는 무명작가를 그리 주목하지는 못했다.《위어드 테일즈》의 대표 주자 러브크래프트는 포와 던세이니를 문학적 스승으로 삼고, 비어스와 앨저넌 블랙우드, 아서 메이첸의 표현 기법을 벤치마킹함으로써 '크툴루 신화Cthulhu Mythos'라는 가장 독창적인 문학 유산을 남겼다. 러브크래프트는 창작과 이론을 결합하고자 했던 포와 마찬가지로《문학에서의 초자연적인 공포》와《기이한 소설에 대한 소고Notes on Writing Weird Fiction》(1935) 등의 뛰어난 문학론에서 '저급한' 공포문학이 가장 효과적인 문학임을 웅변했다. 한 시대를 풍미했던《위어드 테일즈》는 공포소설의 독특한 유산을 계승하면서 윌리엄 호프 호지슨이라는 걸출한 작가를 새롭게 조명하는 성과를 올렸다.

지금까지 고딕소설과 초자연적인 공포의 흐름을 살펴보았지만, 세세한 줄기까지 다루지는 못했다. 이 책을 구성하면서 위상에 비해 우리나라에 제대로 소개되지 않은 작가들에 관심을 기울였으며, 잘 알려진 작가라도 번역되지 않은 작품을 우선적으로 고려했다. 또 한 가지, 공포문학에서 가치 있는 작품을 임의로 취하기보다는 작가와 작품끼리 주고받은 영향 관계가 일정하게 드러나도록 구성했다. 즉 모던 호러의 양대 산맥으로 자리잡은 에드거 앨런 포와 러브크래프트를 중심으로 공포문학의 큰 흐름을 잡고, 메리 셸리의 《프랑켄슈타인》에서 몬터규 로즈 제임스, 앨저넌 블랙우드, 앰브로즈 비어스, 하워드 필립스 러브크래프트로 이어지는 일군의 작가들이 장르 문학의 분명한 형식으로서 공포를 어떻게 실험해왔는지 그 여정을 그리고 싶었다. 따라서 이 여정에는 '우주적 공포Cosmic Horror' 혹은 '크툴루 신화'라는 독특한 문학 유산도 포함된다.

그래서 이 책은 문학사의 주변부에서 때로는 중심에서 지금까지 도도히 흘러온 공포의 자취와 그 생명력을 살피는 데 부족하나마 안내 역할을 할 것이다. 작품명은 대부분 원제 그대로 실었지만 〈부적The Monkey's Paw〉, 〈그날의 기억The Moonlit

Road〉, 〈벨 소리The Lady's Maid's Bell〉, 〈쓰레기 도시The Burial of the Rats〉는 내용을 효과적으로 전달하기 위해 원제와 다르게 옮겼다.

정 진 영

기이하고기묘한이야기 첫 번째

초판 1쇄 발행 2004년 7월 25일
개정 1판 1쇄 발행 2023년 5월 12일

지은이 하워드 P. 러브크래프트 외
옮긴이 정진영

펴낸이 김현태
펴낸곳 책세상
등 록 1975년 5월 21일 제2017-000226호
주 소 서울시 마포구 잔다리로 62-1, 3층(04031)
전 화 02-704-1251
팩 스 02-719-1258
이메일 editor@chaeksesang.com
광고·제휴 문의 creator@chaeksesang.com
홈페이지 chaeksesang.com
페이스북 /chaeksesang **트위터** @chaeksesang
인스타그램 @chaeksesang **네이버포스트** bkworldpub

ISBN 979-11-5931-939-6 04800
       979-11-5931-896-2 (세트)

* 《세계 호러 걸작선 1》의 개정판입니다.
* 잘못되거나 파손된 책은 구입하신 서점에서 교환해드립니다.
* 책값은 뒤표지에 있습니다.